石友先生遺像
辛酉孟夏王震寫
一亭

鳴堅白齋詩存

（清）沈石友 著
徐國華 點校
王立民 校訂

广西师范大学出版社
GUANGXI NORMAL UNIVERSITY PRESS
·桂林·

鳴堅白齋詩存
MINGJIANBAIZHAI SHICUN

圖書在版編目（CIP）數據

鳴堅白齋詩存 /（清）沈石友著；徐國華點校. —桂林：廣西師範大學出版社，2018.10
（時術叢書）
ISBN 978-7-5598-1114-1

Ⅰ. ①鳴… Ⅱ. ①沈… ②徐… Ⅲ. ①古典詩歌－詩集－中國－清代 Ⅳ. ①I222.749

中國版本圖書館 CIP 數據核字（2018）第 179312 號

廣西師範大學出版社出版發行
（廣西桂林市五里店路 9 號　郵政編碼：541004
網址：http://www.bbtpress.com）
出版人：張藝兵
全國新華書店經銷
廣西廣大印務有限責任公司印刷
（桂林市臨桂區秧塘工業園西城大道北側廣西師範大學出版社集團有限公司創意產業園内　郵政編碼：541199）
開本：880 mm × 1 240 mm　1/32
印張：14.5　　字數：395 千字
2018 年 10 月第 1 版　　2018 年 10 月第 1 次印刷
定價：58. 00 元

總序

藝術家而擅詩文，古來有之，且代不乏人，如中國書法繪畫史上唐宋元明清各代都有的『四家』。元明時的『四家』多爲平民，中國近現代歷史上，身爲平民而以才藝聞名者依然衆多，如吴昌碩、齊白石、沈石友、高二適等，他們既以書畫硯印聞名藝林，成爲世人效仿的榜樣，又以平民身份研探文論詩藝，詩文成就斐然，儼然使藝術家詩文成爲獨立一派，引人注目。

沈石友身爲平民，壽命僅六十歲，可謂不永。身後留下各體詩計一千三百餘首，内容多記個人見聞感受，亦不少國計民生内容。其詩藝術上諸體兼擅，學杜甫，亦學王安石、陳師道，風格多樣。因其集硯聞名，又多交游吴昌碩等藝術大師，故其詩保存許多晚清民國藝林寶貴資料。然自沈氏過世，吴昌碩爲其刊印遺詩《鳴堅白齋詩存》而後，國内戰亂頻仍，該集流傳不廣，甚至少爲人知。我本人原來也只知道沈爲藏硯大師，不知道其尚有詩集遺留。二〇〇九年上半年，鄉賢兄劉君奉文邀余同考常熟徐元霖生平事跡，此後方知沈氏詩集。後來覺得平民藝術家詩作既不同凡響，以往流傳又極爲有限，故一直掛記在心，發誓得空將其整理出來以廣其傳。但教學及科研任務既重，一時竟無法静下心來做。二〇一六年，徐子國華從余學習古代文學，她的時間充裕，又有志于此，于是我就讓她整理此集。當然，也不僅僅因爲她時間上占優勢，其實我還有另外一層考慮，即借機鍛煉學生。研究生的培養，每位導師的培養方式各不相同。我曾經在古代文學史和古典文獻學的課堂上，用吃飯來形容文史學科的學習。文史學科的學習就如同吃飯，既要天天吃，頓頓吃，又要一碗一碗吃，一口一口吃，不能三天打魚兩天曬網，更不能狼吞虎咽，必須細嚼慢咽。否則，不僅不能吃飽吃好，還極有可能把腸胃吃壞。學習人文社會學科類的知識，不同於學習理工類學科的，没有可以憑藉的公式、定理，而其内容是散漫無邊的，看上去毫無抓手的，所以不可能通過短時間的突擊實現。必須通過閲讀原始文獻，嘗試古籍整理工作，從而將書本知識落實。

國華天資穎異，入學以來便對古籍整理和詩文研究表現出極大的興趣，經過一段時間的學習，已經能夠獨立完成淺易古籍的整理工作，頗有雛鳳之姿。今有志于藝術家詩文整理，并爲此做過諸多努力，整理的《鳴堅白齋詩存》初稿，顯露出其扎實的學術功底。其間，我們又陸續接觸到一些類似的平民藝術家詩文，發現這些詩文無論是在思想内容上還是藝術成就上，都具有獨特的價值。但這些詩文要麽原本稀缺很難搜求到，要麽未引起學界注意而有淪滅之虞。我們幸好擁有東北師範大學圖書館這個『地利』，有幸閲讀到這些珍貴的文獻資料。希望此次整理爲後來的研究者，也爲普通讀書人閲讀這些文獻做一點貢獻，使其不再受制於昂貴的古籍拍賣圈。

因此，我們計劃出一套叢書。本叢書每年推出至少一種，旨在整理國故，兼鍛煉學子、培養優秀的青年學者，叢書名取『時術』二字。《禮記・學記》有云：『蛾子時術之。』『術』，實踐、學習也，後世亦因之形容用功學習，『時術』也是對孔子説的『學而時習之』的闡發。叢書中所涉藝術家之所以在藝術領域和文學領域皆有造詣，離不開其用功與勤勉，而對於古代文學專業的學子和青年學者來説，不也正應該不間斷地學習，不停地鞏固嗎？由藝術家『時術』而及青年學子，亦是對學子鉆研學術的勉勵，希望後來諸位學子不停地學習、實踐。

國華整理的詩集有幸作爲叢書的第一種出版，作爲導師，我樂爲之序。

二〇一八年十月　王立民　于東北師範大學文學院

目録

鳴堅白齋詩存卷二

鳴堅白齋詩存卷三

鳴堅白齋詩存卷四

鳴堅白齋詩存卷五

鳴堅白齋詩存卷六

鳴堅白齋詩存卷七

鳴堅白齋詩存卷八

鳴堅白齋詩存卷九

鳴堅白齋詩存卷十

鳴堅白齋詩存卷十一

鳴堅白齋詩存卷十二

前言

沈石友乃近代藏硯大家，除好藏硯外，還善寫詩，衹因不善交游，影響了其詩名彰顯。沈石友一生留下的詩篇，生前未及結集，身後纔有《鳴堅白齋詩存》（下簡稱《詩存》）刊行。《詩存》除一九二一年吴昌碩等人依沈石友遺囑刊刻的版本外，並無其他版本，而初刻本今已很難搜求到。所以，對《詩存》的點校整理，既能爲相關研究者提供資料，以便學術研究，又有助於世人了解這位詩人的生平事跡，詩文内容、藝術特色，以及詩文集的流傳。

一

沈石友（一八五八—一九一七），名汝瑾，字公周，江蘇常熟人，因癖好集硯，故號石友，又號百石老人、鈍居士，室名鳴堅白齋、笛在明月樓、月玲瓏館等。沈石友一生未入仕途，而於藏硯、寫詩、書法、作畫、製筆等事却十分喜愛，尤其藏硯和寫詩。他藏硯頗多，亦精刻硯，身後有《沈氏研林》刊行；工於詩詞，間治古文，吴昌碩曾説他，於詩『植品甚高，致力尤勤』①；善書，平生所作詩中不乏題硯、題畫之作。石友平生不善亦不喜交友，惟與吴昌碩、俞鍾鑾等人交往較密。但正是這數量有限的幾位朋友，爲沈氏的詩文集流傳作出了不小的貢獻。

在近代硯林中，沈石友可謂無人不知。他生前集硯成癖，所藏歷代名硯數量頗夥。石友身後六年，其子沈若

① 吴昌碩：《鳴堅白齋詩序》，《鳴堅白齋詩存》，一九二一年刻本。

懷編印《沈氏研林》，載有一百五十八方硯之拓片，截至一九一五年所拓，均爲石友生前所藏硯。其中李易安像硯、玉谿生像硯、蘇阿翠像硯、黃文節公真像硯及吕留良手琢硯等等，都是硯中珍品。據井上研山《〈沈氏硯林〉的歸趨》① 一文，石友去世後，其後人不事於此，這一百五十八方硯最初被沈石友的女婿若褒生抵押給上海横濱正金銀行做融資，後被日本人橋本關雪買下，藏於日本京都橋本關雪的居所白沙村莊。二戰之後，這批硯臺中的二十方被井上研山托松浦武夫買下，其餘被橋本關雪抵押給銀行後則被賣出，流向了日本及中國台灣各收藏家之手。這批硯臺大部分如今已不知去向。另據井上研山所述，隨這一百五十八方硯臺被抵押給銀行的還有三百張左右的詩箋，其中二百張爲吴昌碩手跡，一百張爲沈石友手跡，這些詩箋今亦不知所終。

沈石友所藏之硯，涉及人物、山水、鳥獸、瓜果、蔬菜等多種題材。形態上，無論是精工細鏤，還是素净渾樸，均得石友喜愛。石友每得硯臺，便作詩紀之，此集中可見《賜硯歌》《張西城贈硯，作詩紀之》《得明張寅所琢山水硯，側刻徐俟齋詩二絕，和原韻》等詩。他還經常爲這些硯作題硯詩，《沈氏研林》中所載的多首題硯詩可見於《詩存》。面對複雜的環境變化，沈石友喜以硯自勉，他在《自題〈品研圖〉》中就有『如今遭變革，世途益崎嶇。閉門日弄石，全我清白軀』之語。他所藏的硯臺中有一方『方正平直硯』，長方形，並無特別之處，他自作硯銘爲『方正平直，爲人之則，詖辭邪説毋涴墨』。還有一方『學易硯』，有殘缺，他也照收不誤，並自銘『人所殘遇我則全』，還請吴昌碩、趙古泥等人作銘。細心把玩，因材而銘，借硯臺的形狀來表達做人的道理，是沈氏一絕，可謂『玩物益志』。

除了藏硯，沈石友最爲人津津樂道的便是他和吴昌碩的交情。他生前的交游範圍並不很大，不出今天的江

① 轉引自鄒濤：《沈氏研林》與吴昌碩硯銘，中國書法，二〇一六年第十三期。

浙一帶，到了晚年更喜歡閉門索居，不願見人，『惟與舊相知者酬唱、簡牘往來而已』①，因此沈石友的朋友不多。他的『舊相知者』中，有翁同龢、吴秋農、徐元霖、吴昌碩、趙古泥、張子祥等，而其中吴昌碩同他交誼最爲篤厚。一八八二年，沈石友二十四歲，經吴雲引薦，與三十八歲的吴昌碩結識。此時吴昌碩旅居蘇州，還默默無聞，而沈石友家境殷實，曾對吴翁多有接濟。二人因都喜好金石書畫，很快便結下深厚的友誼，直到一九一七年沈石友去世。在興趣愛好上，二人相互促進，吴昌碩經常爲沈石友收藏的硯臺撰寫銘文，也經常將自己的書畫作品贈與石友，而沈石友曾製筆、刻硯贈與吴昌碩，爲吴昌碩改詩，還曾爲他代筆。二〇〇八年鄒濤先生發表的《吴昌碩〈西泠印社記〉疑爲沈石友代作——吴昌碩致沈石友信札及其他》一文中認爲，根據吴昌碩致沈石友的信函，《西泠印社記》乃是吴昌碩請沈石友代作的。除此，沈石友常爲吴昌碩的畫作題詩，如《題〈品研圖〉》《題昌碩〈飢看天圖〉，昌碩時寓滬上》《題昌碩畫筍菌》等，均收録於本詩集。此外，兩人的交誼更體現在書信來往和各自的詩文中。吴昌碩的《缶廬詩》中有許多篇幅涉及沈石友，如《寄公周》《序沈石友詩集成，賦此當哭》等，沈石友的《鳴堅白齋詩存》中則有更多詩關係到吴昌碩，如《寄昌碩》《數得昌碩書却寄》等。沈石友去世後，《鳴堅白齋詩存》得力於吴昌碩出資和組織刊刻，纔能面世，這對沈石友詩的流傳具有十分重要的意義。

從《詩存》中可以看出，沈石友當時與翁同龢的外甥俞鍾鑾交往也較爲密切。此詩集中有多首詩提及俞鍾鑾，且二人經常作詩唱和，争出新意，不相上下。吴昌碩也曾説俞鍾鑾是沈石友『在里中與論詩而行誼相合者』。沈石友曾托俞鍾鑾校他的集子，而俞鍾鑾在沈石友去世後，爲刻印沈石友詩集，多次拜訪沈家，最終求得沈

① 沈石友：《夢南嶽（並序）》，《鳴堅白齋詩存》卷九。

詩原稿，同吴昌碩等人共同完成了《鳴堅白齋詩存》的刊行，並爲之作跋。可見其彼此間情誼之深厚。

二

據俞鍾鑾跋文《鳴堅白齋詩刻》，《鳴堅白齋遺著》有詩十二卷，雜文一卷，詩餘一卷，今樂府、新樂府各一卷。今僅見《鳴堅白齋詩存》十二卷、補遺一卷，其餘未見刊行。

沈石友一生除收藏硯臺外，另一大愛好便是作詩。他學詩主杜甫，後學王安石和陳師道，晚年最喜《離騷》和《國風》。《鳴堅白齋詩存》中共收録沈詩一千三百餘首，體裁多樣，律詩、絶句、古體均有，雜以三字、四字短歌。內容上，詠物、寫景、記事、記游、感懷、悼亡、題畫、題硯、唱和等無所不涉。其中有他同吴昌碩、俞鍾鑾、徐邂翁等人的唱和之作，也有他爲吴昌碩等人畫作的題詩，而於戰亂、災患之深刻描寫，表現出他對時事之憂心，也反映出他作爲普通知識分子面對災難時的無力之感。

沈石友的詩既有氣勢磅礴之作，也有淵雅韻勝之作。如《烈士行》中『鐵如意折玉壺缺，髮上指冠眦裂血，携劍出門永相訣』，鏗鏘有力，奇崛古風蕩然可見；另如《夏日漫興》：『微雨助清興，白雲看掩關。千秋閒裏想，五嶽夢中山。世事問何益，舊詩聊自删。不須餌丹藥，汲汲駐愁顔。』清新雅致，韻味悠長。吴昌碩曾説沈詩『樂府鮑明遠，詩城劉長卿』①，楊葂翁稱其詩爲『英絶領袖』，翁同龢説他筆端有金剛杵，徐邂翁則譽其爲『飛仙劍俠』。吴昌碩在《鳴堅白齋詩序》中説：『其詩境凡三變，少慕清逸，中趨真摯，晚遂舉其悲憤之心，託於閒適之致，乃至風月之吟弄，樵漁之歌唱，而其中若有甚不得已者。』由此可見沈石友詩風之變化。

---

① 吴昌碩：《題沈石友遺像》。

在經過戰亂之後，沈石友詩稿如今不知流向何處，幸而一九二一年吴昌碩等人對其進行刊刻才得以流傳。初刻本現藏於東北師範大學圖書館、國家圖書館古籍館、常熟圖書館等處。經調查，多館藏本封面不一，而内容、形制相同。東北師範大學圖書館藏本《鳴堅白齋詩存》共四册，爲一九二一年刻本，每半頁十行，每行二十一字，卷首有一九二一年吴昌碩篆題『鳴堅白齋詩集』，王一亭畫《石友先生遺像》。國家圖書館古籍館藏《鳴堅白齋詩存》《鳴堅白齋詩集》，常熟圖書館藏《鳴堅白齋詩稿》，僅後兩種的封面題簽與東北師範大學圖書館藏本不同，其餘均一致。此次點校整理，主要依據東北師範大學圖書館藏本，因年久破損，其小部分字跡難以辨識，即以國家圖書館古籍館藏本進行補充。

近兩年來，在導師王立民先生的影響下，我對沈石友多有關注並産生了濃厚的研究興趣。今年三月份，我同導師商定將沈石友研究作爲我的碩士學位論文選題，由此我開始全面搜集沈石友的相關資料，並得知東北師範大學圖書館藏有《鳴堅白齋詩存》刻本，本書點校即起於此。點校時，在斷句、異體字處理、字體格式、標點用法等方面，王立民先生都親自指導並協助審閲修改，在他的支持和敦促下，本書纔勉成其事。收集資料時，受東北師範大學圖書館劉奉文老師、陶玉婷老師幫助，得以順利複製《詩存》之文本。確認各館藏版本時，復旦大學古籍所季忠平老師亦曾相助。另外，廣西師範大學出版社編輯金曉燕，我的同門師姐郭彦君、劉芳廷，師兄吕森，師妹李雪冰曾幫助商定體例，好友鞠麗娜、張新霞、蔡仲洪也曾幫助我搜集資料。對此，在這裏一併表示衷心感謝。

徐國華

公元二〇一七年十月於長春

點校凡例

一、本書點校，依據東北師範大學圖書館藏《鳴堅白齋詩存》一九二一年刻本，字跡不清處，以國家圖書館古籍館藏《鳴堅白齋詩存》（《鳴堅白齋詩集》）爲補充。

二、本書標點使用新式標點符號。

三、本書排版格式爲繁體竪排。

四、本書中出現的異體字、古今字，參考《通用規範漢字字典》和《漢語大字典》異體字表進行規範。

五、本書中用『□』標出的，係刻本中原有缺字，照録。

六、原刻本中偶有誤字，如『相傳唐義士珏寓此，故名』，『土』爲『士』之誤，正字於原字後用［ ］表示。

鳴堅白齋詩序

吾石友既卒之六月，蕭君中孚囊其遺詩三巨册走海上，述其易簀，遺言屬爲點定，並爲之序。嗚呼！石友之詩，吾曩昔所嗜誦。今其卒也，人琴之痛，攬卷哀哽，可爲流涕者也。吾與石友論交，爲歲壬午，今三十餘年。石友生戊午，吾生甲辰，以齒論，石友固兄事吾，徵其學識，吾竊愧之。此三十餘年中，彼此蹤蹟不常合並，歲必有詩相贈答，其詩具存集中。石友不遐，棄我若是，我今何忍負其期願耶？石友之於詩，植品甚高，致力尤勤，夫固有神明乎詩之外者，而竟侘傺以詩人終此。雖踐其平昔之所自期，而吾則爲之拊卷三嘆。蓋石友性情嫥亮，自晦於時，足跡不出吴越間，平昔好硯石，乃以哦詩抱石銷磨歲月。其詩境凡三變，少慕清逸，中趨真摯，晚遂舉其悲憤之心，託於閒適之致，乃至風月之吟弄，樵漁之歌唱，而其中若有甚不得已者。吾嘗謂石友之材質，鄉使躬際承平，雍容雅頌，益以江山之助，良師友之切磋，何難轢宋軼唐、希蹤漢魏？並世操觚之士、選聲訂均者流，孰與抗手？則夫望塵不及，寧止缶廬一叟而已。遭時不偶，棲飲巖谷，不溺於詩，則將仰天痛哭，不可終日。此三巨册之遺詩，大都以不敝之精神，作無聊之感概，是誠可爲三嘆。然而精魄有繫，垂之無窮，長歌短詠，歷劫不磨，吾故爲之點定，而不欲有所去取，願以盡襮於天下也。虞山之麓有俞君養浩，亦吾友也，石友在里中與論詩而行誼相合者。蕭君幸語俞君，當不以吾言爲負石友於地下也。石友沈氏，諱汝瑾，字公周，自號鈍居士，江蘇常熟縣人，績學不仕，尤足以諷當世焉。

上元丁巳十二月，安吉吴昌碩序。

鳴堅白齋題辭

校讀石友先生詩竟，謹誌數語。

——沈　焜醉愚

丈夫不功業，苦吟亦千秋。石友吾宗彦，著書逾封侯。滌筆尚湖涘，灑墨虞山頭。布衣憤時局，隱懷屋社憂。

平生癖古研，瓴甓勤搜求。羅列徧几案，瑰奇媲琳璆。山河塵若遞，天地詩常留。開卷忍卒讀，字字鬱古愁。

脱劍贈死友，風義千金高。醵訾劂其詩，缶廬今賢豪。鰤生謬讎校，魚魯慚紛淆。緣猶識面慳，神與傾蓋交。

吾友宗少文耿吾觀察，槃槃史筆操。用爲志乘光，文苑嘉名標。君詩信有託，吾詩誰傳鈔。茫茫天壤間，留作枯薪燒。

鳴堅白齋詩存　卷一

常熟沈汝瑾石友

君子行

鳳皇雖自毁，人咸知其德。鴟鴞雖自飾，不能掩其惡。蘭蕙豈化芻，瑾瑜終貴石。君子亦有懷，去文而就質。含虚察萬物，抗志鄙苟得。不求當世知，但令後世師。

烏夜啼

烏夜啼，聲何悲。朝雙出，暮獨歸。黄口雛，長苦飢。不集菀，而集枯。鵲有巢，惟鳩居。鳳何處，難訴苦。驚人寐，使人怒。理箭繳，將及汝。鷄既鳴，天不曙。起寒風，下寒雨。

采葛歌

勿以野也，而棄不采。勿以賤也，而采不織。勿以疏也，而織不服。雷震震兮夏炎熱，君欲舍此兮安可得。

烈士行

鐵如意擊玉唾壺，對天仰首歌烏烏。高歌無和歌將絶，停歌俯首三太息。鐵如意折玉壺缺，髮上指冠眦裂血，携劍出門永相訣。

寒夜吟 時居賃屋

宵柝畏凍忘五更，雄鷄司晨已三鳴。簾風逼燈冷無焰，檐冰墮階清有聲。空庭積雪壓喬木，烏鵲繞枝痛巢覆。微聞鄰舍婦語姑，明日無柴煮朝粥。

九月九日作一首

負疴久不出，客亦來者稀。青苔緣壁生，幽草當門肥。忽已重九節，莫與良辰違。披衣起出户，仰見孤鴻飛。晴天肅高爽，浮雲飄無依。道中逢一士，乃是素相知。携手與歡笑，信步隨所之。北麓閒且曠，登臨愜幽思。采采黄菊花，無使風露摧。寒香盈我袖，臭味何相宜。行行循路歸，新月光明衣。人生但行樂，百歲無多時。

獨尋西山幽處

乘興肯暫休，振衣但前去。木落秋山空，曾無一人遇。白雲亦孤飛，日落天欲暮。鳥雀争歸巢，寒煙聚叢樹。迴風動群籟，似聞人言語。陟岡尋幽蹤，回首失其處。倚立爲移情，真想自兹悟。

古琴歌，爲徐碋士作

疾雷破山龍蜕骨，枯桐飢鳳泣孤月。夔襄薦法倕運斤，斫爲瑶琴通鬼神。天地元音老不死，千載知音有徐子。金高南山不肯沽，王侯功名薄如紙。偶然携出示我曹，碧天萬里孤雲高。鸞膠斑斑指血凝，黑蛟踊出湘絃迸。若教抱向長天彈，上帝無情亦愁聽。昔時未入幽人廬，南風雅奏射短狐。有訾是琴者，故云爾。氣衝北斗成彗孛，天孫欲洗愁河枯。人生亦復少同調，管樂奇才豎儒笑。願將恨血埋荒山，營營青蠅夜相弔。三千弱水環瀛洲，中有白玉十二樓。琴高披髮騎赤鯉，長嘯待爾海上頭。勸爾囊琴從此去，波濤汩雲海若舞。莫向塵世彈離鸞，有客空堂哭秋雨。

甲申除夕

愁人昧節候，空齋擁殘書。西鄰聞索逋，始知歲將徂。出門隨行行，燈火溢四衢。百貨價騰貴，泉刀日空虛。所幸年穀豐，民力賴以舒。外夷寇未已，臺閩撓師徒。天旅久南下，不聞殪凶渠。人生素位行，世事非吾圖。吁嗟勿復言，兀兀守窮廬。

乙酉正月十五夜即事

上元燈火朱門暮，酒肉熏天不知曙，醉中囈語賓喧呶。雄鷄三號未言去，南鄰有客吟空堂，古磁青瓶三尺長。汲寒泉養老梅骨，竹窗月落聞清香。

悲馬尾

鐵艦桅檣天尺五，十萬貔貅挽强弩。書生高坐玉帳中，手握兵符氣如虎。紅旗一舉敵砲飛，鬼神號哭魚龍悲。尸骸壓波海流血，蔽江樓櫓成寒灰。軍中大將黯無色，登岸殘兵不成列。虜舶逍遥奏凱歌，鼓輪又犯臺南北。將材不生壯士死，戰骨千年浸江水。江頭少婦祭亡夫，酒澆麥飯秋風裏。

予畫水仙，秋農補竹石、荆棘，戲題

幽花玉爲瓣，結根瑶臺畔。仙人跨鳳來，含情幾回看。天風忽吹落，塵世夜未半。空山霜雪多，荆棘紛歷亂。婀娜得人憐，反不如瓜蔓。賴有瀟湘客，解意來相伴。何時拔塵埃，枝葉倚雲漢。

久雨望晴有作

經旬苦陰雨，朋舊絶來跡。垂頭守空堂，兀坐恒面壁。殘菊傍階折，飢烏向人立。出門見煙霧，塗泥汩雙屐。人生幾何時，遭此久沉抑。願得長風至，驅雲見白日。訪友抒積忱，登山鼓餘力。天意殊難知，兀坐長太息。

遣興

庭前有嘉樹，微風動清陰。鳴禽時一來，和我檐下吟。世事極機變，澆風賊人心。平氣自足樂，逍遥聊在今。

讀鄭所南《心史》

鐵函鎖殘帙，古井起寒波。士到布衣貴，才生亂世多。名高宋遺老，志挽魯陽戈。一卷誰堪並，文山《正氣歌》。

古松幛子歌

畢宏韋偃不復得，黄山古松少顏色。悲風蕭蕭月破雲，山鬼夜深攀樹泣。吴生吾好友，丹青世無敵。解衣對秋雲，濡毫瞠然立。大枝横掃煙曈曈，户牖開闔來清風。無乃上帝今日殺黑龍，冤魂血面飛下長空中。小枝二三尺，勢欲破寒碧。豐隆乘雨飛霹靂，對此縮手不敢出。我生頗好奇，無物堪入眼。感君一片心，大笑傾憤懣。朝夕卧其下，神游蓬萊山。仙人桃花顏，贈我换骨丹，與君分食翔九天。俯視世俗所謂畫師者，莽莽白骨蓬蒿間。

漫興

書堂敞長夏，懶自著荷衣。松子隨風落，鵶雛帶雨飛。避人閒索句，於世漸忘機。莫謂雄心減，屠龍願久違。

古意二首

暮化碧天月，朝化青鸞鏡。暮暮復朝朝，照君可憐影。

手調緑綺琴，自惜無知音。總有知音者，不能知此心。

七夕詠牛女

黄姑居河東，織女居河西。年年此夕中，云是相見期。謂其必相見，相見誰見之。謂其不相見，相見何有時。浩浩碧漢高，欲問難致辭。千秋與萬古，惟有兩心知。

讀書

野人寡酬應，即事爲衆尤。閉門列圖史，遺意搜商周。古有義烈士，高步追其儔。知己不可遇，時乖欲何求。泰山不讓塵，滄海不擇流。一事有不知，未必非吾羞。起舞延白日，西北浮雲稠。君子亦有息，息彼蓬蒿邱。

古松柏歌

有身未入黄山中，不見始信峰頭松。有足未走夔州道，不見孔明廟前老柏好。吾家松柏枝幹奇，令我好古胸襟開。微風颼颼發清響，朝夕和我吟新詩。兩樹相去不數武，結根各有磐石固。風雷六月大雨來，銀龍探爪蒼虬舞。欲拔屋宇離地飛，敗壁撼動雲生衣。奚童掩面不敢視，蜷伏榻下高聲啼。深夜無人秋月黑，髣髴神靈樹間立。風霜歷盡數百年，不改蒼蒼太古色。參天蓋地誰與同，並立宇宙元氣中。擁腫不邀匠石顧，孤高豈受秦皇封。畫師好手圖不得，鳳皇遲來空太息。梁棟有材人不知，自全其天壽千億。願爾化作雙老龍，翩然跨爾游碧空。若待風塵俗眼謬相賞，受兹污辱何時終。

積雨嘆

群龍汲水翻江湖，恒星不見白日無。斂步不敢出户趨，户外處處皆泥塗。江南春到啼鷓鴣，才開桃李生蘼蕪。得時草木嗟何辜，既枯不榮榮復枯。南方土薄深可虞，欲招蒼天向天呼。願天心與我願俱，移甘霖向西北隅，盡灑旱地人民蘇。

蔡瑜卿有弟慧早卒，取謝康樂西堂夢弟意，繪《西堂思夢圖》以志悼，砥士賦長歌，並勸同作

池塘水涸春草枯，空堂人坐明月孤。熱血一斗畫圖裏，對此長嘆三嗟吁。君家有弟如惠連，年方總角才翩翩。新詩出口動賓客，柔毫著手生雲煙。玉樹枝折雛鳳死，詩魂和煙墮花裏。天上應題白玉樓，人間嘆失麒麟子。金荷焰碧寒刮風，漏聲冷滴霜壺銅。數年無夢到孤枕，紅淚濕透秋芙蓉。淮南孝文亦兄弟，尺布之歌天下恥。高辛二子各一方，忍哉兄弟爲參商。君能矯俗真男兒，友愛堪作薄俗師。生亦相憐死相憶，真宰上訴天應知。天帝聞之動顔色，立遣巫陽下空碧。吟魂招入西堂來，夢中歡若平生時。

登曾家亭子，失足墮池，戲爲短歌

蛟龍得水雲雨興，志士亦喜破浪行。我來登眺墮池水，柳枝嬌弱扶不起。波心蹴折十丈蓮，衣裳拂拂荇藻牽。丈夫生世不得志，宜狎梟鷗逐翡翠。恨身不得長鯨騎，直渡弱水尋蓬萊。解衣晞髮坐卷石，仰視青天明月出。

八月十五夜懷東郭散人

久負山水約，坐聽蟋蟀吟。清風從遠來，吹我開塵襟。仰視無纖雲，爽氣浩以深。碧空月團欒，照見棲樹禽。流光入我懷，皎皎同此心。閉門即遺世，何必棲鄧林。好古不泥古，處今忘爲今。欲尋同心者，高談以鳴琴。

上巳祓禊歸作

閉門獨徘徊，宿鳥啾相語。殘陽怨晚花，孤影空庭暮。轉頭若夢寐，方寸起千慮。傷心人不知，春風幾回度。

昌碩道人刻印歌

商周之世防詐虞，範金刻玉爲璽符。龍鳳篆湮不復睹，但備其説存於書。嬴秦劉漢制度易，歷三千年至今日。英精不滅天地間，賴有好古人能識。好古之士今數誰，昌碩道人才不羈。得秦漢印尊爲師，金石到手如切泥。用力直欲破几案，丹篆屈曲蛟虬飛。刀是干將劍頭鐵，霹靂手中雷光碧。渾沌無竅鑿欲開，空山風雨鬼神泣。技進乎道天爲徒，斫輪削鐻才不如。有時袖手對秋月，塊然獨與神明居。屠沽小兒眼黑漆，一字不識徒指摘。我聞其語長太息，真才如君亦難得。不學俗手工媚人，不求人悦道乃尊。誰知書法又入神，能大小篆兼八分。詩畫清古迴出塵，用筆直探造化根。今年爲我刻兩印，使我刮目精神奮。我亦傲骨撐晴空，涉世無才笑頑鈍。嗟我頑鈍世所無，一言告君君勿吁。安得結繩廢書契，人心回向黄農初。復古徒勞結遐想，白日青天走魑魎。紛紛詐僞安可言，雖有印信終奸罔。何不輟業汗漫游，題詩秋上黄鶴樓。又向大海乘虚舟，蓬萊方丈尋浮邱。奚爲篆刻耗心血，坐令白髮盈人頭。

丙戌三月二十日觀競渡，是夜與昌碩别

桃花雨灑楊柳風，畫舫雲集春潭中。黄龍青雀互相逐，萬櫓劃開河伯宫。渌波蕩漾鉦鼓急，青蓋朱旗奪山色。游人歡呼聲入雲，鷗鳥驚飛老魚泣。綉羅衣香蝴蝶飛，長安少年燕趙姬。艷歌一闋錢百萬，可惜不療山東饑。山東飢民草充腹，斗米千錢即能活。人間之樂安得知，枵腹朝朝望天哭。須臾落景催暮潮，黄金難買白日高。絲竹啁啾不知處，滿湖殘月啼寒鴉。明年今日復如是，三月陽春莫揮淚。人生聚散豈有常，有酒沽時爲花醉。

羅浮山歌索昌碩畫梅

羅浮山高高接天，中有梅樹垂千年。昨夢身騎赤龍子，飛入羅浮白雲裏。山空無人響流水，寒梅不開樹枯死。我乃理瑶瑟，長歌喚春回。萬花倚東風，頃刻爲我開。采蝶大如盤，起舞入我懷。翠禽叫明月，勸我玻璃杯。縞衣仙人喜再拜，梅花主人今始來。平生多白眼，意氣爲人賤。梅花愛我不入時，引入羅浮夢中見。君家畫妙筆有神，須爲我寫羅浮春。鐵幹冰花横素壁，蕭齋六月忘炎熱。

題畫三首

啾啾黄口雛，同啄階下蕪。飢不得蟲蟻，鷹鸇遠相伺。雄冠峨峨羽翼燦，一鳴驚人天下旦。右鷄雛。

吐素絲，嚙柔桑，作繭成，赴鑊湯。願君子，服無斁，一尺錦綉命千百。右春蠶。

銀鱗潛清波，誤吞漁父鈎。豈不懷江湖，戀餌身不保。神龍夭矯天外游，豫且任子徒沉鈎。右鱸魚。

題自寫折枝梅花

折花長吟，四山答響。荒巖蒼蒼，明月初上。

寄昌碩

平生不合惟好梅，梅花落後無新詩。漫天覆地樹葉緑，空庭夜夜啼子規。君詩忽然照我眼，畫梅贈我如瓊瑰。對之幽香冷沁骨，六月可以冰人肌。嗟我弄筆粗解事，奮力思與陶謝齊。今不及古理茫昧，莫啓其覆同醯鷄。十年木榻坐欲破，苦吟時見雙眉低。狂名無端壓時輩，迂怪頗受庸人譏。東郭先生墓宿草，久無詩客來叩扉。閉門若在窮谷裏，撫松倚柏餐靈芝。持身孤潔比梅萼，此意炯炯青山知。與君傾蓋如宿覯，歲寒不改金石姿。撥雲同君探梅去，明年鄧尉春風時。

挽張子祥

海上大手筆，越中老畫師。丹青南北派，風月宋元詞。鶴髮死仍客，鴛湖歸已遲。壁間挂遺墨，怊悵看移時。

夏日漫興

微雨助清興，白雲看掩關。千秋閒裏想，五嶽夢中山。世事問何益，舊詩聊自删。不須餌丹藥，汲汲駐愁顔。

習射

清晨挾弧矢，習射砂礫場。樹的百步外，箭發流星光。不屑貫蝨心，直欲穿石梁。豈曰身好武，使我筋骨强。人生坐飽食，手足如不良。血脉不流動，患氣相中傷。嗟彼文弱士，吟哦守空堂。白頭手編策，目光一寸長。力不勝四雛，遇難空彷徨。射爲六藝一，聖人所不忘。利器一在手，威可懾虎狼。男兒墮地時，射天地四方。長大若不習，負此身昂藏。我思挽强弩，仰天射欃槍。世宇長太平，妖星永奔亡。所志本迂闊，衆人笑我狂。握矢看雲立，灑淚天荒荒。

兒啼行

雄鷄未鳴星在天，兒啼一聲驚我眠。推枕欲起止兒啼，語未出口心慘悽。兒無母，啼亦宜，西家小兒紅錦衣。笑言啞啞坐母懷，否泰天地同一孩。待兒長大有家室，阿耶傷心髮將白，淚垂到曉秋衾濕。

病馬

雄心日衰老，關塞尚煙塵。百戰酬恩意，千金伏櫪身。識途期此日，買骨待何人。回顧駑駘輩，嘶風氣未馴。

寄懷吴秋農

送子臨歧日，桃花紅滿枝。今朝望天末，木落雁飛時。道遠訛生死，家貧易別離。湖山風景好，歸櫂莫遲遲。

虞山劍門

峭壁開鴻濛，百丈無寸膚。勢阻雲際鳥，影壓湖中魚。上游無數山，氣鬱乃下趨。胚胎成此境，突兀天一隅。日月出其旁，人謂太華徒。負奇不肯下，欲使群山奴。我嘗杖策登，爲兹三嘆吁。天能生奇石，豪俊何乃無。靈秀氣所鍾，食肉多鄙夫。嶕嶫切雲漢，徒作心目娱。安得倚天劍，斫之置吾廬。

八月十五夜作

孤坐怨清夜，令節不成歡。忽見雲中月，皎皎向我圓。月缺有時圓，人別見常難。生者各一方，死者埋幽泉。知己生死隔，誰與共笑言。起步繞庭際，欲使心暫寬。攀桂起宿鳥，倚梧哀暮蟬。遠聞飲酒者，清歌妙吹彈。歌不悦我耳，酒更愁我顔。形神長塊然，局促天地間。解衣且安寐，人生無百年。

十六夜

百感難排遣，孤吟和斷更。窗涵銀漢影，樓閉玉簫聲。花落夜如歲，月圓秋滿城。寒蛩［蛩］爾何恨，絮絮草間鳴。

亡婦姚墓下作

頽岸鳴哀湍，迴風動野馬。高墳聳秋荒，衰草凄没踝。設祭一來此，恍惚身復寡。新人聊慰情，此恨終不舍。回首平生事，幽衷浩難寫。心慚婢僕輩，淚閣不能下。悠悠天地間，造化任陶冶。後生得爲人，願作忘情者。

游劍門歸，酬渺懷居士

吾生負奇氣，猛志排閶闔。及壯無所成，乾坤坐跼蹐。頗懷山水好，放意任所適。眄彼西山巔，高峰切雲日。怪石虎豹蹲，險磴臨不測。三年兩游此，悉值九秋節。看菊逢素心，談笑窮理窟。烹茶辦精饌，慰我飢與渴。不然荒山中，無物堪作食。拾芋同猿公，躑躅趾流血。惠我一書札，意重比金石。招隱雖有心，惆悵未肯説。我心不忘世，塵網安能脱。何時來結茅，眠雲抱明月。

短歌題古琴拓本

平生好紙筆，不解調絲桐。謂將古樂鼓今曲，知音笑倒塵埃中。我欲得此琴，携往滄海東。唤起師曠授清徵，洪濤拍天舞老龍。歸來明月空山裏，一曲泠泠和秋水。

題昌碩《飢看天圖》，昌碩時寓滬上

金銀氣熏天，蒼蒼醉夢裏。抗喉大呼如不聞，况乃無聲兩眸子。浮雲泱鬱迷九重，真宰上訴誰爲通。憑汝滿眶熱血射南斗，枯腸轆轤轉腹中。飢來看天亦何爲，吾知看天非爲飢。丈夫磊落不得志，此意欲使蒼天知。天即知此意，禍福天無權。才人國士伏草莽，沐猴餓虎皆衣冠。乾坤瘡痍瘦存骨，剔抉膏血供晨餐。汝心厭飢寒，富貴易事耳。去汝赤心傲骨滿飲盜泉水，不然枵腹白眼塵滿衣，手版倒持百僚底。金石文字萬八千，持之不易五斗米。未得辟穀方，難覓餐玉法。人生世間駒過隙，何必閉門苦吟搜括造化窟。一詩煉成髮欲白，寒不可衣飢不食。一官鷄肋棄可惜，故鄉遥望空白雲。十年眼倦旻天碧，胡不典衣沽酒海上發浩歌，人不信天天奈何。醉夢封侯十萬户，起看落月摇滄波。

丁亥元旦

屐聲塞巷墻鳴鳩，雨洗積雪山當樓。今年歲首欲自壽，舉酒又恐添新愁。狐裘乘軒門外客，懷中有刺時一投。笑我衣冠懶不出，對花得句方冥搜。

題族子淇小象

少年從軍討狂賊，書記翩翩幕中客。中年走馬章臺中，美人顔色桃花紅。今年年已五十一，橐中無金四壁立。世事反覆須臾間，皆人自爲休怨天。爲汝題詩嘆汝老，丈夫立身須及早。

殘冬游趙氏園林四首

來步名園裏，重開眼界新。苔枯石受履，竹净地無塵。高閣梅當檻，長隄柳待春。池深水空闊，鵝鴨不驚人。

危亭拔地起，頂上俯塵寰。孤鶩天邊水，斜陽雪後山。眼看碧落近，身與白雲閒。經歲牢愁積，憑高一解顔。

閣道低臨水，山松巧作闌。凍魚潛藻静，暮雀聚林寒。兵火傷前事，經營復舊觀。長吟擬題壁，搔首脱儒冠。

平生爲世棄，久欲託漁樵。曲檻可持釣，疏林宜挂瓢。茗香浮碧碗，詩思在紅橋。花放當携酒，頻將壘塊澆。

題畫八首

送别秋江頭，握手不得住。風利布帆懸，故人從此去。登高復望遠，落日青山暮。蘆荻悲蕭蕭，如聞臨别語。

空山絶人跡，萬古碧浩浩。嵐高無鳥飛，秋深有猿嘯。其下溪水清，有客静垂釣。翛然塵垢外，與子可同調。

不走長安道，索句空山中。疲驢踏殘雪，兩耳鳴西風。鳥獸伏巢窟，草木無春容。青青好顏色，獨有懸崖松。

寒泉破雲飛，百丈落澗底。横几坐孤亭，擁書聽流水。四山青濕衣，雙松翠映紙。巢父未免俗，笑彼猶洗耳。

爲愛聽松風，結屋山中居。水聲净窗牖，石氣寒圖書。有客叩柴荆，所語惟樵漁。誰謂今世人，不在黄農初。

城市多囂塵，雲水覓幽境。虚亭納松聲，清溪蕩山影。放眼天宇高，談詩秋日永。歸途明月光，有燭不須秉。

縣門輸税罷，歸我山中宅。短櫂乘晚風，漾漾秋水碧。茅茨已在眼，炊煙出樹隙。家人啓窗望，一笑慰行役。

寒鴉起荒渚，衰柳隱河橋。估客此泊舟，心旌常摇摇。倚篷看山色，鄉思隨暮潮。欲寄家人書，雁入秋雲高。

二月十二日懷浙中二友

太息無可語，園林春氣回。曉鶯催夢覺，夜雨報花開。青眼肯隨俗，黄金不買才。羊求别來久，三徑長蒼苔。

題硜士水榭

小榭藕花繞，短墻修竹陰。一椽容抱膝，百歲足娱心。巢燕春觀弈，池魚夜聽琴。納涼看華月，應獨倚青吟。

立春

土牛送寒氣，喜鵲報新春。白眼酬佳節，青山笑野人。難將千日酒，醉此百年身。且共尋梅去，東風又水濱。

龔節婦行 松江華亭人，夫寶仁入淮軍，積勞病死

鴛鴦失其偶，畢世不雙飛。悲鳴宿荒池，夜夜常苦飢。驚起寡婦眠，挑燈補寒衣。夫婿去從軍，一病歿不回。時時幽閨裏，夢見魂來歸。昔日將出門，牽衣兩依依。新婚二三月，恩愛當此時。開鏡畫蛾眉，折花戲羅幃。隨年樂光景，永永無别離。男兒功名念，豈爲婦女羈。烽火衝天南，太白照旌旗。忍淚不回首，日落黄雲低。入營謁主將，轉戰隨王師。玉帳夜草檄，孤城看合圍。豺狼鬥海上，鼙鼓鳴春雷。厲氣中臟腑，鬼伯急相追。親身無寸櫬，脂染草根肥。魂魄游故墟，月黑行人稀。閨中望平安，尺書杳難期。猶願邀微功，可以慰孤棲。人從戰場至，語急容慘悽。

實聞死葬處，血淚垂兩頤。慟哭呼皇天，九泉誓相隨。遺骸淺土中，安忍飽狐狸。春秋逢令節，麥飯持者誰？銜哀涉波濤，唤鍤臨荒陂。風吹百草青，海濱冢纍纍。中埋萬古恨，不得歸鄉畿。撥土見白骨，萬一爲人欺。何以別真贋，嚙指禱神祇［祇］。灑血天地愁，腥雨落海西。滴滴入朽骼，死者如有知。函歸祖宗墓，樹以青松枝。勵節廿餘載，凛凛冰霜姿。宗祧世所重，立嗣撫孤兒。兒身既長成，願畢從此辭。地下見夫婿，細語來遲遲。

寄楊藐翁 峴

天運尚貪懦，志士遭棄擲。名都擁軒蓋，誰復盡厥職。翁今爲寓公，三吴仰詞伯。不肯陳治安，有時頌酒德。長吟慰遲暮，興高頭轉白。辭清山露骨，每恨人不識。臨池寫碑版，揮灑池水黑。腕下走雷電，日盡兩丸墨。中郎昆弟行，李潮不敢敵。志潔老彌芳，道高毁逾力。我聞翁名久，願一見顔色。握手延陵豪，同過子雲宅。閒門閉春晝，花落群鳥寂。翁方夢歸鄉，吟看越山碧。主客語未通，舟子理歸舶。歸來琴川上，松下讀《周易》。力學已十年，猶未知損益。嘉惠書一通，偃仰蛟龍跡。規模韓勑碑，何慚漢人刻。張之蕭齋中，俗眼驚失魄。夜同匣中劍，光怪生古壁。只恐神見妒，霹靂奮下擊。情深見毫素，知己豈易得。願言同翱翔，愧乏南溟翼。

題昌碩畫筍菌

湘江筠管老出筍，墨池水氣蒸成菌。吴侯畫法脱畦畛，能事不爲尺幅窘。萬花落盡白日長，登盤且喜野蔬香。中朝大官飽食肉，焉知此味思還鄉。

哀二友詩

徐硜士銘彝

徐君落落古介士，自君之亡天喪予。高懷大可置羲昊，至信直欲孚豚魚。年荒寫字不乞米，家貧典衣常買書。嗚呼斯人卒難得，痛哭愁天翻日車。

蔡樸盦鍾瑋

蔡子作事頗不俗，酣飲美酒隨天機。三十年臨漢碑字，二千金救河南飢。愛子猝亡怨偶在，一病竟向黃泉歸。雖非久交亦深痛，海虞人中似此稀。

築屋

築屋栽新樹，携孥返舊居。一家團骨肉，半榻聚琴書。盛世無才樂，閒門俗事疏。自慚還失學，問字莫停車。時吴子茹欲從予學古文，力辭之。子茹，昌碩子也。

題《秋聲夜績圖》

圖爲族昆子文悼亡時作，去今四十餘年矣。其嗣淇，出徵詩。淇老且病，妻兒先後死。從軍得一官，不能就。並及之，哀其遇焉。

露蟲泣草根，窗外秋月輝。閨中弄機杼，織作禦寒衣。機聲一斷鏡鸞死，月下瘦魂呼不起。孤燈秋思人悼亡，畫師寫入丹青裏。圖中稚子今老人，骨肉零落家又貧。軍中功名一片紙，荒村日暮無妻子。

數得昌碩書却寄

梔子華才謝，菖蒲葉又新。家居如客舍，久雨絶來人。歲月經愁眼，詩書誤此身。天涯吴季子，短札意相親。

苦熱

苦熱望霖雨，昊天雷伏藏。火雲燒樹赤，泥水映山黄。欲睡眼難合，無求心自涼。荷花三萬頃，何處白雲鄉？

湖上

西風已如此，衰柳尚依依。流水隨天遠，孤雲共雁飛。不堪寒景逼，空望夕陽歸。羨爾垂綸者，無心守釣磯。

對酒和昌碩

墻頭老樹争棲烏，空階無月黑井梧。丈夫三十草間住，有酒不飲何其愚。擲杯大笑看南斗，如許乾坤兩空手。故人海上招不來，惟有青山共樽酒。壺觴倒盡壘塊多，秋風捲雨翻天河。不如與爾醉燕市，漸離擊筑荆卿歌。

和昌碩《小象自題》

秋風入荒園，酷暑仍逼人。椶樹老相對，葉大如車輪。解衣看白雲，箕踞席厚坤。手懶把書卷，口不銜酒樽。始知曠達者，真能樂其身。當兹六月杪，赤日燒黄塵。下僚裹章服，伺候公卿門。貴人未即見，翻遭閽者瞋。流汗不敢言，磬折致殷勤。吾友繫一官，懶散滄海濱。静觀畫中意，道在何憂貧。我最畏暑毒，三伏門無賓。晚來納新爽，披髮長松根。雲中落短書，開緘字氤氲。讀罷自題句，六合消炎氛。君歌我長謡，異地如相親。勉學邯鄲步，冀運成風斤。

吴秋農索題古蘭竹畫

屈平賦《離騷》，湘娥灑清淚。誰將數尺紙，寫此萬古意。風塵昔澒洞，流落人間世。忽遇素心人，空齋伴秋思。

對雪

風雪塞郊坰，寒雲凝不飛。江山誰對酒，天地幾無衣。嶺近牛羊下，林空鳥鵲饑。東南民力薄，猶喜稻粱肥。

題昌碩《蕪園圖》

園林貴清曠，俗士乃粉飾。黄金買土木，役盡百夫力。何如一茅亭，松竹延野色。寒蓬闢微徑，老樹拄頹壁。蕭蕭響天籟，此是清净域。主人束書去，江海入行跡。中秋客中度，對酒難下嗌。緬思門外柳，誰倚山月白。獨鶴中夜飢，徘徊不得食。高歌懷故園，無田歸未得。撫圖增感慨，終當老泉石。他年泛酒船，來尋故人宅。

鳴堅白齋詩存卷一

鳴堅白齋詩存　卷二

常熟沈汝瑾石友

廢塔

城東無青山，孤塔與山對。乾坤混茫中，卓立將千載。琉璃劫灰滿，鈴鐸罡風墮。世尊黄金裝，雨漏成積塊。空洞巢鵂鶹，暗慘藏魑魅。蝮虺善知識，狐狸大自在。蓬蒿不能梯，頗覺耳目隘。精鐵浮圖尖，雲氣往來礙。久被龍尾捎，倒擲地軸壞。斷磚建炎字，拾得付一慨。當時建雄刹，丹碧窮壯麗。欲使主位高，不惜金帛費。民心安能鎮，今益壞風氣。斯塔在我眼，有若一芒刺。登臨不適興，土木恐多事。四民乏財用，釋氏未沙汰。安得巨靈手，擲之八荒外。

山中題道人壁

依松蓋茅屋，空山讀道書。十年不見人，專心慕玄虚。丹砂夜勤餌，白髮秋懶梳。言將入滄海，飛跨琴高魚。

忘機

病入觀書眼，愁添閲世心。忘機玩魚鳥，隨分住山林。長日供閒卧，華年付短吟。赤松在何許，安得一招尋。

秋日漫成

不雨留殘暑，空啼屋角鳩。雜花秋細碎，老樹夜飀飀。待月琴眠石，看山簾在鈎。能詩最無益，祇覺益人愁。

餓鴟

餓鴟守空林，毛羽何摧頹。幸遇晨風吹，得向南山飛。草深蟲蟻多，啄食將身肥。鼓翼近雲漢，鷹鸇不敢窺。長安游俠客，金丸彈野鷄。力猛兼中汝，幾落污池泥。僥幸得性命，憔悴還故枝。故枝有寡鵲，眼暗不識鴟。勤辛子其雛，謂有反哺時。鴟意亦良得，跳躑感恩私。一日銜腐鼠，公然穿我籬。拍案起驅逐，垂頭如伏雌。野性終未馴，隱身墻外啼。會有設羅者，殺汝佐酒卮。天理有剥復，勿謂人可欺。

九日歸虞山

荒村喔咿鷄亂鳴，孤舟五更衝霧行。朝暾倏出照篷背，十里外見青山迎。歸心疾於出林鳥，重九難得皇天晴。東籬菊花瓦盆酒，到家一笑詩先成。

題昌碩畫

缶翁作畫磨斷甓，枯墨著紙風淅淅。霜中殘菊折未餐，寒燈照影秋半壁。冰心不可夏蟲語，幽境能令天籟寂。繁華君厭申江頭，詩情應向圖中覓。

昌碩示同游滄浪亭詩，和四首

古池荷開宋代水，長隄柳拂吳中天。名園多少荆棘裏，此地獨傳七百年。

入門一笑秋意足，苔枯藤老紅薇開。虚堂無人燕歸去，栩栩瘦蝶尋花來。

南風帆檣城外船，落日峰巒樓上山。蒼茫萬古不盡意，人生難得今朝閒。

偶來亭上歌滄浪，歸卧空山詩夢長。夢見幽窗萬竿竹，五更濕雨寒生香。

丁亥秋日宿報國寺側精舍四首

徒步登絶巘，喘吸風入腹。舌枯足力疲，倚石昏兩目。前朝舊蘭若，旁結數椽屋。紅明檐外霞，緑暗墻上竹。叩門入休息，自笑客不速。酣談沃苦茗，開軒面叢菊。山中饒幽事，頗恨來不數。

殘秋日苦短，夕陽下喬木。須臾四山黑，酒熱黄粱熟。

夜來山上宿，酣寢忘晨鐘。飢雀喧空庭，旭日光曈曈。披夜［衣］起盥漱，飛步齊女峰。清氣入肺腑，呼吸與天通。野色來蒼茫，萬族皆夢中。東望見滄海，濁浪摇秋風。何處三神山，金闕蓬萊宫。人生覆載内，拘若鳥在籠。安得遺世事，辟穀尋赤松。手攀榑桑枝，倒跨蒼髯龍。

低日照平陸，晚景不可孤。箕踞危石上，一身淩空虚。下視楓樹林，丹黄萬千株。有如歌舞地，蜀錦爲氍毹。落霞美人顔，萬籟皆笙竽。造化幻此境，慰我寂寞軀。不久當歲寒，天地成槁枯。明明萬花叢，欻變荆棘途。及時刷兩目，高歌聊自娱。

四更清夢回，窗白謂天曉。出户鷄再鳴，中天明月小。北斗挂巖壁，薄霜結庭草。天邊樹影黑，湖水白浩浩。平地常看月，頗恨月光少。絶頂無罣礙，方知此間好。眼界拓千里，靈氣餐一飽。
神倦將入門，枕上夢三島。鐘鳴東方高，喬林起飛鳥。

感事

大海防秋急，空城轉餉難。朝廷容納粟，輿隸競彈冠。名器何輕擲，軍威儼壯觀。瘡痍滿天地，
誰爲慰飢寒。

黄河

黄河決口當鄭州，數縣百姓隨洪流。魚龍黑夜舞風雨，波濤直接城上樓。天心豈是少仁愛，官
吏却與民爲讎。長隄萬里築如鐵，廟堂安有蒼生憂。

歲暮寄昌碩

薄宦憐君健，移家逼歲除。租船冒風雪，海上卜新居。日短饒人事，河冰遲尺書。長吟看雲立，
空谷劇愁予。

菖蒲

古磁清水養，四月翦初齊。細葉常垂露，仙根不著泥。竹窗蘭共賞，藥籠艾同携。豈似無名草，

江頭雨一犁。

寒飲寄懷昌碩

雪裏輪囷樹，樽前壘塊人。相依天地内，共保歲寒身。把酒消殘臘，題詩迎早春。聞君厭奔走，何日息風塵。

督奚奴收雪供茗飲

秋冬苦無雨，行汲勞僮僕。河流雜泥沙，腸胃積塵濁。夜聞窗外雪，簌簌下林木。天明披裘觀，大地積群玉。北風捲復起，勢欲平澗谷。可憐荒園裏，壓倒數竿竹。喬松與叢桂，倔强撑石腹。上蒼有深意，降此慰心曲。天物不可暴，棄之恐非福。太陽一照耀，黄金萬莫贖。指揮具筐篚，提携入空屋。潔白本來相，無使蒙垢黷。摶結實古甕，計得水十斛。石鼎煮苦茗，新火然樸樕。夜吟潤枯喉，一甌勝醽醁。生産懶不問，此物解儲蓄。使能療我飢，從今斷粱肉。

人日

人日今朝是，春來覺太遲。山留隔年雪，花縮向陽枝。煮茗判醒睡，觀梅誤約期。悶攤書卷坐，當食亦忘飢。

新年

麗日燒燈節，江梅初試花。年豐人喜樂，縣小市繁華。綉屋門盧雉，春城藏狹邪。無心去徵逐，石鼎自烹茶。

北郭集飲，戲贈趙非昔丈

山公鬚髮蒼，跌宕少年場。罰酒不辭醉，吟詩能獨狂。齒堅餐筍嫩，身健看花忙。更約殘春飲，佳人錦瑟旁。

夏日雨後至桃源澗

青山三日雨，雨過山空濛。似聞百道泉，争注荒澗中。清晨發幽賞，樵徑無人蹤。不聞蟲鳥聲，石古樹葱蘢。水流下高陂，磊塊付一衝。大聲震雷鼓，猛勢翻白龍。此水豈無源，大與盤杅同。兼旬乏雨澤，一勺立可窮。我聞匡廬山，山高接蒼穹。瀑布挂千丈，萬古香爐峰。無翼不可飛，看雲仰晴空。杲杲巖上日，謖謖松間風。

哭姚伯亨表弟三百七十字

太歲在戊子，八月十九日。我起未盥漱，坐看太陽出。排闥走女僕，未語先咄咄。傳君卒李家，妄語謂當抶。前三日中秋，北郭茗解渴。同觀野人家，盆樹老蟠屈。笑指古松根，欲舁置書室。

歸途踏明月，飢買棗糕啜。年少精未亡，病死豈倉卒。況兼我舅氏，愛物及蟣蝨。仁心動鄉里，萬口頌如一。安有垂暮年，一子致夭折。皇天意慘毒，顛倒理難詰。凶問雜沓至，熱腸置冰雪。視君夷牀中，萬古此長別。兩親垂白髮，孤女才四月。無言可相慰，對面泣嗚咽。我長君九齡，前事記恍惚。君身墮地時，我母罹痼疾。聞兄晚得男，倚枕顏色悦。失恃二十載，思之痛心骨。甲申吾喪偶，是日三月七。君來哭長姊，哽咽氣凝結。含淚抱阿甥，囑我調冷熱。此去長夜臺，冥冥路如漆。儻遇姑與姊，痛哭腸斷絶。遥知泉下心，更比生人切。當君合婚時，庭闈願欣畢。如何房中樂，變徵聲裂瑟。恐傷二老意，恒使寸心鬱。憂深損肝腦，身瘦耗氣血。省母入東城，竟與家門訣。暮出朝不歸，魂斷女墻月。春秋二十二，疾逾電光瞥。乾坤鬱莽莽，誰有起死術！家庭有翻覆，五世祀覦覷。欲爲生者謀，痛絶不可説。

題《鍾馗象》

不搢笏登洛陽殿，虬髯飄飄摇大扇。天中節物榴花紅，鬼子攜酒媚乃公。受其賄不食其肉，魑魅横行竊天禄。平生具此好身手，拔劍當作霹靂吼。一掃四海清妖氛，酬汝百斛梨花春。不然溺職定遭劾，奪去烏紗换巾幗。吾言咄咄汝默默，蝙蝠低飛燈影碧。

題《酸寒尉象》

江南一尉苦不飽，拖靴暑踏紅塵道。折腰拱手衣冠身，笑倒山中采芝皓。戟門蕩蕩萬里深，大官受謁須黄金。書生胡爲作此態，孤負白石青松林。

北村

舟行六七里，兩岸饒竹木。推篷上沙隄，冰雪地犖埆。臨水十數家，柴門啓朝旭。黄犬走迎客，烏鷄聚啄粟。翁媪檐下坐，舉案飽白粥。訝我何處來，笑顔問僮僕。歲晏樂融融，力作衣食足。遺物拾還人，民風見敦樸。素知村野好，益覺塵世俗。恨不携家來，誅茅此卜築。春深饌筍菌，秋暮收杞菊。何事此中人，城中賃華屋。

聞昌碩病，久無書來

吟詩海上客，多病似相如。買藥添新債，看花憶舊居。三秋將過半，孤雁不傳書。静據槁梧坐，荒齋誰起予。

得昌碩書，知病腰，戲之

一尉酸且寒，理當拜豪貴。終歲腰挺挺，所以神作祟。望塵下跪者，趨走何便利。昨日新得官，腰金結車騎。

謝昌碩惠水仙畫扇

仲秋氣稍涼，老桂花庭前。故人寄我扇，上畫姑射仙。盈盈翡翠裳，皎皎冰玉顔。珍重懷袖中，詎肯笥篋捐。登山攬白雲，雲飛上青天。何物報君贈，永好金石堅。

戀棧馬

戀棧馬，忘馳驅，主人愛比初生駒。金鞭不忍加汝軀，披錦障泥食玉禾。偶然騎看長安花，道旁嘆汝恩遇多。恩遇多，筋力縮，不如疲驢駕車軸。千里萬里報主恩，落日秋山霧中宿。

老農述災象，作此詩

一雨四十日，低田行大舟。餓犬屋上吠，巨魚牀下游。張網捕魚食魚肉，甕中無米煮薄粥。天寒日短風蕭蕭，前村寡婦携兒哭。

舟中觀刈禾

孟冬稻熟水未縮，田家只在水上宿。腰鐮入水水過腹，水底毒蛇咬人足。割得禾頭載破船，推船纜向垂楊邊。城中貴人正賞菊，醉聽紅袖調三絃。

書《天津三烈婦傳》後

王兆霖妻金、慶蘭妻周、王恩黻妻金皆殉夫死，同治年間事也。

如鳥比翼木連理，三婦絶粒殉夫死。皇天使作鬚眉身，臣爲忠臣子孝子。一抔黄土烈骨香，年年墳樹棲鴛鴦。吁嗟乎！海隅城南寃鬼哭，夜半雄歸被雌毒。

畫菜把酒甕戲題

燕頷與虎頭，自分食肉相。坐讀數卷書，未爲萬人將。寒蔬下濁醪，至味霜雪釀。翻笑党太尉，羔酒銷金帳。

有客一首，贈蒲作英

有客亂髮飄蓬根，殘年懷刺來叩門。青氈破硯禿毛筆，江海萬里行一身。黄金脱手家仍貧，賣畫賣書三十春。松間下榻話山水，睒睒霜月寒窺人。

下情

下情難上達，上官好虚名。偏災奏蠲賦，三吴人盡驚。村村聚抗租，喧叫如勒兵。租吏畏老拳，縮頸不敢争。城中千百户，各倚田爲生。區區擔石儲，内顧惟吞聲。愁嘆聞父老，兒女憂長成。新年宴會稀，賀客冷門庭。東鄰老縣官，愁白髮幾莖。爲己且不暇，何暇順民情。田家洵多樂，新穀堆至楹。黄鷄下白酒，鄰里過柴荆。醉飽負暄博，錢布校輸贏。昨日城市來，蚩蚩聚如蠅。爲婦買花粉，携兒看春燈。一二窮水鄉，實惟有災氓。發賑翻不及，飢蟲腹中鳴。破褐不蔽骭，憔悴無人形。苦樂既不均，世事何由平。誰人將此詩，歌與中丞聽。

三月三日出游 是年閏二月

春陰湖畔路，佳日一經過。上巳桃花落，西山游騎多。笙簫村裹社，鶯燕酒邊歌。誰道年荒歉，船船鬥綺羅。

無聊

無聊三月暮，處處緑陰斜。延月因芟竹，留春更買花。裁書詢友病，將畫補窗紗。屋後數弓地，商量學種瓜。

昌碩寄詩，答兩首

情重嫌書短，交深喜病痊。乾坤詩一卷，江海别三年。五月尚湖路，荷花紅酒船。思君君不見，石榻看雲眠。

迢遥海上頭，訪舊少扁舟。白日坐成夜，竹風涼似秋。難同山水樂，共抱古今愁。誰識離群苦，飄飄一野鷗。

夏日酬醫人見懷之作

憐我知交少，裁書慰起居。閉門惟養拙，飽飯不求餘。琴裏風雷引，牀頭莊老書。問君醫國手，何藥治迂疏。

性直寡朋友，一首寄昌碩

性直寡朋友，長無鄉曲譽。秋風獨携酒，遥酹巨卿墓。他鄉有同心，拏舟訪蓬户。闊哉三年別，留作十日住。放懷論詩材，抵掌談世務。匆匆又言別，鷄鳴束裝去。長揖送出門，落月屋邊樹。滅燭就枕卧，納凉夢聯句。日高倦忘起，妻孥笑囈語。丈夫各有事，聚散風中絮。豈若鹿豕群，歲月長聚處。

聖壽節 庚寅六月二十八日

彩幔五雲合，華燈萬户懸。金銀城不夜，羅綺女如仙。酒肆尋紈扇，香輿落翠鈿。遥知無逸殿，齋戒正祈年。

庚寅八月十六日歸天石招同人游西郭外，酌酒、品泉、彈琴、玩月而歸，得詩四首

素心具扁舟，招邀賞幽僻。黍穗蔽隴黄，蘋花點波白。漾漾山漸近，孤村爨煙直。停橈步登岸，

瘦犬迎生客。地僻竹木繁，歲疫童稚瘠。村媪出門望，絮絮問來歷。矮几便且潔，慨借供酒食。翻笑城中人，箕帚有吝色。開樽古楊下，日影漏葉隙。深杯滉晴波，快飲堪一石。禮數存質樸，風景助笑劇。飯罷品泉去，解纜凌虚碧。恨無騎牛童，醒醉叫風笛。

古寺倚山麓，後有石洞泉。泉深不見底，大旱無乾年。挈壺走岡陵，碎石刺履穿。入寺逢老僧，碧眼高雙顴。頑蠢如鹿豕，點首無一言。墻頭巖桂花，禪室新兩椽。瀹茗對幽香，欲擷金英餐。清冽踰虎跑，不忍遽下咽。棱棱滌牙齒，凡骨成飛仙。探泉入古洞，毛髮生清寒。烈日不到地，當暑可著綿。苔荒絶蟲語，石滑凝蛟涎。沉沉太陰精，噀白虚空天。滿腹不願多，下疑有龍蟠。浮嵐潤松杉，飛雨送入船。心愁此良夜，難看秋月圓。

雨點鳴孤蒲，風聲和吟嘯。河橋叱歸犢，野艇罷晚釣。素琴開涼秋，有客理幽操。泠泠聲太和，足以釋矜躁。白魚越波聽，紫雁穿雲叫。今人尚新聲，俗骨不可療。箏琶雜淫哇，嗜欲塞九竅。知音古難逢，太息少同調。曲終滿船静，緩放尚湖櫂。推篷酌清醑，雲外懸落照。晴陰須臾中，天心豈人料。薄醒倚風露，一覽收衆妙。

風露滿草頭，婉婉圓月升。未到西風頂，已見湖波明。湖波一千頃，澂澈如水晶。波光接露氣，世界冰琢成。青山色變白，恍隔琉璃屏。星芒劍鍔寒，插水潛虬驚。是時爽氣高，萬籟涼無聲。乾坤一葉舟，泛泛風中萍。昨宵是中秋，懷人步閒庭。兒女陳果餌，拜祝月長生。人事有離合，明月有虧盈。吾欲携吾友，乘槎泛滄溟。狰獰赤龍鬚，拔作拄杖擎。拄之登方壺，高揖衛叔卿。徒作出世想，泛月歸南城。回首柳陰下，微火漁燈明。匆匆各還家，鼉鼓椎深更。瞢騰覓枕睡，山水有餘情。

松蕈寄昌碩

松陰昨夜秋雨足，采蕈如采藍田玉。登盤細嚼百味空，亟呼覆却花猪肉。夜航封寄滄海濱，下箸滑勝千里蒓。山中紫芝儻覓得，更託青禽貽故人。

趙非昔丈示《林屋紀游》詩卷，題二首

先生年壯時，洞庭發奇謳。斧斤運心匠，鏤琢山靈愁。涼秋當九月，菊黄酒新篘。挂席鯉魚風，盍去尋昔游。

捲卷攲枕卧，夢登縹緲峰。低頭望太湖，日落湖水紅。臨風浩歌者，恍若長髯翁。舉手欲問訊，擲杖騎蒼龍。

雙鳥詩 並序

庭梅高不及尋，夏秋間有二鳥巢於上。毛色蒼赭，似雀而小，鳴聲啾啾。至冬，雛成，委巢而去。如此有年矣。其去不知所適，來則毁舊巢新之，不失尺寸，低可立而窺。予每推窗步庭際，二鳥探首望，絶不驚畏。若他人則翔空際去，久乃復，似知予之無機心焉。嗟乎！予屏處一室，人無有樂予近者。凡狹邪、博塞、酒食、游戲諸事，不屑爲。亦不能爲。則憒憒寂寞何

以解？是鳥也，棄山林之深、松柏之高、園囿之清且曠，而集予庭，不可不紀。古人有感物興懷之作，是以效之也。

婆娑嘉樹陰，翩翩集雙羽。辛苦營新巢，日暮冒風雨。信予無機械，自謂適樂土。和鳴若有意，覓食傍衡宇。啁啾和清詠，羞與黃雀伍。靈警異凡鳥，智足避網罟。勿隨梁上燕，雙飛入朱户。斑貍繫金鈴，牙齒獰如虎。惜非原上鴿，又飛［非］出谷鶯。向我一枝借，令我心氣平。人生無聊賴，寂寞感物情。天寒恐汝飢，喂粟缺足鐺。昨夜霜霰下，落葉寒有聲。晨興戲巢内，羽翼雛將成。雛成各自飛，空巢委月明。願鳥長雙棲，願樹長敷榮。莫令悲秋客，傷嘆吟孤縈。

古鐵如意歌

黑龍斷爪落九天，化作如意眠青氈。土花銹澀鱗斑斕，金銀錯落明星攢。擊石立破贔屓頑，紅珊瑚碎愁琅玕。武庫貘食刀戟殘，嚙之齒墮饞流涎。鬼神呵護歷劫全，文字磨滅難問年。此鐵應采金牛山，洪爐踴躍異錫鉛，豐隆奮擊百煉堅。市南跛子鐵脚仙，割愛與我易酒錢。我持起舞敲銅盤，仰天高歌行路難，慷慨頭髮衝儒冠。盲風黑雨雷車奔，怪物欲攫窺頹垣。釁以牲血紅如瑞，恐變化去潛重淵。便欲携之朝帝閽，青冥路遥不可攀。鶴背難勝恨體胖，何年擁兵虎豹關。指揮三軍賊膽寒，熙朝堂陛無權奸。不然擊殺如鷄豚，一使天下長治安。無人改鑄雙龍泉，滄溟萬里騎白黿，斷長鯨首砥狂瀾。金樽醉倒蓬萊巔，坐看大海爲桑田。

劍門對雪

飛雪滿空山，山高天更寒。雙崖迎霧濕，萬木戰風乾。身世娛樽酒，江湖冷釣竿。斷炊僵卧者，誰是老袁安？

劍門草堂寒飲，即景有作

草堂三間踞絶頂，石徑險仄同褒斜。兄弟空山夜對酒，冰霜老樹冬發花。戲彈銅絃和白雪，爲飼仙鶴研丹砂。昂頭出户牛斗近，欲趁海客天河槎。

龍殿

度澗越林莽，有廟傍古樹。山僧掃落葉，階下走傴僂。中祀白龍象，冬薦無酒脯。碧眼銀髭鬚，衮冕法服古。莓苔青四壁，隸卒壞兩廡。龍爲鱗介長，海瀆是其主。想見蛟螭朝，月黑走風雨。今年夏苦旱，桔槔渴深浦。縣官迎入城，旌旗夹簫鼓。祈求若有應，旋降甘澤溥。五穀賴以成，刺骨感農户。門前龍母墓，荒草一抔土。斷碣野火焚，古事不可睹。我來日苦短，殘陽照柱礎。真形恨難見，看雲獨無語。游人莫謾褻，風雷起堂宇。

中峰寺 時有蜀僧苦行焚修

空山聞疏鐘，荒徑踏黄葉。迎門古佛笑，喜氣生兩頰。琉璃火青熒，照見億萬劫。殘陽鳥雀喧，齋堂啄餘粒。一僧峨眉來，晝夜跪合十。口誦貝葉經，菜色被敗衲。愚哉此比邱，堅修净土業。形骸非槁木，貪癡念方雜。譬如儒家流，迂怪成結習。魔障墮益深，迷津乏舟楫。僧廚動炊煙，歸路暝色合。四巖静悄悄，天寒百蟲蟄。

墜石澗

松風十里怒獅吼，亂石欲作熊羆走。一石突兀廣且厚，當墮不墮懸崖口。千鈞一髮誰繫之，山靈狡獪真好奇。脱爾竟落荒澗底，雷霆砰訇巖壑同崩摧。昂頭試望失魂魄，泰山壓卵無此危。或曰大星墮空碧，精英不滅化爲石。六丁力扶不上天，遺此奇蹟荒山僻。不然織女支機石嫌大，海客槎輕不能載。舉手推向塵寰中，欲使人間米顛拜。又不然媧皇補天餘，留鎮東海隅。當年置火煉五色，陰陽爲炭天地爐。問石石不言，日落蒼崖巔。安得今有賢達官，歸壓萬里輕裝船，不使鬱林廉石名獨傳。

咄咄

直道易見欺，書空但咄咄。知人不知心，對面隔胡越。潮生心中血，葉落頭上髮。欲反貧交行，長吟看霜月。

楊藐翁贈顧茶村詩，昌碩和之，並屬同作

葑溪閉門客，時撫一絃琴。夜雨江湖夢，歲寒松柏心。題墻詩筆健，閱世酒杯深。居近子雲宅，不愁無賞音。

再贈茶老

我懷虎頭老，一水隔吴門。生産硯田瘠，鬚眉古道尊。所交盡名士，無事倒清樽。想見春游倦，看花倚竹根。

予抱胸腹之疾，至丙夜則劇，不能寐，起檢昌碩來書，作此寄之

四更氣上逆，起坐不容後。連山暗蛩螿，隔竹閃星斗。故人别三載，書積一寸厚。行行肝膈吐，字字蛟虬走。夢中時相見，軀貌瘦於舊。比聞宿疾發，藥甌亦在手。蕭蕭氣漸凉，桐葉落窗牖。秋風駕扁舟，盍來作九重。黄花開滿籬，青山對斟酒。知君難踐約，官事有職守。勉旃加餐飯，各保金石壽。

白鼻騧

油碧紫雲車，銀鞍白鼻騧。追隨踏芳草，輕薄似楊花。縱博兼耽酒，揮金不憶家。可憐生産盡，

猶自聽琵琶。

游中峰寺，贈浮屠息機

山僧真樸忘勢利，留客啜茗開松扃。黄獨煮雪供齋粥，白猿踏月來聽經。鉢洗破龍湫底水，碑讀伏虎墳前銘。有時兼旬不出户，荒階雨長苔青青。

田間苦蝗久矣，秋霖既沛，蝗跡如掃，作此志快

蝗飛蔽天如箭鏃，青青嘉禾飽汝腹。么麽小蟲敢作災，毒比豺狼食人肉。天瓢一灑水没蹄，爛翅折足成污泥。輕煙霏霏日淡淡，祇有蜻蛉草上飛。

折劍嘆

劚土得劍頭，上有干將字。摩挲發寒光，不堪持擊刺。霜鍔星鐔未遭厄，一揮三軍頭盡白。鸊鵜膏淬聞血腥，黑夜冤魂鞘中泣。胡骨朽，誰見憐，不如鉛刀能自全。更投洪爐鑄匕首，斷蛟刺虎隨君手。

太倉鼠

太倉鼠食太倉粟，粟既耗，鼠多肉。鼠身多肉鼠不足，穿墻更入鄰家屋。恨無張湯具獄辭，立磔

堂下陳其尸。烏圓惜爾好牙爪，日向園林攫飛鳥。

俞養浩示詩卷，書此歸之

君詩志和雅，百煉出堅韌。有時試神勇，猛氣壓廉藺。雷霆驅百怪，劍戟排大陣。我欲蹈其瑕，
畏難不敢進。憶昔寇亂平，村居各髫齔。日斜學堂散，嬉戲芳草岸。柳枝鞭竹馬，騰踔逾八駿。
時光疾於鳥，不過眼一瞬。憔悴同抱疴，中年見衰鬢。長吟送日月，騷雅拈險韻。詞章雖雕蟲，
盛衰關世運。我才不如君，質比鉛刀鈍。愧非他山石，爲錯攻瑜瑾。唐時有李杜，樽酒相討論。
二公久埃土，敗血化青燐。今人好譏彈，門户争啓釁。知音勿外求，靈臺地方寸。

李烈婦詩

烈婦出錢氏，李松雲室。松雲卒，守節艱苦。粤寇之亂逃於崑山之韓村，賊至村外，將渡河，婦自沉。一女名昆玉，隨母死。

紅巾陷城掠鄉僻，刀光照水水血赤。奮身入河訴河伯，生氣凛凛魚鱉不敢食。烈婦殉節女殉
母，金石可爛名不朽。鬚眉如戟負國恩，大纛高牙棄城走。嗚呼一門烈孝俱，身雖巾幗心丈夫。
韓村溪流響於邑，如聞當時母女相持泣。

觀張二水草書長卷

磊落奇偉姿，龍虎紛攫拏。臂力挽百鈞，不數筆陣圖。毫端入造化，醮墨乾金壺。長江大河氣，浩浩腕底趨。波磔何驚人，風骨孱欲無。低頭附魏璫，逐臭如糞蛆。書屏祝璫壽，濫若蠅矢污。奸敗遭斥逐，幸免斧鑕誅。今人重墨跡，何啻玉與珠。不如鍾馗符，尚能辟夔魖。後有王覺斯，筆勢真齊驅。咄哉貳臣傳，有愧忠義奴。才高並無行，千古供嘆吁。

昌碩北上，書來話別，送以詩

此去三千里，悠悠吾道孤。論交重金石，惜別遠江湖。燕市誰憐駿，吴船夢釣鱸。梅花欲攀贈，悵望隔長途。

得昌碩都中書却寄

挂帆滄海赴皇都，亟欲裁書問起居。花下開緘成一笑，故人先我寄雙魚。
樂毅墳頭酹杯酒，燕昭祠下讀殘碑。遥知古意無人識，荒草斜陽獨立時。
古寺長街日看花，新詩題壁走龍蛇。愛才朝士多零落，誰解金龜付酒家。
高車駟馬六街塵，臺廢黄金士更貧。應有英雄隱屠狗，憑君一訪市中人。
吾友嚴陵讀書處，三間茅屋劍門巔。何時策杖同相訪，高卧白雲聽澗泉。

題劍北畫梅

山虛水深石嶙峋，東風不到花含蘲。道人鐵脚踏冰雪，獨折一枝太古春。

暑夜獨起

雄鷄未唱漏將終，擾擾群生睡夢中。露氣侵衣纖月落，亂螢星墮竹梢風。

漫興

蝸角一憑鬥蠻觸，蛙聲何必問官私。綠陰如幄枕書卧，竈下黄粱將熟時。

送遠

絮語方殷促解維，秋風江上折楊枝。無情白髮催人老，一世能消幾别離。

暑夜夢至劍門

劍門久不至，一夢得清游。灌木三更雨，空山六月秋。故人讀書處，燈火出墻頭。欲叩松扉入，鷄鳴滿枕愁。

讀左文襄公《西征奏議》

上相騎箕去，西征奏疏傳。文章驚海外，功業勒燕然。白髮猶憂國，丹心可對天。公卿多衮衮，誰是善籌邊。

題村舍

稅輕利厚少荒年，種得荷花勝種田。昨夜雨添三尺水，一雙鸂鶒浴門前。

妄談

紅頰長眉舌吐蓮，妄談仙佛冀升天。袖中愧乏昌黎筆，傳得南充謝自然。

嗚堅白齋詩存卷二

鳴堅白齋詩存　卷三

常熟沈汝瑾石友

消夏雜詩

小池浴硯弄碧水，高閣枕書眠白雲。閉户如逃空谷裏，擬呼猿鶴與同群。
修竹高梧净不埃，冰瓜初剖色玫瑰。科頭跣足猶嫌熱，惱殺長裾襏襫來。
磨崖碑訪鄭文公，避暑如登天柱峰。縱筆一揮池水黑，居然滿紙走虬龍。
手携一卷草堂詩，秋興能將病熱醫。落木天風來紙上，笑他水浸白龍皮。
通眉長爪貌清臞，拂水巖頭去讀書。那曉城中如火熱，寄聲促我畫芙蕖。謂嚴吉士。
讀畫談詩缶居士，燕雲吴水路三千。五年不到山亭上，孤負松風六月天。昌碩時游天津。
苦茶新煮逸公壺，涼沁心脾雪不殊。白石清泉好風味，何妨癡絶似倪迂。予得陶壺，有『逸公仿古』四字。
汗雨蒸人夜不眠，漫將酷熱怨蒼天。熊羆十萬東征士，鐵甲生蛆卧戰船。日本犯高麗，王師東下。
身閒懶種邵陵瓜，夢裏乘涼泛釣槎。卅六鴛鴦交頸宿，滿湖明月萬荷花。
天瓢一倒覆滄溟，雨過斜陽没遠汀。獨倚危樓看歸鳥，落霞紅映晚山青。
樹頭結網看蜘蛛，竹裏風來日欲晡。如意自持搔背癢，不須纖爪遣麻姑。
屢煎藥裏醫兒病，乍啓郵筒喜客安。飯罷昏昏只思睡，異書借得幾曾看。是日得族弟天津來書。
露下平林溽暑收，闘蘭香比水沉幽。梧桐小院湘簾卷，淡月疏星作早秋。

孤雁

銜風冒雨誰憐汝，寂寞江天叫斷雲。共宿蘆花當日侶，稻粱獨飽不同群。

感事

未見倭奴面縛降，揭天鼙鼓日舂撞。樓船砲碎龍旗折，戰血新添鴨緑江。

脣齒相依異越秦，救鄰恤難播皇仁。羈縻養望無他技，誤國休休一個臣。

牙山苦戰血盈襦，人絶糈糧馬少芻。何日將軍天上下，旌旗重見黑雲都。

甲午八月十五夜雨，待月賦詩，詩成月出

中秋苦無月，雨脚紛淋浪。一黑如混沌，黯黮雲八荒。空庭飛敗葉，老樹森以僵。可憐丹桂花，墮地無復芳。壞墻出陰火，衰草啼寒螿。姮娥斂翠眉，無心舞霓裳。雨師持天瓢，乘龍躡銀潢。是時久苦旱，甘霖比瓊漿。已遲十數日，泥裂稻葉黄。群官走祈雨，磬折土偶旁。雖喜膏澤降，不救焚死尪。天時既已失，人事又搶攘。倭奴竊朝鮮，何異觸藩羊。元老失勝算，虜勢益猖狂。輪舶碎飛砲，碧海沉軍裝。千餘羆虎士，未戰爲國殤。白骨葬魚腹，冤氣衝欃槍。坐使牙山軍，援絶無資糧。孤軍一當十，血戰裹金創。黑夜突重圍，全軍走漢江。此真將軍才，功應表旂常。葉志超牙山失律，當時諱敗爲勝見上，諭褒奬。越十餘日，其奸乃敗，下獄論死，不能臆度也。北洋水軍督，智短丸蛣蜣。避寇如避仇，不擊一艦傷。宜正失律誅，髑髏懸高檣。賞罰一失輕，兵氣致不揚。天心感人謀，五瑞嗟深藏。所以雨失時，佳節無月光。人間賞月人，金爐爇清香。飣盤雜梨栗，設席羅壺觴。釵鈿耀珠翠，羅綺綉鴛鴦。擫笛玉指瘦，吐酒紅肌涼。愛月不能見，徘徊以彷徨。海隅有匹士，鬱鬱悲

熱腸。如意擊唾壺，楚調歌激昂。雨止明月出，萬象昭四方。如美人初浴，粉黛施薄妝。疏簾卷樹影，虛白生茅堂。自起滅燈燭，洗目呼蘭湯。豈予一寸心，上能格穹蒼。再拜祝太陰，永照漢道昌。

與嗣初飲郭外酒家

酒家亭子清溪旁，秋塍灑雨稻葉香。黄鷄下酒酌大斗，青山白雲笑我狂。亭中對坐堂堂張，六書篆籀分毫芒。人生安用苦識字，不如日日逃醉鄉。君不見道旁尚書譚公墓，無人澆酒踹牛羊。

秋霖一日，夜坐，雨，悶甚，又聞王師失利

秋夜一何長，秋日一何短。連天風雨惡，時刻昧早晚。對食不下咽，胸膈積憤懣。壯年成衰頹，猛志變迂緩。東征失大將，雄關若無楗。碧血埋黄塵，馬革尸不返。狂寇吞舟鯨，殘軍喪家犬。盛京爲震動，扼險恨江淺。朝廷憂旰食，公卿口如鍵。布衣嘆時艱，於時何益損。不爲負天鵬，甘作飲河鼴。三日即重陽，賞菊持酒碗。但願浮雲開，極目千里遠。登高虞山顛，嘯歌結幽伴。

九日偕友携酒桃源澗

酒徒三四輩，澗上作重陽。日落寒泉急，山空野菊香。停杯憂國難，聽雁感年荒。慷慨傾壺釀，

無由入醉鄉。

趙曼華先生山水花卉畫扇，其嗣次公收得，合裝長卷，屬題

峰巒疊翠花含露，劫運難將粉本埋。我喜丹青有私淑，畫中今識趙彝齋。
北郭游驄南浦船，春風便面落花天。如今携扇人何在，衰草斜陽古墓田。
白髮次公悲往事，讀先人畫淚潸潸。梅巔閣上春寒夜，萬樹冰花雪滿山。

有感

砲聲倏止陣雲飛，戰死殘魂帶血歸。横海將軍已降敵，更無鐵艦樹龍旗。

寒夜對雪

竹木聲戢戢，天色愁黯淡。積雪没檐瓦，一白如素毯。長林失杈枒，大地平坎欿。挈瓶漸知凍，然燈不起焰。是時倭内侵，壯士慑無膽。但願海水凝，冰山阻敵艦。我欲訪故人，扁舟獨往剡。醉眠不成行，宵長夢苦魘。

乙未二月十八日大雷電，次日大雪不止，紀異

今雪昨雷電，天意詎能測。庭前玉茗花，苦寒殺嬌色。花止悦目耳，今秋恐無麥。兵戈苦未定，

島倭横海舶。遥聞東三省，萬姓失安宅。天時與人事，隱憂積胸膈。同雲護天狼，彎弧不可射。
鼻僵息不煖，心苦思欲焦。羊裘足禦寒，章身鄙金貂。雲色山黯慘，風聲樹蕭飀。戢翼伏日烏，
杜足凍海鼇。飢烏鳴啾啾，如聽窮黎號。願天雨粟帛，一止衆口嗷。對食不下咽，何論沽濁醪。
將軍銷金帳，羔酒何其豪。

磐龕舅氏命題元配沈孺人所畫墨蘭，蓋瑾從姑也

瘦葉發奇葩，懸根不著土。想見落筆時，緑窗響風雨。
渭陽雅好畫，遺墨同拱璧。重題悼亡詩，兩鬢秋霜白。
我母昔寫蘭，六法姑所授。湘管枯不春，陟屺淚盈袖。

暮春西郭外觀競渡

霧散昨宵雨，晴開三月春。湖山無賴酒，花柳背時人。冶艷成風俗，優游遂隱淪。微波與飛絮，
處處是迷津。

題昌碩《山海關從軍圖》

君生未識邊塞秋，一官懶散如海鷗。忽衣短後跨鞍馬，飲器欲漆倭奴頭。倭奴寇邊勢飄忽，朝
鮮淪爲虎狼窟。長驅直渡鴨緑江，殺氣衝霄慘邊月。是時湘軍未敗衄，樹旗招降冀倭服。雅歌

投壺主將閒，椎牛縱酒三軍樂。雄才專待書露布，籌邊未借筵上箸。懷人夢醒五更笳，關中白雲關外雨。老親白髮愁倚閭，病中遠寄塞上書。軍功不换嚙指痛，歸舞萊彩爲親娱。煙塵漠漠開畫圖，遼東十萬白骨枯。書生報國徒慷慨，未能執殳爲前驅。主憂臣辱誰致死，勝算惟知議和耳。流民扶携西入關，胡不圖之獻天子。

小極偃卧，得昌碩北來信，並示楊香吟《感事詩》

雨深新草没階除，小病厭厭嘆索居。猶喜故人情鄭重，三千里寄數行書。草玄揚子知名久，老卧滄江歷歲寒。時事悲涼付新詠，唾壺擊破髮衝冠。

今昔行

昔年同如空山鶴，翱翔白雲向寥廓。今日君爲畫堂燕，簾幕雙棲不相見。炎涼易性今昔殊，咫尺便成千里途。巨卿死友呼不起，世情翻覆何所無。黄公壚頭沽美酒，去聽出谷鶯求友。

秋夜感懷

百蟲同一鳴，萬籟同一聲。我唱獨寡和，顧影何煢煢。男兒不得志，壯歲白髮生。讀書不適用，焉得生前名。世居西山下，老屋百餘楹。蒼松偃翠蓋，丹桂懸金英。屋廣人住稀，時聞嘯山精。二親棄我去，碧草凄滿塋。一弟已别居，白日分紫荆。命衰苦孤寂，心摇似懸旌。月落星斗轉，雲浄河漢明。塊然處宇宙，憔悴嗟何成。

秋日泛舟即景口號

城裏青山青出城，扁舟一路看山行。青山看盡尚湖到，煙水蒼茫來雁聲。

出郭

出郭盡秋色，清游狂未還。馬蹄塵過屋，雁背日銜山。丹桂酒邊落，白雲人外閒。我儕當醉死，時事正多艱。

乙未重九同昌碩諸人登虞山劍門，題名石上

峭壁插天青入雲，揮手招得雲中君。同我空山作重九，左持蟹螯右把酒。俯視煙水胸襟開，欲挹尚湖入酒杯。陶潛采菊嘉落帽，古人灰土今人哀。吾儕作事應不朽，何用黄金印如斗。淋漓翠墨勒蒼巖，狂名永與山同壽。

拂水巖看月同昌碩

石梁跨飛巖，險仄驚俯視。絶壑寒生煙，暗響滴石髓。霜月破雲出，照見尚湖水。漁燈雜明星，深宵苦垂餌。慨彼飛熊入，千載呼不起。島寇竊弄兵，乾坤正瘡痏。憂時恐成癡，對月聊自喜。

清輝滿衣裳，五内净泥滓。更躡蒼崖巔，一眺窮萬里。

清涼寺觀觀自在銅像，訪藥上人不遇

携侶入丈室，花木生清妍。登樓禮古佛，佛光寶月圓。頂嵌青泥珠，足踏黄金蓮。十相真具足，宜置忍利天。大冶鼓洪爐，能奪造化權。可歷億萬劫，成此金剛堅。欲訪山中僧，相與結静緣。琉璃一燈明，共參上乘禪。人言山僧忙，更受俗人憐。入城謁豪貴，日暮當來旋。

秋日雨中送别昌碩

三年才一見，惜别語依依。煙雨孤舟遠，風塵知己稀。游山憐日短，贈菊載秋歸。獨上橋頭望，垂楊惹濕衣。

又書昌碩《從軍圖》後

黄塵埋骨慘三邊，誰擊金鞭唱凱旋。醉踏月明騎馬去，戰場高枕髑髏眠。

題昌碩《山水》卷子

缶翁作畫一身膽，著墨不多勢奇險。胸中邱壑吐煙雲，不比俗手丹青染。平生知己能幾人，詩材畫筆多苦辛。何當披髮入山去，古木蒼崖同結鄰。

題顧茶邨《湘江幻夢圖》，圖爲悼亡作也

鰥目窮秋淚，湘江獨夜船。畫圖開夢境，環珮隔情天。綉枕香應在，紅樓月不圓。勸君莫惆悵，且傍酒壚眠。

聞倭陷臺灣

孤軍血戰少同袍，援絶囊空槖載逃。十萬黑雲都不見，髑髏臺築海天高。

題畫竹

直節不可屈，青青當歲寒。如逢任公子，堪作釣鰲竿。
寒泉静不流，夕陽墮山外。荒巖無人蹤，蕭蕭響秋籟。

哀徐仲翔 並序

仲翔名鳳，依扇肆取給，人稍論值，則面赤囁嚅，無賢不肖，扇購其手，輒謂廉且善，多樂就之。家本有田頃餘，其兄縱博賣盡，自食其力，怡然也。初不願婚，欲爲僧，與一僧習，夜偶同卧，見僧首出被中，童然不類人，惡而止。君形侏儒，右肩上竦，非生而然也。幼與群兒戲，當暑，熱甚，坐溝中，使群兒勺水淋其背，快甚。日日爲之，病，幾死。寒入筋節，縮不可直，人笑其

狀，戲呼爲長者，亦漫應焉。性温雅疏散，每過予，見數古樹，愛玩不忍去。畫小花卉，亦楚楚有致，其行事豈市賈中有哉？乙未冬，疾發，誤服外國治哮藥，遂不起。過者輒嗟惋，市爲之衰。

貌拙古痀僂，迂拘似老儒。陶壺烹苦茗，破盎藝新蒲。踏雪夜呼酒，看山春泛湖。舊游如昨日，可惜此人無。

愛静交孤衲，安貧讓薄田。十年塵市隱，一病夜臺眠。室有扶牀女，囊無賣畫錢。寶慈橋外路，新冢草芊芊。

夜社曲

夏首農隙，邑廟賽社，日繼以夜。衣服、輿馬、旗傘、燈火之屬，鬥巧誇靡，一人之裝有費至數十萬錢者。肩摩踵接，舉國若狂，可慨已。古語云『吴人尚鬼』，信然。

虬脂然火燒碧空，綉衣倦壓桃花驄。笙簫幽咽吹香風，萬人齊足城西東。鸞翹鳳屧珠簾下，頰上芙蓉粉光射。少年饞眼逐華燈，欲買良宵苦無價。漏聲燈燼游人歸，古廟煙鎖雙朱扉。雲旓不見露華墮，月黑空街走燐火。

《西鄰》 一章傷顧蕙南

登登製棺斧聲急，西鄰喪兒未三十。是兒非凡兒，健筆能剸犀。工文頗見儕輩推，登樓與我論書畫，妙悟自得心爲師。七日病不起，玉樹埋地中。耶孃淚枯白日晚，紙灰風捲過墻東。

《老樹》一首爲磐盦舅氏作

老樹生意繁，内外百蟲蝕。樹本日以傷，緑葉漸減色。上有雙鴟鳴，昨日之日相喧争。柯條震蕩巢欲傾，有人倚樹長太息。驅蟲驅鴟兩無力，可憐樹亦甘自賊。根下萌芽長一尺，何時見汝干霄立。

雙石詩 並序

予童時於墻根獲一石，高二尺餘，狀絶奇。爲人假玩，垂二十年，幾忘之矣。丙申冬舁歸，如與豪俊拔俗之士久别重逢，相視莫逆也。吴昌碩亦得一石，書述其狀，甚誇，不知較我石果何如，因作歌記之，並貽昌碩。

乘槎未泛滄溟東，眼前忽睹突兀海上之奇峰。雲垂濤立勢飛動，昂頭直欲摩蒼穹。巉巖瘦削非人工，亦非雷斧揮豐隆。乃是山川靈秀胚胎有此石，元始一氣開鴻濛。蕭齋逼仄僅容膝，平地湧出青芙蓉。篝火照見影在壁，有如好手潑墨圖華嵩。坐觀卧賞掩書卷，文心難與争玲瓏。惜哉只此一卷耳，不有巨壑横長松。壯士挾置官道側，移山竭力來愚公。或如雲夢八九吞胸中，吐氣光怪如長虹。又恐六丁六甲下搜取，雷車夜載歸天宫。延陵詩老人中龍，得石奇古與吾同。星精墮地變化無此怪，狂喜冒雨傳郵筒。吾知天生奇石作吾二人像，何須劖刻勞神鋒。不貴形似貴神似，孤寒骨相冰雪爲心胸。百年血肉委黄土，賴此萬古傳遺容。各自作贊書石背，願同石壽無災凶。二石應亦似兄弟，參商相失何由逢。何時携來作高會，花前共醉琉璃鍾。

丙申臘月十日集飲小樓，磐盦舅氏詩先成，奉和

甕頭春煖梅萼香，登樓看山飛羽觴。青山對面忽不見，雲霧一白天蒼茫。隆冬不寒解裘帽，塗泥汩汩水挂墻。陰陽錯亂禍患伏，嗟彼燮理謀不臧。吾曹無事且飲酒，長鯨恐吸天瓢漿。嚴設酒政酣拇戰，肯如怯帥逃沙場。渭陽頭白興不淺，珠玉脱口紛琳琅。更言十五來踐約，要看圓月涵山光。

十五日再集，復和舅氏，是夜見月

雪霏山霧開，黛色慘不舒。諸公赴嘉約，褰裳涉泥塗。談笑至日夕，有酒傾百壺。藉聯親故歡，不爲口腹娱。客去吾亦倦，静與天爲徒。凍雲吐孤月，萬象涵清虚。倚闌薄酕醉，澹然忘故吾。

南沙相國效石田翁畫南瓜，戲臨之，並題詩補空

文肅處廊廟，偶憶田園味。畫仿白石翁，楮墨盎元氣。我如效顰施，塗抹亦游戲。儻能换濁醪，一醉昏昏睡。

丁酉上巳虛白居士招，集曾氏園林修禊

觴詠繼永和，良辰集名園。同志五六輩，列坐載笑言。喜值新雨霽，山光映前軒。花柳媚煙景，魚鳥狎清樽。萬族各適時，嬉逐陽春喧［暄］。吾儕且歡飲，窮達何須論。主人鵝湖客，棄家如孤雲。借此山水窟，招邀具盤飧。極我一日樂，尚友千載人。蘭亭會已遥，感慨見遺文。長謡倚落日，古意彌相親。

同趙非昔丈至半畝園

高樹晚花落，古潭春水香。鳥聲藏密竹，山色入虛堂。此地紅塵絶，清言白日長。何時共携酒，醉倒藥闌旁。

畫折枝戲題

小樓西角納山光，誰與清談坐夕陽。偶寫寒葩破岑寂，硯池殘墨作花香。

黄大癡酒亭歌

亭去西郭三里許，湖橋之側，今爲土神祠。橋下時得瓦瓶，相傳即當時貯酒器。虞山西麓有大癡墓。

酒星化作黄子久，日在湖橋飲美酒。橋邊至今有酒亭，亭前裊裊垂楊柳。子久一去五百年，吾

輩復來停酒船。雲山蒼蒼煙水碧，如見畫卷開青天。酒仙畫聖逸民傳，低頭肯作廉訪掾。醉來筆底掃雲煙，元氣淋漓滿東絹。是時天下已入明，臣素革屨橐橐聲。先生一笑隱吴越，終日酣飲全其名。此地湖山堪醉死，遺蹟流傳勝青史。橋下纍纍破酒瓶，漁人網得沽城市。懷古一樽亭上開，安得先生同酒杯。栗里高風虎頭筆，天地偶爾生奇才。徘徊日暮鴉啼樹，乘興泛湖看煙雨。明年三月桃花紅，載酒來澆墳上土。

泛湖憶磐龕舅氏

去歲清游隨舅氏，湖光山色滿孤篷。眼前風景都如舊，不見蕭蕭白髮翁。

苦旱行

三月不雨至六月，高田老農瘦存骨。桔槔踏折河水枯，眼見青苗不得活。城中官吏急徵糧，催科更比祈雨忙。癡龍抱珠睡淵底，霹靂無聲火千里。

苦雨行

三月不雨至六月，六月大雨河水溢。連畦青苗沉白波，打魚船在苗上過。老農仰首怨碧翁，旱潦却在一月中。水雲漫天不見日，城中斗米錢五百。

東村就醫，贈張再可

沉痾負來久，求治到茅堂。白髮隱君子，青囊古藥方。家貧無長物，屋小隱垂楊。欲去重回首，門前溪水長。

贈郭大令

風雅虛心好，豪强信手鋤。娱親山水縣，判牘晋唐書。寫竹盈紈扇，看花奉板輿。比鄰聽嘉政，松桂養扶疏。

昌碩寄示自壽詩，時臂患瘍，云病愈即來虞山，作詩促之

凉發高秋興，閒吟自壽詩。柳俄生左肘，菊約訪東籬。兩地交如水，中年鬢有絲。扁舟何日到，獨立望多時。

獨泛

今朝喜無事，小艇泛迴塘。孤客惜秋景，殘荷媚夕陽。水荒菱芡賤，人静鷺鷗忙。向晚忘歸去，炊煙出緑楊。

友人索題《尚湖春泛圖》，磐龕舅氏同游有詩，見之愴然

綠楊汀外波魚鱗，載酒招客娛芳辰。白鷺驚飛木蘭楫，紅螺暖酌梨花春。喜無煙雨冷三月，大好湖山游七人。披圖苦憶吾舅氏，數行遺墨猶如新。

秋夜有感

昏昏殘燭燼，唧唧暗蟲吟。事到中年劇，秋隨夜雨深。故人常入夢，時務每驚心。病久愁難愈，朝來白髮新。

暴雨小樓看山

山出浮雲雲罩山，雲山不辨刹那間。雨收雲散青山在，明滅斜陽飛白鷳。

寄昌碩

離群常苦憶，同病更相憐。行藥［樂］菊花晚，懷人霜月圓。湖山虛宿約，鬢鬢近衰年。吾谷丹楓好，當來泛酒船。

酬昌碩

獨坐蒼苔古柏根，青山黃葉掩閒門。感君書札頻頻寄，十載相憐勝弟昆。

昌碩來虞山，信宿而去，臨歧悵悵，不能無言

兩日抵掌談，積思一傾吐。孤舟夜出城，輕裝濕寒雨。樓高望不見，燈火暗秋浦。明朝青鏡中，鬢髮白幾縷。

題昌碩臨古岑和尚所藏管仲姬《雙鈎蘭》

仲姬寫蘭如寫竹，冷落僧寮亦可憐。缶翁好古一臨得，翰墨緣深五百年。
前身合是吳興趙，淚滴蟾蜍古墨香。欲譜楚騷弔山鬼，煙月蒼蒼湘水長。

題《吟秋圖》

落葉黄没階，夜聲群動息。瘦菊留晚芳，殘燈耿半壁。此時擁鼻吟，詩思苦寥寂。微聞窗外雨，風吹寒淅瀝。

挽程伯隅 卒於重九日

灑落親風雅，鬚眉直氣豪。借書消夏日，論畫入秋毫。白髮愁中短，青山筆下高。重陽菊花酒，不見手持螯。

戊戌人日，庭梅早開，戲爲寫照，題一絶句

偏向溪山深處隱，慣從冰雪窖中開。平生不藉春風力，獨得乾坤清氣來。

元夜自嘲

飲博笙歌病未能，但看明月不看燈。梅花一樹中宵倚，清況真同苦行僧。

張西城贈硯，作詩紀之

吾友得子石，中有良硯材。剖之獲雙璧，分贈青玫瑰。是真下巖石，端溪所胚胎。想在深水中，神龍護風雷。不知何時出，歷劫埋塵埃。一朝遇真賞，追琢磨松煤。臨池省腕力，使我心顏開。或辨云歙產，妄語良可咍。所以天下士，負奇没蒿萊。有感且飲酒，甕撥梨花醅。

上巳出西郭

白袷三橋去，青山一水長。酒人藉芳草，畫舫繫垂楊。花鳥太平景，綺羅時世妝。艱難誰省得，感慨立斜陽。

雜感四首

外侮内荒歉，國步何邅迍。巖疆踞龍虎，拱手以讓人。養兵不能戰，何如養飢民。飢民雖尫瘠，

知感朝廷恩。他日備一戰，或可清中原。
山東李中丞，丹心鐵爲面。年老氣獨壯，志在決一戰。黠虜挾朝廷，罷職置閒散。齊魯失長城，忠義嗟扼腕。黄閣諸元臣，和議有勝算。
鑄鐵作車軌，日馳數千里。帑金擲千萬，强敵見之喜。一朝干戈興，險要不足恃。長驅奮雷霆，壯士輪下死。開門資寇兵，何不築堅壘。
奉詔開特科，網羅天下士。經濟出薦舉，要津恐成市。古來名將相，豈在文字裏。奇才肯骫骳，君門隔萬里。莘野與傅巖，羞爲蒼生起。

虞山西麓招真道院有紅梅一株，齊梁時物也，今不可見矣，想像寫之，題一絶句

丹霞煉花花不老，鐵爲骨格冰爲心。千年屹然瘦蛟立，曾聽六朝人鼓琴。

贈張西城

欲沽春酒典儒巾，稚子含飢竈斷薪。手把鴉鋤種修竹，不逢知己不言貧。

題趙次公獨立小像

老健山林自在身，虬髯俠骨鶴精神。高冠長劍丹青裏，笑爾麒麟閣上人。
泉清勝果煮新茶，心似僧孤未出家。骨董每藏三代器，小園不斷四時花。

紅塵不到梅巔閣，四壁雲山日卧游。更約西風挂帆去，金焦頂看六朝秋。
白雲紅樹種瓜田，一曲清溪竹萬竿。身在青山畫中老，不須更寫畫圖看。

《咬菜根圖》，爲蕭敬則畫

霜氣入菜根，其味清而腴。朝餐實我腹，閉門讀奇書。勞勞車馬客，食肉非吾徒。

哭張嗣初四首

平生困飢寒，未病生氣少。一病卧積旬，軀命不復保。呱呱啼牀頭，幼子在繈褓。諸孤盈眼前，婚嫁一未了。薄棺即荒郊，靈幃掩餘照。淒風吹空庭，紙灰覆春草。

煮字難療飢，不救生前貧。摩挲商州器，辨别龍虎文。寸鐵刻金石，丹篆生奇芬。凡將與急就，得易俗不珍。餘力爲琢硯，紫割端溪雲。案頭玉蟾蜍，淚滴頻爲君。

移家傍西城，老屋讓弟居。柴門對青山，隙地宜種蔬。向人乞花竹，雨中自携鋤。比來枝葉長，過墻緑扶疏。諸兒好培護，勿使手澤枯。移根植墳土，夜夜啼棲烏。

往來十餘年，心蹟久逾密。清談沃苦茗，傲骨山兀兀。暑漱桃澗泉，醉踏劍門雪。清游成往事，壯歲忽長别。豈無三益友，誰似君守拙。魂兮夢中來，慰我腸百結。

漫興

時艱白髮隨年長，樓臥青山並枕高。且自優游尋蝶夢，何須辛苦學龍韜。

長安有俠客行

人自京師歸，言當安御史維峻直言遣戍，貧不能治裝。有王麻子者，奉金三百、車三兩，護之至戍所。一時傳爲義，因賦此詩。

長安有俠客，閭里不知名。封章一上天爲驚，孤臣謫戍萬里行。冰天雪窖魑魅喜，天恩不殺臣亦死。俠客吁嘻拂衣起，車馬黄金奉君子。匣中匕首紫電光，崎嶇險道如康莊。當關虎豹不敢怒，驅車安抵盧龍戍。義聲直薄雲天高，一愧平生金石交。歸來笑隱黄塵市，屠狗賣漿終老耳，安得用之雪國耻。

苦旱

苗枯米如珠，赤日裂后土。世多桑宏羊，烹之天乃雨。

題畫菜

菜根稀，菜葉肥，閉門種菜可療飢。食菜勝於食雞肋，願天下人無菜色。

避俗

避俗閉門卧，觀書且養疴。年荒憂世亂，賦重苦田多。溝瘠無膏澤，官奴厭綺羅。日長憎酷暑，安用魯陽戈。

得李杭之《古松障子》，喜作短歌

涼飆虛堂來，蟄龍起春雷。乃是古松樹，鱗甲皴蒼苔。千年不遭斧斤災，孤標上掃浮雲開。可憐大厦欲傾倒，世上無兹梁棟材。庭前老松亦突兀，下有茯苓吾懶掘。炎歊苦旱三伏時，散髮松根看明月。

又題畫松

予得《古松障子》，款署『李杭之寫於檀園之吹閣』，愛其蒼勁有奇致，作歌記之。初不知爲何如人，趙非昔丈謂長蘅之子，乃檢錢蒙叟《列朝詩集小傳》云：『有才子杭之，字僧筏，畫筆酷似其父。乙酉歲死於亂兵。』蓋未入本朝，氣節完人也。因作五言一首，書其端，俾後之人不以尋常畫師視之。

濤聲走素壁，六月吹涼飔。前朝有名筆，寫此鮫虬姿。楮墨雖黯淡，元氣何淋漓。當揮如掾［椽］筆，腕力山可移。千巖戰風雨，百怪搜［鎪］心脾。淵源溯家學，丹青父兼師。一門擅六法，風雅皇天私。檀園盛花木，吹閣臨芳菲。煙雲吐柔翰，冰雪題新詩。明社一夕墟，山川鬥熊羆。當時寫松者，鋒鏑殘其尸。一死殉故國，精魂化虹霓。不然徵車至，巍科舉宏詞。文采必見收，安能隱茅茨。此畫三百載，似有神護持。滄桑歷浩劫，披圖嘆艱危。俗工畫桃李，狼藉粉與脂。奚知抱貞心，不凋歲寒時。爲沾梨花春，再拜陳一巵。願亟化龍去，爲雨蘇災黎。時苦旱。

戲贈黃慕庵

清談每過我，大笑豁胸襟。經濟懸河口，文章用世心。虛懷無白眼，信手散黃金。幕府需才日，當爲擇木禽。

鳴堅白齋詩存卷三

鳴堅白齋詩存　卷四

常熟沈汝瑾石友

喜雨

秋來喜多雨，檐溜稍破塊。溪山長新緑，草木有生意。想見西北鄉，田父得一醉。疲牛罷鞭笞，閒傍柳陰睡。
上蒼恤生民，甘霖救枯槁。莫嗤中國貧，一雨金百兆。富强豈足恃，得天乃爲寶。吾儕無寸柄，志只在温飽。

秋雨讀《南史》

梧桐與破蕉，徹夜響蕭蕭。風雨欺孤檠，山川碎六朝。候蟲煙外急，枯蠹粉痕消。多少興亡事，堪斟酒一瓢。

靈芝詠

庭草蓊翳，中挺五芝，黄紫不恒，陰晴易色。或曰：『此瑞也。』然國事岌岌，何瑞爲？古有采獻朝廷者，吾不能爲此諛，亦不鏟除，負天地生長之意，與好事者共玩之爾。

猗猗靈芝天地精，日光月華明紫英。甘霖何須溉金莖，仙人騎鶴白玉城。勸合大丹駐頽齡，能見四海銷五兵。草木之瑞安足憑，願爲嘉禾活蒼生，年豐人壽世太平。

至外家悽然有作

灑盡西州淚，重來益尠歡。親情身後冷，家事眼前難。荒草埋三徑，遺孤守一棺。有言誰可語，泉路隔漫漫。

回首昔年時，悲涼那可思。牀空鼯鼠鬥，書散蠹魚飢。舊僕談遺事，新花發故枝。城東路愁踏，久廢渭陽詩。

戲題小像

授書圯上無黄石，學劍山中少白猿。壯志空存身更病，聽泉獨坐古槐根。

惡竹

離披細竹枝，移來自荒村。風露滿緑葉，猗猗媚相親。謂其耐裁翦，可置古瓦盆。長結歲寒交，清陰伴琴樽。豈知春夏間，清陰日以繁。未及待雷雨，怒筍穿石根。弱質不盈丈，欲與孤松群。鈎衣類荆棘，毓秀殊蘭蓀。蟲蝕皮斑斑，似有湘淚痕。若取作釣竿，只勝鯿與鯤。其心實不虚，其節弱不堅。徒竊君子號，謬種非渭川。或云名篦簩，出自滄海瀕。天生質有毛，毒刺能傷人。不能縛箹帚，掃我階下塵。呼僮急鋤去，毋使再入園。仍還荒陂上，莫集烏〔鳥〕雀喧。所樹一不慎，幾被穿我藩。篔簹別有種，百尺捎青雲。鳳皇食其實，幽籟清塵氛。種竹如擇交，美惡當立分。

從祖也樵先生《梅竹障子》，族昆稚蓮屬題

花冷羅浮春，竿灑湘妃泣。嫌素色黯淡，兵火歷浩劫。吾祖昆弟行，公善寫花葉。高名重當時，索者絹盈篋。豪家挾黄金，障面無一箑。闔門擅丹青，子女承六法。清露滴玉蟾，紅絲硯常濕。扁舟避黄巾，豺狼陷城邑。荒庵歌采薇，悲憤殞絶粒。從容殉國難，愧彼將帥怯。畫以氣節重，豈貴名士習。耿耿歲寒心，風霜氣蕭颯。有孫已華髮，尺幅珍什襲。披圖述祖德，雙淚欲承睫。吾生雅好畫，親炙嗟未及。濡毫臨一枝，清風渺難接。

獨步北郭憶張嗣初

訪菊探梅同出郭，春秋佳日不相違。如今黄葉青山路，只有斜陽伴我歸。

寒食日散步口占

三橋楊柳舞春風，背立青山夕照中。無數游魚唼花影，小桃一樹映溪紅。

題《美人簪花圖》

幽姿本傾國，羞學時世妝。好花如儂貌，宜簪雲鬢旁。
花香襲羅衣，粉光融素領。默默倚春風，自憐鏡中影。

戊戌八月十五夜悶坐

虛有尋詩約，誰乘泛月舟。桂花落深院，風雨度中秋。變極天難問，時危病未瘳。挑燈强驅睡，蟲語泣啾啾。

十六夜感賦

苔綠上階除，誰來慰索居。竹聲喧雜雨，燈燼落燒書。世巧憎迂闊，名輕任毁譽。今宵又無月，高枕覓華胥。

多病

多病晚忘食，竟成山澤臞。偶看青銅鏡，已有白髭鬚。短氣難稱俠，空談漸鄙儒。時艱誰救得，安敢療微軀。

戊戌重九

菊花初放蟹螯肥，對菊持螯款夕暉。舊日酒徒零落盡，黄壚重過淚沾衣。
登高獨上西峰頂，蒿目時艱髮指冠。直北浮雲遮遠眼，難從雲外望長安。

題泉唐李某畫《虞山各景》册子

吾虞山水甲吴郡，小李丹青追古人。客裏光陰一樽酒，毫端煙月四時春。
杭州風景勝吾虞，四面青山西子湖。回首故鄉應似夢，六橋三竺補新圖。
近來好畫吾成癖，黄葉聲中獨閉關。四壁煩君圖五嶽，卧游日日到名山。

戲蕭敬則病目

眶中火迫瞳人語，主人勤書我勞苦。短檠不明夜三鼓，字細牛毛澀難數。他人有眼看歌舞，翠羽珠瑺鬥鸚鵡。早入羅衾起常午，一丁不識目如炬。吁嗟措大服章甫，路鬼揶揄笑規矩。博通古今亦何補，瞳人瞳人莫予侮。九經三傳撑腸肚，光明氣若長虹吐。發爲文章可千古，盛露絲囊五色縷。將來洗眼不負汝，瞳人拜命驅二竪。據案依然勤訓詁，秋水清光射毫楮。

獨步西山下，薄暮乃歸

負疴怯遠步，傍晚發遐矚。西風響晴空，萬樹綴危緑。天時有肅殺，剥削到萬族。薄暄煦后土，生氣草根伏。林飛未蟄蟲，籬卧欲殘菊。强歷歲寒時，難以支信宿。志士託衰世，亦頗嘆局促。松柏徒有心，山川聊寄目。詎能絶人事，一意逃空谷。枕石眠白雲，長吟看飛瀑。

冬夜短歌

陽烏失曜月蟾躍，羲和鞭斷六龍脚。璇宫玉女方投壺，銀河釀酒北斗酌。雄鷄雌伏蓮漏冰，東方未啓霜棱棱。壯士舞劍待天曙，白日青天出門去。

冬夜送昌碩返吴門寓舍

未盡一樽酒，匆匆上夜航。僕飢愁道路，裘敝飽風霜。宦海沉寒士，蘇臺當故鄉。新年下陳榻，有約踏春陽。

過鄰園

華屋山邱才轉眼，當年詩酒蹟銷沉。一年此地不曾到，黄葉堆階爾許深。行過長廊探早梅，梅邊孤鶴立蒼苔。主人不見鶴無語，新月窺林催客回。

殘冬閉户，終日弄筆，賦此見意

硯滑寒泉凍，窗明老樹凋。青山陪獨坐，白板隔群囂。古隸聊摹漢，新詩且和陶。自全邱壑志，非分敢相徼。

曉起泛舟出郭，依山而行，即景賦

小艇中流緩，寒林兩岸疏。日光蘇病鳥，人影散游魚。櫂轉峰隨換，農閒歲欲徂。倚篷看山色，遮眼不須書。

泛舟暮歸，倚篷口占

獨立風霜迴，歸途一葉船。市聲喧近郭，人事迫殘年。雨少河流淺，天空月暈圓。數枝枯柳影，衣上媚娟娟。

送磐盦舅氏葬虞山西麓

執紼三橋路，扶棺九歲兒。松陰啓生壙，栗主返宗祠。此是埋憂地，誰題有道碑。隔湖我親墓，東望更興悲。

新年寄昌碩

一別不多日，東風又上元。繁華新甲子，冷落舊琴樽。憂國慚非分，論交喜直言。思君倚朝旭，梅影滿前軒。

題明天啓六年御史徐吉審《擬梃擊緹騎揭帖》

地紅茄花坐委鬼，緹騎紛走吴門市。吴儂白棓霹靂飛，萬人同憤五人死。爰書定者徐御史，三百年留揭一紙。五人外更有八人，姓名端賴一揭存。輿臺屠沽識忠義，腰金衣紫皆鷄豚。熹宗機巧工倕倫，萬幾不理手運斤。閹奴竊柄毒縉紳，五彪十狗稱兒孫。徐公猶知護善類，苦爲求生志未遂。誅流城旦罪有差，解散無辜絶株累。開緘歷歷數千字，字字血痕有生氣。龍逄比干當勉爲，此語精誠貫天地。任俠負氣非惡名，獄辭擲地金石聲。讀之如讀烈士讚，浮一大白傾犀觥。責備奄黨何必深，如此折獄猶平心。他年若更殉國難，氣節亦不慚東林。有明陵寢穴狐兔，祭掃不如五人墓。薜碧殘碑蝕風雨，安得此揭勒墓門，不使匣中飽饞蠹。案：揭帖中顔佩韋等五人外，則有吴時信、劉應文、許爾成、楊芳、戴鏞、季卯、孫丁奎、鄒應楨八人，論罪有差。徐吉對毛一鷺云：『龍逄、比干，吾輩當勉爲之。』

十四夜即景

花霧開籠燭，閒人逐隊行。酒樓延月色，燈市聚春聲。山水繁華地，綺羅游冶情。不須愁世運，即景是承平。

泥塗不出，遣悶有作

春曉霧冥冥，屐聲愁耳聽。雲連山氣白，雨滴燒痕青。屬草開新筆，量花插古瓶。疏傭思入道，展卷喜黄庭。

梅花樹下作

微風度鐘聲，缺月入林隙。漠漠淡煙中，疏梅幾枝白。霜重花欲殘，春寒夜逾寂。三徑滿蒼苔，惟有獨行跡。

嚴劍北贈佛經十餘種，謝二絶句

知我疏慵將學佛，梵書持贈最殷勤。蓮花字字西來意，都是人間絶妙文。

東窗梅影萬枝横，西舍蕭蕭竹有聲。樓後青山似屏障，焚香静對古先生。

昌碩寫蘭見寄，題二十字

同心言如蘭，百年保歲寒。深情託毫素，一日幾回看。

漫興

踏青山過雨，倚緑樹回春。處此艱危世，偏成懶散人。性迂常忤俗，名賤欲燒巾。除却觀泉石，昏昏障眼塵。

上巳坐雨

經年逢上巳，煙雨暗山川。屐響看花客，樽空繫柳船。
閉門消令節，修禊慕前賢。檐溜聲聲滴，如聽石澗泉。

寫梅戲題

明月紅螺酒，春風碧海槎。羅浮隔萬里，飛夢看梅花。玉笛無愁曲，仙人萼緑華。醒來窗紙上，
惟有影横斜。

春晚出郭

隊隊魚吞池面絮，雙雙蝶趁擔頭花。春光欲去游人少，閒殺橋邊賣酒家。

趙非昔丈屬題顧雲壺所畫《寶慈老屋圖》

水竹地三畝，煙雲屋幾椽。青山浣花宅，紅樹種瓜田。鄰盡漁樵舍，門停書畫船。何須訪壺嶠，
斯境即神仙。
窺園景逾好，令我豁心胸。梅瘦雪千樹，石奇雲一峰。應門常使鶴，此地亦猶龍。地近破山寺，
時聞風裏鐘。
松柏當窗古，濃陰上碧紗。三春齋煮筍，四季醉看花。清福享多壽，奇書藏滿家。晴天閒品畫，

自展玉鴉叉。

堂構綿遺澤，林泉養道心。栽花寓經濟，好客見胸襟。半畝園新葺，幽棲跡更深。丹青虎頭筆，何處更招尋。

題《學佛圖》 其人好寫山水

趺坐槁木身，面壁相髣髴。心燈照世界，何處著一物。以之參畫禪，畫裹亦有佛。深山虛無人，寒潭映孤月。

昌碩由天津寄長箋，賦此却寄

兩情滄海深，易地不易心。萬里一書至，喜鵲噪梧陰。君如隨陽雁，我爲蠹書蟫。出處各努力，無畏白髮侵。有約碧巖下，秋風開素襟。

戲吴秋農

便腹虬髯老畫師，章臺折柳倚斜暉。應將袖裹丹青筆，描取十眉新樣歸。

紀事

籌餉持天節，馳驅耀旆旌。劇憐吴地瘠，愁見使星明。文告益流弊，閭閻多苦情。漏巵誰解塞，徒羨富强名。

雨後

百蟲催月上，一雁挾風來。薄暮秋聲起，孤懷何處開。石泉烹苦茗，山影落深杯。雨後時光换，寒衣亟遣裁。

昌碩游天津，得日本古刀，有『清光』二字，戲賦一絶寄之

昔日從軍遠度遼，今秋滄海泛波濤。蛟龍懾伏無風雨，携得東瀛上庫刀。

久不得浙游故人消息

西子湖邊客，久無雙鯉魚。嵇康未爲懶，尚有絶交書。

《望雲圖》爲宗仰和尚題

出定步空山，東望白雲白。身游方之外，心日在親側。衲縫慈母綫，法説生公石。常懷嚙指痛，千里情不隔。承歡恨未能，渺渺憂思積。捧檄絶裾人，儼然服逢掖。

昌碩寄藥酒，謝二絶句

雙瓶酒寄夜航船，和我心脾益我年。舉世昏昏愁獨醒，一杯消受菊花天。
安得同君上劍門，白雲紅葉伴開樽。更將病眼雙揩洗，俯視紛紛蝨處褌。

舟行口占

雲峰柁尾山，霜葉城頭樹。風高片帆輕，侵曉過湖去。叩舷歌滄浪，驚起雙白鷺。

寒宵飲不成醉，兀坐遣興，並懷昌碩

窗紙白如此，燈花紅可憐。夜明樓擁雪，冬煖酒回天。骨賤難除傲，心孤欲近禪。倚闌望橋外，恐有剡溪船。

冬晚

窮陰拒殘陽，寒景對騷屑。暮禽衝爨煙，風竹掃檐雪。處世如陸沉，守道惟一拙。百感聚孤懷，面冷心更熱。

題常州吴烈婦余恭人遺像

紅巾陷毗陵，勸夫避賊逃出城。鴛鴦帶繫蝤蠐領，十有五日顔如生。當賦絶命詞，一字一滴淚。

嬌女殉母投清池，恨悔難填化精衛。有官守者不能死，節義乃出兒女子。丹青慘澹傳遺容，凜凜冰霜氣盈紙。吁嗟乎，男兒辱國兼辱身，慷慨自許爲名臣。

清賦謡

清賦清賦，有田者苦，不如棄田去學賈。祖父買田遺子孫，荒田徵糧愁殺人。

納糧謡

納糧納糧愁米黄，黄米官不許入倉。糴白米來入官斛，一石只量九斗六，恨我田中少金穴。

己丑元旦贈張嗣初《梅》《菜》兩畫，友人收得索題，忽忽十年，楮墨黯淡矣

徐子嗜痂真有癖，爲收畫拂壁間塵。十年一夢重回首，獨獨寒香似故人。

當日貧居咬菜根，炊煙不起閉柴門。淒涼殘墨題新句，久冷黄壚舊酒樽。

己亥除夕

一年坐過真可惜，心灰獸炭然不熱。章甫逢掖世所憎，何用讀書談氣節。梅花落地香不滅，寒雨漫山洗殘雪。魯戈難挽白日回，已辦屠蘇潤枯舌。

歲除感事

一歲又將盡，時艱尚未平。士偏皆短氣，民漸不聊生。白馬清流禍，蒼鷹酷吏名。隱憂真欲絶，枯坐對寒檠。

庚子元旦

人困追呼市寂寥，泥塗滑滑雨瀟瀟。若無一盞屠蘇酒，忘却今朝是歲朝。
雀啄江梅不耐看，惜花猶自倚危闌。西山殘雪皚皚白，相對小樓添曉寒。

寄吴昌碩，時權安東令一月

昌碩權知安東縣事，書來，謂聾聵之人居然登之堂上，自審殊可笑，並示數詩。賦此報之。

君耳聾聵心則聰，銅符初綰知安東。安東多盜號難治，絃歌不足三徑資。蕭然卧治三十日，淮水湯湯流去思。雪中梅花嚼不飽，題詩滿壁張顛草。想見升堂理簿書，竹馬兒童笑潦倒。如今聾聵乃好官，與民休息民皆安。君不見察察爲明猛於虎，窮巷孤嫠哭聲苦。

元夜無月，燈市冷落，迥異去年

拂柳風摇燭，迷花霧濕衣。人天同一悶，氣候已全非。深院呼盧散，香輿禮佛歸。繁華見蕭索，燈冷月無輝。

戲作

膏血難填欲壑盈，催科上上考偏成。訟庭花落春無事，轉令人思著帽錫。

幽囚行 爲族子北山作

鉛刀削棘刺不絶，飛蛾撲火焰不滅。一身難挽氣數回，虚名實禍均無益。仰瞻飛龍不在天，漢家黨禍方鈎連。李杜齊名復何恨，滂母之語絶可憐。人盡將身餧豺虎，安能救得蒼生苦。保身明哲能成仁，碧血支天作霖雨。干將志在剸蛟螭，君子藏器以待時。龍逢比干不易爲，幽囚何日開圜扉。

春寒

寒逼春分近，重翻在篋衣。雪將埋地盡，風欲挾樓飛。木杪生愁籟，天心露殺機。踏青湖上路，花草失芳菲。

有好談醫者，譏余詩偷韓杜句法，戲賦一絶示之

學宗韓杜誠多事，術慕岐黄易誤人。起死難如醫國手，傷時且作苦吟身。

將之虎林，阻風雨，口占以鼓游興

清明已過春山緑，想著西湖勝事多。便欲租船冒風雨，鄂王墳上一悲歌。

展墓歸，泊舟閒，步湖邊村落

紙灰飛北邙，歸路水雲鄉。草木浮元氣，山川帶夕陽。花開春已晚，米賤歲仍荒。回首松楸徑，蒼煙各一方。

登西山謁純陽子像

青山駕傑閣，白雲宿前楹。泉石有靈氣，草木生奇馨。應有神仙人，游戲下太清。乩書懸素壁，蛟虬勢飛騰。文章異凡體，恍惚不可明。庭中鬬石池，寒碧瀲一泓。軍持試汲取，能使病者興。下愚偶見效，所感惟一誠。先生唐進士，挾策長安城。負奇竟被放，澂清志難成。鍾離與金丹，蟬蜕登玉京。時時游人間，濟世懷深情。紅塵邯鄲道，枕頭借盧生。白酒飲東老，題壁榴皮青。袖裏藏青蛇，時作霹靂鳴。虹霓爲掩采，魑魅寒無聲。我欲乞此劍，倚天柱天傾。一揮灑血雨，斷彼横海鯨。胸塊高如山，未能學長生。長生見滄桑，徒使心怦怦。不願點金術，金多能損名。世界成齷齪，腐鼠争羶腥。安得騎黄鶴，聯臂出八紘。恨我非仙材，拜祝不一應。惘然下山去，處世同焦螟。

去游虎林，曉發過吴門 庚子三月廿三日

生具山水情，與世却寡合。雲帆挂朝暾，風水聲相答。倏已百里程，人語雜鵝鴨。紅橋集衆艫，
緑樹涌孤塔。酷吏去未久，吴市氣蕭颯。花柳無精神，人尚畏重法。城南羅刹國，妖冶朱粉頰。
車馬馳黄塵，揮金賤榆筴。風俗異清嘉，名郡罹小劫。掉頭不願留，鼓櫂指苕霅。浩然泛煙波，
白鷺馴可狎。

嘉興道中聽雨

聞説西湖路，相離百里程。卌年塵土夢，一枕水風聲。出世空存想，耽詩豈爲名。山靈久吾待，
明日放新晴。

初到明聖湖，率成長篇

籠鳥不忘飛，羈馬不忘馳。懷兹已廿年，今日慰所思。西湖天下奇，山色緑四圍。瀲波似明鏡，
魚鳥涵天機。殘春雨初霽，斜日開煙霏。亭臺映花柳，金碧光陸離。小舟蕩其中，嵐光照人衣。
靈氣逾沆瀣，餐可療我飢。老鶴放孤嶼，長虹卧雙隄。芳草接新漲，濃陰連翠微。湖邊有行宫，
築當乾隆時。六龍曾駐蹕，此地爲瑶池。豐碑勒宸翰，翔舞虬鳳姿。當年物力盛，玉帛四海齎。
豈同南宋初，偏安尚酣嬉。黄竹歌絶響，時運忽變移。危峰構傑閣，養疴來島夷。非類據勝地，
驅逐無雄師。湖山爲蒙恥，感事成歔欷。上多古蘭若，愚者勤布施。福田在何所，髡徒擁高貲。

如今世變窮，象教亦已衰。海外異端至，毒焰高須彌。未見金剛杵，擊之墮泥犁。煙景晚益佳，獨立娛清輝。西陵樹鬱鬱，棲鳥擇高枝。落霞紅映波，西子勻面脂。何須綺羅人，吹竹彈哀絲。寂寞平生懷，高詠招隱詩。大哉造化力，惠我原無私。

明湖晚春辭

夕陽樹下停畫船，船邊比翼鴛鴦眠。萋萋芳草六橋路，誰拾踏青雙翠鈿。東風吹得垂楊老，携酒無人聽啼鳥。寂寞西泠土一抔，燕子銜泥祭蘇小。

岳忠武墓

將軍志若成，不過封王耳。古來功臣多，落落在青史。黄龍未痛飲，風波獄已起。冤死成大名，老奸乃知己。

彭氏退省庵

血戰清長江，一歲巡一度。閒來占西湖，花竹吟秀句。直節九重知，威聲四夷懼。新祠焕金碧，毅魄狎鷗鷺。書生際風雲，得志憑氣數。不遇曾湘鄉，依然老韋布。

孤山

我到孤山上，孤山便不孤。閒亭坐春晝，放鶴憶林逋。處世［士］亦千古，老梅無一株。暗香疏影句，點綴重西湖。

南屏

爲訪净慈寺，一登湖上山。高峰映春水，明鏡列煙鬟。古佛留人坐，晚鐘催鳥還。去來皆自在，心比白雲閒。

飛來峰

奇峰插晴空，蒼秀迥無偶。百竅環相通，高處漏星斗。靈泉出山足，噴雪雷車走。玲瓏孰胚胎，造化乃其母。我知開闢時，元氣鍾獨厚。洪荒濁浪中，風水相擊掊。石骨蒼璧瑩，脉絡絶塵垢。飛來天竺國，出自浮屠口。象教喜大言，誕妄靡不有。山體本凝静，竦作地樞紐。愚公不能移，海鰲亦難負。斷無翼垂雲，萬里翔浙右。巖端鑿諸天，龍虎氣雄赳。如黔美人面，絶代變獰醜。磨濯還本相，欲遣巨靈手。何以酬厥勞，西湖釀春酒。

壑雷亭

築亭當勝地，倚檻爲神移。噴雪泉聲急，凝雲石骨奇。笑人耽白業，坐我聽黄鸝。山水平生癖，重來未有期。

歸舟

歸舟行傍綠楊隄，攲枕時聞倦鳥啼。湖上諸峰如惜別，青青送我過唐栖。

唐栖 相傳唐義士［十］珏寓此，故名

宋代諸陵盡，冬青一樹枯。我來尋舊宅，煙雨滿平蕪。

過八尺

去越入吴地，青山笑倦游。順風開百丈，芳草送孤舟。驅睡篋中集，尋盟水上鷗。閒身本疏散，與世少恩仇。

吴江舟中即事

清和天氣看花辰，却倚篷窗墊角巾。寶帶橋頭楊柳下，泊舟呼買玉絲莼。

浙游歸，繞道虎邱，流連半日

携酒西泠弔蘇小，歸舟虎阜訪真孃。千秋芳草埋春色，一霎風花送夕陽。

寺外危橋卧斷虹，山頭孤塔似雷峰。紅塵醉夢人多少，清夜空撞百八鐘。

蘇臺花草尚含愁，虎氣銷殘土一邱。湛湛劍池水深碧，長鯨欲斬少吴鈎。

精舍數椽花竹秀，新茶泛碧飲憨泉。姜家諫草樓何在，氣節沉埋三百年。

中道分飛命不長，壙磚兩字鑿鴛鴦。羅衣一劍桃花血，化作燕支土亦香。倪士義與婦楊氏誓同生死，年未三十而卒。楊氏相地虎邱，命工鑿鴛鴦字壙上，自刎以殉。

短簿已無殘碣在，生公尚有講臺留。可憐人更頑於石，説盡機鋒不點頭。

效顰粉黛笑吴儂，畢竟西施出越中。我到山塘春已晚，綺羅不見畫船空。

夢西湖

夢到西湖續勝游，載將明月共扁舟。朗吟行出六橋外，驚起柳陰雙白鷗。

金衣曲

泥金染絲鳳機織，鈿尺裁量宜玉質。衆香國裏花萬枝，一朵姚黄壓春色。小語宫鶯怯啼柳，華燈映頰芙蓉瘦。蟠螭寶釧粉光融，皓腕支頤捲羅袖。月桂應點慵來妝，石華紅唾檀痕香。翡翠樓深閉朱户，浪蝶癡蜂不知處。

感事

三輔烽煙走赤眉，島夷觀釁聚舟師。太阿倒入庸臣手，不及高洋斬亂絲。

題《夢曙老人集》

寫本分《從軍》《夢曙》《年年》《鮫珠》四集，不著姓名。考其蹤蹟，勝國遺老，吾邑人也。其詞悲憤悽鬱，身世遭際可知矣。友人見示，書二絶卷尾。

霜夜猿聲似此悲，姓名不使後人知。笑他紅豆村中老，錦幄銀燈唱柳枝。

拳拳故國卧林泉，零落蟫編不值錢。幸有賞音收拾得，緑陰開卷晚涼天。

感事

北地瘡痍雙血淚，南天風鶴萬家心。六州鐵鑄真成錯，可憾神仙不點金。

過北墅憶非昔丈

種花人已去蓬萊，冷落茅堂酒一杯。墻外寒梅三百樹，明年雪後不須開。

淡交久許訂忘年，郭北城西數往還。今到寶慈橋外路，疏林斜照獨看山。

北望

北望燕雲暗，津沽戰血紅。人如巢幕燕，烽阻寄書鴻。水火朝廷上，東南節制中。勤王新集衆，尤盼早成功。

篋中檢得吴秋農所畫《松枝石銚》，戲題一絶，他日相見，當爲一笑

不見吴生十四年，近來鬢鬢想蒼然。疏林雨過涼蟬静，好到山中共煮泉。

祈雨嘆

祈雨欲活田中禾，斷屠循例迎天和。數十鷄鶩抵一豕，殺生更比平時多。驕陽如火燒緑莎，旱魃一吸乾天河。官廚讌客食肥肉，日費萬錢猶不足。

早起

夢作千里游，熱催五更起。陰陽混明暗，心跡雜憂喜。露葉摇風枝，山月墮書几。何須晨鐘鳴，超超晤玄理。

懷北山

上書得罪忘身久，笑我空勞寄葛衣。大火流金心不熱，冰霜六月滿圜扉。

哭歸天石

出門愁獨行，忽忽如有失。念我歲寒交，一朝竟長別。禀氣君素强，侘傺抱貞疾。攝生謂多事，
食飲恒少節。年來日相聚，對坐忘月出。評古各執是，嘲謔雜辯詰。氣酣覆茗碗，欲起衣被掣。
憂喜惟任真，旁觀笑癡絶。坦懷絶城府，廿載如一日。直道相磋磨，金石非膠漆。君早失怙恃，
成立性篤實。丹鉛千餘卷，未得文字力。兩娶未夢熊，慰情女繞膝。歸氏君大宗，立嗣義乃決。
閨中達詩禮，教篤能嚙糵。平生劇嗜古，鼎彝及環玦。書畫若性命，尤寶忠義筆。前朝死節臣，
墨光耀雌蜺。莫同插架書，變爲蠹魚窟。靈爽如有知，守護不教失。當年重然諾，英英氣俠烈。
外舅殁他鄉，獨往歸其骨。迢遥數千里，山川覽風物。前室有老母，無子垂白髮。生死不易心，
迎養禮無缺。慷慨勇爲義，飢溺視身切。屢蘇涸轍魚，不愁阮囊竭。天道何茫茫，庸福與奸黠。
君反失意多，畢世苦蕭屑。猶憶共訪醫，水村楊柳密。醫云君疾深，方首列參术。服之亦無效，
世乏盧扁術。今春吾卧病，省我入寢室。倚桯問寒燠，手足無此暱。我起君大喜，勸泛明湖月。
寄君紀游詩，擘箋水雲闊。愴懷思舊事，怳惚十之一。慚無挂樹劍，聊當志墓碣。元黄戰未平，
畿輔流碧血。君作逍遥游，世網已解脱。俯視人間人，鼎沸萬蟻穴。談心當詣誰，未語舌先結。
哭君兼傷時，淚似江漢咽。

贈胡匊鄰

石門隱君子，大雅藝超群。禊帖集詩句，漢唐摹印文。爲予書素箑，拂暑有奇芬。兩地神交久，何時同看雲。

游仙四首

吴剛斫桂損根株，零落秋香翠葉枯。雷電未分天喜怒，金甌作注競投壺。
龍伯持竿欲下鈎，戴山鰲逐海西流。近來縮地愁無術，白玉京空十二樓。
百琲明珠七寶盤，雙成輸却駕青鸞。劫棋一局難收拾，多少仙官袖手看。
王母桃花不滿枝，蓬萊水淺變田時。星槎穩駐銀河畔，欲把支機石贈誰。

近况

囊中欲竭買山貲，集内新添哭友詩。不飲醇醪心似醉，昏昏坐到日斜時。

悲秋

戰事何時定，悲秋獨掩扉。欃槍當晝見，豺虎食人肥。行在無消息，東南有是非。不如天上雁，能向塞雲飛。

庚子中秋

鑾輿西狩事偏真，今夜愁看月色新。山徑崎嶇太原道，清光爲照屬車塵。

中秋對月感賦

對月百憂集，乾坤今更非。高秋兵事亟，令節故人稀。碧血黄龍戍，青山白袷衣。驚心念西狩，零露溼鸞旂。

秋夜不寐

斜月射窗白，柝聲寒向晨。細籌來日事，催老苦吟身。風急鴻呼侶，燈昏鼠侮人。此時愁不寐，翻羨夢迷津。

戲題姜翔《山窗讀〈易〉圖》

翔，海虞人，畫法王石谷，與楊晉絶相似，名不及晉遠甚。予以賤值得之，可嘆也。

百餘年賸舊丹青，挂壁閒看睡眼醒。誰識當時姜少白，筆端蒼老似西亭。
石谷流傳多贋本，千金争買富收藏。何如此老留真跡，雲白山青一草堂。
流泉古木絶紅塵，却勝桃源三月春。安得移家此中住，結鄰更有素心人。
世途今日厭迂儒，闡《易》山窗志亦疏。四海民窮徵餉亟，讀書須讀計然書。

同金叔遠泛湖

放櫂出楊柳，山光緑滿湖。忘憂泛煙水，遺世羡鷗鳧。秀骨迎秋爽，盛年如老儒。載書問何日，與子隱蒲菰。

舟中望河陽山，叔遠爲述山中風景，口占一絶，他日到山，當書之石上

兩峰間有古蘭若，梁時六檜高出群。提壺尋詩飲其下，醉跨蒼虬攬白雲。

待友不至排悶作

殘帙書顛倒，閒庭鳥送迎。烹茶吸山緑，移竹避秋聲。友少難求益，時危敢好名。壯心消不盡，誰與説無生。

鳴堅白齋詩存卷四

鳴堅白齋詩存　卷五

常熟沈汝瑾石友

嗚呼噫嘻行

熒惑三更入南斗，六龍負車向西走。天關虎豹股栗逃，文物衣冠賤芻狗。嗚呼噫嘻可奈何，魯陽揮折挽日戈。群魔啑血醉瑶圃，赤帝魂號九陵雨。

閏八月十五夜

寒螀悽急雨，今夕又中秋。山暗雲欺眼，檐虛葉打頭。乾坤正多事，風月亦含愁。天上笙歌散，霓裳一闋休。

重陽前三日寄昌碩

戍角吹寒色，西風葉滿庭。髮將憂世白，眼只看山青。賞菊杯秋冷，臨溪户晝扃。登高須踐約，勿使悵雲停。

重九對菊

落落乾坤瞪白眼，蕭蕭風雨折黄花。糟醨未肯隨人醉，石銚新煎日鑄茶。

重陽後一日小飲清涼寺，蘗公入城未晤

煙雲寂照堂，人静一爐香。古佛無花供，山僧比我忙。松聲沉晚磬，菊影落秋觴。龍象難超劫，

何須禮法王。大雄殿昔遭劫火，蓋茅未建。

初試玉蟹泉，泉在山僻，訪者絶少

石銚炊松火，空山坐夕陽。煙高迷樹影，泉冽發茶香。天映一甌碧，風催萬葉黄。窮秋游物外，與世暫相忘。

題玉蟹泉

由三峰至泉，所行亂石叢棘中四五里，箯輿不能載，狼狽竭蹶，乃得一飲，味與他泉類，戲題以告後來訪斯泉者。泉中相傳有一玉蟹，月明則出，爲碧眼賈胡攫去，亦異聞也。今尚存其名，好事者遂大書勒石。

荒山黄土中，蹄涔一泓水。虚名能動人，世間盡爾爾。

初冬至陽涇丙舍

迴塘隱茅舍，短櫂入蘆花。鷄犬迎人喜，松楸映日斜。艱危當世變，安樂羡農家。門外清泠水，先烹一盞茶。

感事

敵情方叵測，王業欲偏安。俎豆寒宗祏，風塵散直官。年荒徵餉急，國破議和難。財賦東南地，誅求骨髓乾。

紀事

陰符空向閒中注，使節曾持海外行。東市朝衣凝碧血，歐刀同伏罪無名。

題王子卿山水小幅

子卿名澤，乾嘉時翰林。題云『坐友石山房聽雪寫』。

寫此荒寒景，山房聽雪時。風流玉堂客，今日少人知。

《慈烏村圖》，爲叔遠題

慈烏村未到，聞在水之涯。楊柳蒹葭地，漁樵耕讀家。民風存古樸，嘯傲足煙霞。來歲春游去，扁舟看落花。

讀錢蒙叟《初學集》，書其後

壯歲爲東林魁，身後入貳臣傳。不如河東君，一死定家變。明季吾虞盛氣節，留守相公尤烈烈。

文如江海詩白雪，暮年不死爲公惜。平生才大與命仇，作事猶勝馮涿州。如今何處快雪堂，游人來弔紅豆莊。

夜坐聞鐘

冰雪梅花伴夜深，疏鐘遠送海潮音。茫茫四大身何著，一點燈如不昧心。

庚子除夕

今夕一年盡，西巡萬馬饑。歲荒苛斂急，市冷醉人稀。未下回鑾詔，誰添戰士衣。燈花空報喜，何喜到柴扉。

胸脾又發，不寐，口占

殘書一卷夜將闌，壘塊填胸枕不安。爲語病魔休苦我，此身已作等閒看。

題改七薌畫蘭竹

玉壺山人偶游戲，寫出露香與晴翠。杜若洲邊楚客魂，鷓鴣聲裏湘妃淚。懷古悠悠心似醉，穠李夭桃總羞隊。空堂風雨山鬼啼，起讀《離騷》醒春睡。

傀儡

刻木被衣冠，喜怒由人手。明知没心肝，旁觀議好醜。

俞養浩贈惠山『聽松』二字拓本，作『松下小亭』額，賦長歌謝之

春日花開惠山寺，花外游人踏晴翠。六朝古松摧作薪，石上猶留聽松字。當年聽松人數誰，陽冰遺墨蟠蛟螭。後來皮子來吟詩，松子打牀酒醒時。皮日休《惠山聽松庵》詩：『殿前日暮高風起，松子聲聲打石牀。』千餘年來人事變，興亡歷盡石不知。我昔惠山尋古蹟，楮墨未踏荒苔碧。龍團空煮第二泉，十年懶著游山屐。俞君憐我癖金石，贈作吾家小亭額。亭邊老松長百尺，夜夜濤聲撼四壁。此松想與惠山同，虬枝不改青葱蘢。安得石牀移此中，散髮高卧聽松風。愧乏瓊瑶報嘉惠，何時肯來松下醉。

戲題《鍾進士像》

狀怪偉而無髭，箕踞拄笏。一鬼雙肉角，側立，持消息媚其耳。

胸無大文章，耳有好消息。一味作癡聾，白日走鬼蜮。有鬼角嶷嶷，手持牙笏不敢擊。戲汝弄汝汝反有得色，不能治鬼辜厥職，擬奪烏紗加汝以巾幗。

火災行

邑城南闤闠集百貨爲市最，辛丑正月十九夜，火燼三十餘肆，較前八年劇。火之前夕，赤眚墮地，牝鷄鳴，狗哭聲嗸嗸。敗徵見而人不知備，豈非數哉！予有屋一區賃於人，亦及焉，作詩自慰，並慰同災者。

嘻嘻咄咄啼鬼車，赤龍夜半弄火珠。鬱攸手挽封姨裾，毒焰炙月跳蟾蜍。抱甕争灌殃池魚，敗壁白堊燒成硃。貨分貴賤灰不殊，焦頭爛額豕負塗。人言火起屠門屠，厥罰宜笞痛剥膚。嗟彼小人何知乎，腰金衣紫稱公孤。一星燎原破國都，萬姓倒擲灰洪爐。鯨鯢翻海播乘輿，深宫月黑嬉群狐。此火所燼市一隅，闔城士女猶嬉娱。銀花火樹酒玉壺，明璫翠羽錦綉襦。天雖殃吾福有餘，鳩工量材樹桷櫨，各自修省無嗟吁。

雨後至陳家浜看桃花

山家花下掩荆扉，携酒尋春到此稀。亂踏殘紅溪上路，一雙燕子傍人飛。

題雲間賈淞《山水》卷子，即和其題畫詩韻

厭聞時事閉户眠，今日何日年何年。溪山一卷落我手，置身如在黄農前。林巒水石頗蒼秀，髣髴吾邑王耕煙。平生嗜茶不好酒，清賞只煮勝果泉。足跡未出五百里，卧游時到天姥巔。桃源何處可避世，舉頭欲問滄浪天。

夜讀《全唐詩》

塵坌窒靈機，入夜心乃净。清芬開古編，微理辨狂聖。名實萬不同，作者有本性。汲泉窮深源，驅馬戒歧徑。好奇不求精，服藥反致病。虚白生四壁，萬籟寂以静。群生日營營，酣眠夢未醒。

清明日寫菊戲題

百卉非不芳，黄菊最瀟灑。陽春寫秋英，我本背時者。

又題折枝

一枝霜後菊，折得伴孤吟。何處可沽酒，空山深復深。

題《鍾馗像》

手抱酒甕，背負劍，作醉步蹣跚狀。

此老何憒憒，終日抱酒器。新鬼故鬼弄狡獪，青燐燒天白日墜。背負三尺貫日虹，霜鋒利可剸蛟龍。巨妖倒竊太阿柄，行將刺［刺］爾醉夢中。大聲呼爾爾不語，自進蒲觴拔劍舞，虚堂卧聽黄梅雨。

寄懷昌碩，樅陽二首

樅陽望不見，遥憶宦游人。落日長江水，孤雲客子身。時危憂髮短，别久喜情真。曾約青山下，誅茅共結鄰。

夏來常小極，閉户獨徘徊。高枕松陰晚，清泉藥味回。門無題鳳客，夢上射蛟臺。三徑停幽躅，何須掃緑苔。射蛟臺在樅陽山上，相傳漢武射蛟於此。

悶極

悶極不出户，天無半日晴。雨深增夙疾，世亂愧虚生。波浪江干宅，豺狼塞上營。羞爲坐談者，滿紙論縱横。

苦雨

河伯東來嘆望洋，滄波淼淼白鷗鄉。倚天長劍若在手，直抉浮雲見太陽。陽烏戢翼雨師驕，誰折榑桑策六鰲。去上蓬萊山頂看，黄人捧日出波濤。

惜哉行 爲北山姪作

惜哉盛名實難副，鬼神暗中來敗之。當時草疏擊權佞，寸管直挾風雷馳。四方翹首想丰采，九霄丹鳳鳴朝曦。罡風鎩羽小挫折，志士扼腕群奸嬉。福堂静養浩然氣，太陽下照開閶扉。一年不見神忽昧，書空咄咄言支離。丈夫胸襟若冰雪，潔白自有皇天知。胡爲理欲久交戰，鐵石腸縛春蠶絲。紛然百怪走方寸，黑白顛倒雙瞳眵。或者逢比非俊物，清狂不惠皆如斯。胥靡一旦置廊廟，無乃羊質蒙虎皮。安得慧劍抉汝腹，挽銀河洗心肝脾。逆鱗批時血化碧，白璧雖碎無瑕疵。今爲天地一疣贅，髣髴餘氣居於尸。九鼎可挽心不轉，晨鐘警覺知何時。

俞養浩摹明楊忠愍公《獄中與子書》卷子

椒山有膽杖不死，浩氣丹心赴西市。獄中作書與其子，匣牀燈昏血凝指。分宜殺公成公名，墨跡一卷光日星。俞君腕掣滄海鯨，筆底髣髴來忠靈。願摹萬本儆頑懦，綱常一振四海平。爲國無人去蟊賊，神州陸沉日月蝕。孤忠如公那可得，蒿目時艱氣填臆。

盛暑游三峰寺留宿

苦熱望青山，終日常引領。筕輿入山去，始得清凈境。山中先秋涼，百蟲絮薄暝。巖雨紅垂花，石泉碧泛茗。清談饌伊蒲，丈室一燈静。月明小樓宿，風窗竹摇影。夢與白雲游，趺跏萬松頂。

題明楊忠愍公《獄中與子書》墨跡卷子，松禪先生命作

永陵狐兔耕，斷碣不知姓。忠愍有遺墨，字字精鐵勁。當其受廷杖，肉敗血流脛。握管倚匣牀，陰風刮短檠。嗚呼明世宗，好道輕萬乘。黄籙建大醮，深宫日祈請。枚卜憑青詞，入相名不正。

欽䲹集中書，分宜竊國柄。郎官志天下，忠則宜盡命。五奸十大罪，披肝達宸聽。頑雲蔽太陽，冤酷罹陷阱。長嘯赴西市，扼腕天懵懵。觥觥經歷公，抗疏烈可並。縛草快射奸，謫佃詈朝政。竄名白蓮黨，飲刃目不瞑。惜無蛟虬筆，日月争輝映。惟公數千言，山嶽吐精孕。尾箕均肖子，篤守出至性。覆巢幸完卵，忠靈實式憑。後來有東林，前代氣節盛。瑚璉廟堂器，墮地悲破甑。共歎何代無，難得虞舜聖。殺身雖成仁，世變迄未靖。疏稿化白虹，此卷若金鏡。勒之泰山巔，萬世儆奸佞。

風災行 聽江北人口述而作

大風拔木海水高，人畜入水魚鱉驕。空中似有神鬼號，生者露宿夜枵腹。父子夫妻相對哭，惟望開倉發積穀。十里五里無炊煙，波濤滚滚不見田，縣官還説大有年。

養浩知予詩中甘苦感賦

詩裏意如琴上曲，松風竹雨水邊亭。舊交喜有知音在，不惜冰絃彈與聽。

秋宵

絮絮蟲聲半庭月，摇摇燈影一簾風。涼生冰簟秋宵永，時有故人來夢中。

七夕有感

牛女相逢是今夕，堆盤瓜果綉簾前。人間一别難重見，鈿盒塵封十八年。
當日同登乞巧樓，蛛絲喜挂玉釵頭。夜涼子細思前事，燈影蟲聲四壁秋。
犢鼻隨人曬晚晴，風懷老盡賸豪情。一言應被天孫笑，欲挽銀河洗甲兵。

觸熱戲作

炙背秋陽背欲皴，長街襏襫走逡巡。手中六角湘筠扇，難障元規塵污人。

寡交

寡交吾本性，閉户養天真。萬卷擁秋夜，一堂羅古人。蛩螿隨唱和，風月借精神。倘得逢三益，清談似飲醇。

盆中晚荷

秋水清光冷一泓，亭亭孤艷亦傾城。妙香真色難描畫，疑似圖成咒盎生。
不學陳王賦洛神，羞將脂粉污天真。避炎開向瓜期後，君子花中隱逸身。
對花感事劇歔欷，太乙池荒菡萏稀。玉輦西巡游宴絶，鴛鴦愁看泛紅衣。
伴我悲秋寂寞人，紅妝洗露泣黄昏。同心並蒂花尤好，安得金風爲返魂。

辛丑中秋

雨鬱天黯黮，太陰包死灰。頑雲忽四流，月出滄海來。有如黑浪底，老蚌呈珠胎。普照世間人，人事良可哀。去年至今日，兵荒遞相催。戰地遍白骨，水田浮青苔。政令出多門，刻削爲栽培。驅民入水火，衮衮濟時才。顧影百憂集，空庭獨徘徊。方寸有熱血，瀝作酒一杯。持之酹明月，流光上三臺。願將冰壺心，一置當軸懷。光明若秋月，天意何難回。

題瑯琊王氏《九老圖》

山川鍾毓秀，一脉遞相因。代有隱君子，門多長壽人。丹青留古貌，樸素養天真。百世靈根在，孫枝盡大椿。

睢陽泉

井在邑西山麓，深而清洌，瀹茗勝他泉，舊有張睢陽廟，故名。去余舍不一里，呼奚汲之，得名茶輒一試，不敢褻焉。或云其下有丹砂，飲之却疾。

睢陽有泉泉有神，廟變瓦礫井不湮。一泓秋水碧血化，毒龍不敢來潛身。張公死節非此土，誰錫嘉名動千古。銅瓶試汲火爇槐，鳳團細瀉玻璃杯。泉身不爲湯旱竭，玉壺滿貯峨眉雪。欲持要津飲百官，使其冰鐵爲心肝。睢陽之烈見今日，一雪國恥天人歡。吁嗟此水今所賤，不比貪泉令人戀。研硃注我鸜鵒硯，點勘前朝忠義傳。

登高

黄菊亂開重九節，青山獨立背時人。茫茫世事一搔首，刮地西風滿眼塵。

行路難

行路難，去何大難歸不難。去時夜出虎豹關，一日二日不得餐，八月九月衣裳單。歸時花簇錦綉鞍，八珍絡繹進玉盤，翠雲裘擁霜不寒。平平王道伏險艱，豺狼飢吻血未乾，願君勿忘行路難。行路難，不可忘。方寸地，有太行。太行之險勿易陟，人馬平安難再得。

友人問起居答之

疏慵羞逐濟時才，手種梅花樹樹開。獨卧寒香殘雪裏，不愁富貴逼人來。

喜雪

梅開殘臘裏，雪喜立春前。已返西巡駕，應逢大有年。孱民方待養，新政未宜偏。願賣刀牽犢，流亡盡力田。

喜昌碩至

梅花一笑開，花下故人來。握手翻疑夢，虛心不炫才。青山寒欲盡，白髮老相催。肝膈同傾倒，平生得幾回。

山水尋吟侶，風塵歷宦途。别來兒女長，病後性情孤。寂寞將詩遣，支離欲杖扶。願停書畫舫，知己似君無。

索畫者頗多，戲題一絶

我與梅花共一清，胸中自吐氣縱横。平生詩已將身誤，那更人間有畫名。

張嗣初所著《印學述要》流落市中，趙石農購得索題

網羅衆説一編中，丹篆章摹兩漢銅。塵市苦無同調客，秋墳遺魄哭青楓。

但期印學一燈傳，忘却廚中絶爨煙。摹古未臻神化境，可憐天不假之年。

同住城西無一里，日來談藝看青山。開編觸我黄壚感，人似孤雲去不還。

趙子心還比竹虛，勤磨鐵筆髮忘梳。枕中自喜添珍秘，爲覓芸香辟蠹魚。

訪昌碩吴門，中途阻風

乘興扁舟訪故人，石尤風急夜迷津。一燈聽雨荒村外，只有沙鷗作比鄰。

歸路

出門梅未落，歸路傍桃花。十日換芳信，孤舟玩物華。累多難作達，性懶易思家。喜見垂楊外，青山一角斜。

依舊

依舊垂楊賣酒亭，嬉春儔侶日凋零。夕陽橋外蘼蕪路，獨倚桃花看踏青。

吴稼翁先生挽詞六首

龍蛇當歲厄，吾邑失耆英。傳硯帶殘墨，遺編藏鑿楹。山林養天爵，蘇米媲書名。一笑浮雲外，尻輪游太清。

席帽出京邑，高文少賞音。江湖心浩蕩，冰雪骨嶇嶔。襄校八閩士，堅辭暮夜金。至今傳軼事，清白好胸襟。

一邑儒林望，五朝泉石身。樂尋名教地，花詠碧山春。遽厭人間世，未逢鄉飲賓。凋零關國運，百感淚盈巾。

澹泊平生志，白雲常自怡。碑應題有道，學重在無欺。狂草留真跡，喬松想古姿。滔滔此天下，吾輩竟何師。

大帛衣冠古，朱顔鬢髮皤。心虚無我相，氣静得天和。重聽囂難入，清言益受多。過從如昨日，回首邈山河。

吾舅武功老，先生中表親。屋烏兼愛我，青眼異他人。長者滄波逝，危時變局新。淒風連苦雨，三月不成春。

友人游杭州歸，以龍井茶、裏湖蒓見遺，憶舊游成詠

泉香碧碗看山閣，箸滑銀絲賣酒舲。嘉惠傳來忽惆悵，去年此日在西泠。

聽雨

愁聽連朝雨，陰霾壓太陽。低田頻患水，歉歲少餘糧。耳倦添蕭屑，心孤墮混茫。廟堂求治急，燮理問誰長。

養浩招看月季花，歸後戲簡

滿架薔薇香透屋，惠山泉瀹雨前茶。小樓歸卧鳥聲裏，四面緑陰無一花。

潘質之比部雨中過訪，題《梅花水仙》畫贈之，即送其掌教潤州

蓬蒿掩閈門，風雨來嘉客。寫此歲寒姿，補君雪色壁。鐵甕開講堂，金焦入游屐。明朝楊柳津，

孤帆漾春碧。

潘比部以焦山玉峰庵僧精拓《鶴銘》見贈，賦長歌謝之

昔游焦山寺，曾讀《瘞鶴銘》。摩挲百遍不得拓，歸來手帶蛟涎腥。忽忽十八年，歲月如流星。嘉惠忽及我，翠墨流古馨。八十有九字，字字龍鳳姿飛騰。瑰寶不湮没，好手逢山僧。榑桑側理白如繭，氈蠟椎拓文乃精。古來讀碑者，考據各有名。或言右軍或貞白，或以魯公逋翁襲美相紛争。謂陶隱居差近是，居華陽觀談仙經。唐碑結體尚嚴整，那有奇情逸致紛縱横。青山鶴蜕久已朽，問之不復能長鳴。遥遥二千載，石上苔花青。當年豐隆妒名蹟，金椎疾下驅雷霆。石墮江水裂爲五，得諸水拓多奇零。國初始挽出，仿置寶墨亭。俗工塗竈煤，傳世猶沉冥。至今漫漶一洗雪，山靈刮目江妃驚。乃與周無專鼎共焜燿，虹霓日月昭文明。金山區區一玉帶，相對無乃慚傳燈。潤州去海虞，風利三日程。何時訪老衲，拜石酹緑醽。君横鐵笛我長嘯，唤起仙鶴舞藏靈。鶴銘原文爾，其『藏靈』此二字已泐。縞衣蹁躚舞月下，脚底浩浩江流聲。滄桑奚必憂世變，只有金石能長生。

壬寅端午

端陽倏又至，歲月如追逋。家家循舊俗，門貼鍾馗符。枇杷黄金色，不能起餓夫。莫嫌角黍小，米價貴於珠。節物偏感人，食之味不腴。薄薄盈盎酒，青青插水蒲。搗蒲置酒中，一弔屈左徒。

結友千載上，誰謂吾道孤。

賜硯歌 並序

予市得緑石小硯，池中琢《龍馬負圖》，狀極工。腹銘『以静爲用，是以永年』八字，下鎸『康熙宸翰小璽』。王貽上《香祖筆記》所載『松花江石，賜硯』與此合。售者謂出邑中蔣氏，蓋文肅故物，尚方賜也。幸未殘破，爲匣而藏之。二百年中盛衰倏忽，感而賦此，時壬寅五月。

松花江石如璠璵，色比蕉葉和露舒。良工琢硯刀昆吾，池中鏤作馬負圖。波濤蹴踏愁天吴，吏貢方物達帝都，檀函錦薦蒲輪車。仁皇作銘萬世模，八字光耀驪龍珠。南沙相國當國初，志希稷契陳嘉謨。君臣相契水得魚，風流文采乃其餘。當其拜賜歸中書，民康物阜無軍需。群臣咸獻泰階符，退朝賜邸一事無。奇花瑶草羅庭除，珊瑚筆格玉蟾蜍。徐黄粉本隨意摹，斯硯得所世唐虞。滓妃含笑顔芙蕖，鳳尾凋墓松楸枯。甲第易主邑令租，青桐軒廢户無樞。登登衙鼓排群胥，硯亦淪落辱泥塗。買止五百青銅趺，洗拭塵垢神復蘇。盛衰治亂真須臾，猰㺄磨牙厭人臞。漏巵不塞國帑虚，敲骨吸髓竭澤漁。新學一變泣老儒，功名之士逐臭蛆。書生得此胡爲乎，毛錐三寸腕告痛。不能草檄執鼓桴，直筆難作史董狐。恨不一擲儐摴蒱，時艱蒿目憒且吁。松風拂几長箋鋪，罪言欲草還躊躇。惟應抱璞守一愚，硯兮與汝安蓬廬。

顧茶村以老少二像合裝，一把卷、一持酒斗，昌碩題曰『吾與吾周旋』，予爲賦短歌廣其意

少攻績事老耽酒，昔日朱顏今白首。傳神妙在阿堵中，春晴楊柳雪後松。茫茫塵世身外身，交游不及形影親。金螺玉海五色筆，醉鄉畫境羲皇人。何如更策靈壽杖，玄鶴紫芝結遐想。杖頭偏提挂春釀，天下名山隨意往。

病起

病起值新雨，空階覆緑陰。槐根看鬥蟻，蕉葉寫來禽。於世既無用，入山何必深。養疴人笑懶，轉得自由心。

絡緯

隱身蔓草中，風雨啼更疾。虚聲擾人眠，何時織成匹。

有勸赴省試者答之

石城龍虎帝王州，十八年前我舊游。想到莫愁湖上路，敗荷衰柳不勝秋。
文章變法總紛紜，久淡名心筆硯焚。雖有憂時萬言策，不堪下第作劉蕡。

虛堂

虛堂明月來，高枕亂書堆。夢短怯空響，病餘無好懷。風簾疑鬼瞰，露葉隱花開。多少經秋感，飢鴻遍地哀。

瘧後少睡戲作

幾曾夢到華胥國，好睡何能似懶嵇。須待來春啖榆莢，連宵安枕不聞鷄。

新秋讀吴稼翁先生遺詩，戲效其體

後户臨河易得魚，薄醪粗飯樂閒居。敲門聲怕催租吏，却是故人來借書。
今日全消用世心，推窗卧看白雲岑。孤吟自笑無人和，多買秋蟲放緑陰。

種樹

種樹未十年，葉茂枝條密。緑陰覆空庭，雨餘漏斜日。時引涼風來，消暑清肺疾。人生處白屋，天地中一蝨。培植猶食報，作計未爲失。荆棘不容生，嘉木乃挺出。奈何有國家，不思樹人術。

金氏昆弟同舟赴省試者八人，臨發來别，感賦

六代山川探古蹟，一家兄弟共扁舟。此情夢想猶難到，落葉殘燈獨詠秋。

題縮本《碧玉十三行》帖

宋代無抔土，冬青樹亦荒。西泠一片玉，猶説賈平章。
琅玕深碧色，字字艷芙蕖。白玉重鎸版，精神已不如。
丰姿更遒逸，縮本妙天工。留得驚鴻影，神光離合中。用泰西法攝影。
何當訪赤瑛，一月可鎸成。玉枕蘭亭刻，應憐遜此精。

檢得宗穗生、趙非昔二丈手札，書後

少年背笑面輸心，不及春鶯有好音。説著相思便相訪，白頭老輩最情深。
墓門秋草夕陽斜，望斷吟魂不到家。惆悵薛濤箋上字，論詩送酒約看花。

寄浙游友人

轉眼秋風拂柳條，西泠别後總魂銷。絶思携酒吴山頂，同看錢塘八月潮。
金石摩挲宦海中，唐磚造像都公鐘。寓齋想見渾無事，除却鈔書一味慵。

中秋夜獨步荒野中

飲酒不樂浩歌去，荒野沉沉蒿没路。棲烏驚人移别林，流螢如燐出頹墓。滿城金粟迷花霧，踏月羅衣濕香露。欲呼才鬼相與談，厭聽尋常世間語。

寄懷昌碩

游山詩就遣秋興，索畫絹多添襪材。隔著吴門一條水，相思又見菊花開。

重九集飲般若闔

黄菊重陽節，金輪選佛場。鐘聲和秋籟，酒氣雜花香。難得朋儕叙，何嫌醉後狂。禪牀眠可借，歸路不愁長。

遣悶

無用書堆案，忘機晝掩關。浮生如落葉，孤坐即空山。秋旱菊花瘦，時危人事艱。西風吹太急，暗裏换朱顔。

友人寄《表忠觀》碑拓，題三絶句

表忠觀廢碑重立，拓本封題遠寄來。猶憶西泠斜照裏，獨看殘碣剔蒼苔。

香花龍象金塗塔，帶礪河山鐵券文。往事興亡誰解説，打碑楮墨日紛紛。

納土歸朝置守塋，坡公文字氣峥嶸。翻憐一樹冬青下，片石無人爲刻銘。

迂道人種菊歌

市中花小黄金錢，道人花大赤玉盤。數弓隙地開菊圃，繽紛五色争鮮妍。道人淮陰老酒顛，賣畫橐筆來虞山。俠骨俊爽若孤鶴，春寒獨抱梅花眠。西風吹黄花，愛菊更成癖。范公橋頭駐游屐，居停難得紫芝翁。平生爱花兼愛客，秋高雨歇遥岑碧，邀客東籬賞佳色。爲言道人種菊時，勞於三農勤稼穡。灌園當夜分，月光滿衣白。晨興除菊蠹，不避蜂蠆螫。一心養花如保赤，護持元氣培其根。藝菊通於治人術，吁嗟此理知者誰，四海憔悴民心移。花前且勿發長嘆，餐英高詠《離騷》辭。更索道人揮采筆，對影爲我寫一枝。不須培養費心力，長對金英翠葉幽閒姿。

病鶴、叔遠見過

坦白襟懷似爾稀，秋檠對酒語依依。滿街落葉欺殘醉，兄弟相携踏月歸。

金氏昆仲約游河陽山

西望河陽石一拳，山中老檜緑參天。憑君先與山僧約，醉借禪牀樹下眠。

晏起

碌碌慚真隱，昏昏守敝廬。蟹肥初病酒，蠹走舊藏書。歲儉藥俱貴，雨稀花亦疏。不眠常晏起，頭髮亂忘梳。

戲昌碩

求者多於鐵門檻，筆勢勁如金錯刀。我有新詩使君寫，意氣亦足稱人豪。
腰脚雖病腕不弱，周鼎秦權信手摹。他年一字值萬貫，潤筆何用争錙銖。
郘亭濠叟今斯冰，流傳墨跡價漸增。後來居上氣蓋世，蒼莽自有摩天鵬。

歸政鄉即景

小艇經過處，臨流白板門。蘆花一灣水，楓葉數家村。借貸通鄰里，耕桑長子孫。窮鄉無近習，質樸氣猶存。

展墓

孤露十年痛，春秋兩度來。親顏不可見，風冷酒雙杯。

行村落中口占

牛醫尚有濟人術，村塾却無非聖書。早稻未礱先種麥，農家作計不爲疏。

泛舟晚歸

夕陽蟲語人煙外，秋水魚游樹影中。跂脚篷窗看山卧，不須破浪與乘風。

窮士嘆

此爲陳君英作也。君英居邑西鄙八妙橋，爲諸生，屢試南北闈，不得志，遂業醫。主予家，暇與談，甚洽。治病有特識，群醫甚之排之，力飛語惑病家，雖愈不爲功焉。居恒讀古方書，朱墨紛綴。每診疾，輒念其效否，資有無不計，雖祁寒酷暑、深夜大風，延即往。喪偶，貧益甚，不戚戚，惟以學不逮古人爲恨。壬寅秋得疾，予就牀詢何若，愀然曰：『吾不起矣。人病此，吾能療之，吾病誰療之耶？』呼其弟來，迎歸。三日訃至，遺孤均幼，幾無以殮。士之窮至君而極，天厄之，人厄之，年不及知命，可嘆哉！

海濱有窮士，局促如轅下駒。青衫憔悴席帽破，閉門研究岐黄書。瓶盎無斗儲，兒女無覆襦。自謂吾道在，笑撚髭髭鬚。赤舌燒城毁多譽，沉痾藥起功歸巫。人間難容六尺軀，翻身跳入壺公壺。秋林蕭蕭黄葉疏，風窗塵甑啼遺孤。噫嘻！窮士之窮命，亦不得須臾，不如市上屠與沽。名教有樂地，古人語多誣。衹須便佞工走趨，讀書立品胡爲乎？

夜半

夜半商聲起，蕭蕭黃葉林。悲歡思舊夢，著作負初心。月幌緣飢鼠，風枝墮宿禽。無窮江海意，鬱鬱在胸襟。

客來

開拓胸襟得自由，客來談笑共登樓。任高崖岸多城府，我總無心狎海鷗。

冬煖

仲冬似春煖，晷短易西馳。藥貴人多病，花開雪失時。冰霜遲更厲，蟲鳥樂何知。牛喘無人問，陰陽廢主持。

薄暮過湖

尚湖波十里，飛櫂北風酸。遠水連山净，孤舟入暮寒。事多人易老，日短歲將殘。襆被開書卷，荒村一枕安。

壬寅秋，兒子聘室桑卒，仲冬幼女患喉疾殤，半年中遭此二事，以誌不幸

大兒遲合卺，幼女歿沉疴。恨事催人老，衰門失意多。風花空裏現，葭月悶中過。曠達偏難達，時時喚奈何。

哭女五保

幼女才四齡，宛轉解人意。顔色朝霞紅，時來膝前戲。索果牽兄衣，摘花插姊髻。倒把牀頭書，指點書裏字。口授五言詩，隔宿能强記。戀耶勝戀母，客到亦不避。戲言待長成，當爲擇佳婿。阿耶實不德，累汝死災癘。喉中喘絲懸，瞪目尚耶視。恨無續命湯，心若萬針刺［刺］。哭汝汝不知，淚乾意難置。虚廊落葉聲，恍惚疑汝至。

寒夜對月

看月疏林步碧苔，悶如落葉掃難開。孤鴻羨爾一無累，滿池江湖閒去來。

看庭前月季花有感

挽子總角插花枝，小女盈盈冰玉姿。今日花開人不見，幽芳冷落夕陽時。

爲亡女卜葬陽涇祖塋

生時偏愛汝，何忍委荒村。祔葬高曾側，應憐弱小魂。命輕秋後蝶，腸斷峽中猿。一樹冬青下，刊銘志不諼。

冬至憶亡女

酒不成歡燈影瘦，匆匆令節又經過。去年此夕團欒坐，臉透春紅雙笑渦。

鳴堅白齋詩存卷五

鳴堅白齋詩存　卷六

常熟沈汝瑾石友

秋蕙吟

蕙，春花也，開於中秋前三日，正值予生辰，感而爲之詠。

柴［紫］莖緑葉神仙姿，含情弄影不自持。金風玉露氣蕭瑟，争及丹桂能得時。天生此花爲予壽，多病經年懶持酒。昔時人看失時花，百感茫茫但搔首。安得移盆白玉堂，使人一識王者香。託根失所穴螻蟻，奈與惡草同斜陽。

壬寅除夕

藥味濃於詩思苦，梅花瘦比病容清。殘年似客留難住，短句未成鷄又鳴。前生應是寫經僧，孤檠寒如佛寺燈。四十五年夢中過，此身雖在一無能。

扶病

扶病過除夕，梅花冒雪開。山城得春早，筋力逐年頽。口爲藥常苦，身如樗不才。堆階任黄葉，明日幾人來。

元旦書感

到處龍蛇將起陸，是何鷄犬欲升天。繁華滿眼承平景，猶當堯家甲子年。

十四夜

今宵無月色，悵望碧雲端。幾樹早梅落，一庭春雨寒。借書思養病，丸藥佐加餐。那有少年興，華燈逐隊看。

走訪養浩，晤止扉、耿吾，同觀王覺斯《自寫詩》長卷

卌載論交誼，相知亦夙因。入門花欲笑，接物氣如春。雄筆一詩卷，特科雙俊人。清談忘日暮，歸路月華新。

春夜坐雨，寄懷昌碩

我聽虞山雨，君看歇浦雲。懷人過夜半，多病怯春分。坐惜鶯花老，愁思筆硯焚。近時尚新學，閉口莫論文。

悼老僕陳茂

卌年傭舍下，曾見我孩嬉。節力隨驅使，門庭歷盛衰。還家悽戀主，扶病老無兒。祖父舊人盡，春風吹鬢絲。

上巳

今朝獨出西郭行，煙中綠樹搖新晴。黄忠臣墓誰酹酒，嚴閣老祠人賣餳。鶯花不見舊侶共，綺羅各鬥新妝明。歸途舴艋喜容與，柳外一篙新漲平。

春去

登盤見櫻筍，時節太匆匆。孤影空庭月，疏花一樹風。勘書依硯北，避世學墻東。春去繁華盡，艱難滿眼中。

傷老大行

寶刀不磨鋒不出，男兒不學心不實。少年悠悠忽頭白，長繩無由挽落日。

絲價日貴，製衣不易，戲作

一領春衫費不貲，手皸寒女織鴦機。七襄雲錦三千匹，盡與天魔作舞衣。

至兒子書齋，見架上置《史記》，開卷乃《趙奢傳》，戲作

龍門史筆高千古，懶惰曾無展卷時。莫向人前嗤趙括，父書能讀是佳兒。

題李易安硯

感慨《金石序》，清新《漱玉詞》。蟾蜍滴秋露，遐想吮毫時。

熱甚，蟬鳴聒耳，戲作

只在梧桐楊柳枝，聲聲叫徹夕陽時。置身高處稱知了，畢竟何曾一事知。

題《趙翁賣藥圖》

古有韓伯休，賣藥不二價。趙翁亦其流，設肆傍村舍。囊中富參苓，户外蔭桑柘。推此畫一心，可以治天下。

治疾須良藥，治國須才賢。取士與采藥，同執司命權。達人知此意，濟世不賺錢。堂名題問心，可質蒼蒼天。

翁昔賈吴市，去家百餘里。夜走省母疾，履穿血凝趾。恨無却老丹，延年奉甘旨。游學彼何人，倚廬空嚙指。

憶翁三載前，冒雨過予家。談罷送出門，屐齒黏苔花。一别不復見，感嘆生有涯。朱顔如可駐，我欲求丹砂。

活錦囊圖

虛白居士有僮，能記其詩。有索書，則令誦之，謂之活錦囊。繪圖徵詩。

滕子隨身一僮子，口誦新詩寫盈紙。康成之婢穎士奴，當年未聞入畫圖。人生識字憂患始，記得萬言亦徒耳。胡不歸向鵝湖邊，配赤足婢使力田。力田逢年穀盈屋，黃鷄秋肥春酒熟。烹鷄酌酒歌烏烏，何如漂泊游江湖。

小窗

小窗聽雨眠，燈影藥爐煙。地濕怯秋暑，病多非壯年。蛩聲聯短句，鼠跡亂殘編。運蹇何時順，吾生但信天。

重九夜不寐

登高過後夜偏長，鴻雁嗷嗷爲稻粱。暗祝窮秋少風雨，稍留黃葉障斜陽。

癸卯歲暮紀事

再駕西巡社稷危，殿前泣諫涕交垂。宗臣自有回天力，莫謂嘉王好酒悲。

蠻觸稱兵戰血流，卞莊刺［刺］虎利當收。誰驅十萬橫磨劍，一洗遼東草木羞。

朝議

朝議怯中立，外夷强搆［構］兵。鑿冰船出海，飛火砲穿營。風雪邊城戍，瘡痍痛哭聲。深宫正開宴，歌舞樂昇平。

孤鵝詠

予家畜雌雄二鵝，同食宿，交頸以嬉。春雪寒甚，雌凍而死，孤雄晝夜鳴聲哀厲，月餘不止。爲作此章，知音者譜入箜篌中，當作變徵聲也。

飛雪違時兮積層陰，雙棲失侣兮發哀音。鶼比翼兮在高林，鰈比目兮同浮沉。躑躅顧影兮思積憂深，雖羽族兮有人心，人之無良兮乃不如此禽。

謁松禪居士

地近三峰修白業，天留一老住青山。墓廬寂寂堪羅雀，爲看早梅來叩關。

題丁松生丙《著書圖》

虎林山水區，扶輿氣清淑。中有濟世才，著書守林麓。百城擁萬卷，明月炯雙目。貫穿經史義，屏棄餖飣學。杭城昔陷寇，鷄犬亦遭戮。爲國治瘡痍，溝瘠白骨肉。蟫編出劫火，收貯富新築。行高動當宁，名入薦賢牘。不應蒲輪徵，肯受墨綬束。長吟看曉山，精思夜仰屋。剡溪紙價貴，筆冢兔毫秃。及今世運變，舊學泣和璞。西域字旁行，咿唔遍鄉塾。斯人不可見，古道日陵剥。披圖睹真像，静氣凝山嶽。上有百尺松，下有九秋菊。尚友羲皇人，笑輕萬鍾禄。聞名未識面，頗恨白日速。重作西泠游，清芬訪遺躅。

昌碩示《感事詩》，依韻和之

教衰儒釋道，時賸夏秋冬。媚外金填海，維新日下春。難尋赤松子，辟穀白雲峰。大夢何年覺，諸天斷曉鐘。

挽松禪先生

翰墨千秋在，仙凡一夕分。人皆望霖雨，天竟喪斯文。公論待青史，西山寒白雲。秋風墓廬閉，曾此挹清芬。

一代文章手，半生憂患身。在山懷聖主，易簀泣孤臣。筆絶新年譜，囊餘舊俸銀。蓋棺今論定，世事益邅迍。

題《尚湖春泛圖》

此圖甲申三月作，吴秋農筆也。是時予喪偶，徐硜士、徐仲翔及秋農來慰，拉予出西郭，買舴艋蕩煙水中。兩岸桃柳紅緑相間，予對景傷懷，卒抑鬱不樂。圖成置之。甲辰秋夜理故篋，得是圖，回思忽忽如夢，彼三人無一存者，可慨已。

春風滿尚湖，短櫂逐鷗梟。廿載重回首，四人惟賸吾。昏燈懷舊淚，殘墨紀游圖。山水依然好，尋幽勝侶無。

昌碩寄《缶廬印存》，題三絶

惆悵燕然未勒銘，端居篆刻遣閒情。銅斑玉血尋生活，隱几神游漢兩京。

摩天巨刃凌雲筆，秦相精神史籀魂。前代文何近陳鄧，直於無佛處稱尊。

書如快劍斫蛟鼉，畫意詩情脱臼科。我愛鄭虔三絶外，芝泥紅艷繼宣和。

眼底

眼底何人是可兒，紛紜朝局鬥殘棋。乾坤獨立空搔首，吟罷七哀歌五噫。

過魚家橋口占 魚太守侃舊居此，故名

魚家橋畔魚公宅，想見當年麥粥香。今日清官歸里後，萬錢下箸衹尋常。太守晚年病不能興，夫人以麥粥食之，每呼曰：『清官，麥粥在此。』

萬壽踏燈戲作

銀花火樹一番新，寶馬香車逐暗䴥［塵］。婦女今無好顏色，燕支山已屬他人。

聞道

聞道東三省，强夷兵苦鏖。黄金填海盡，白骨蔽城高。糧絶軍宵遁，山空鬼晝號。廟堂守中立，民命等鴻毛。

妄説

妄説神方能起死，反催鬼伯急相追。可憐三裹寒涼藥，斷送東鄰玉雪兒。

甲辰除夕

一年三百六十日，倏又一年盡今夕。四十七年駒過隙，蕩蕩乾坤百憂積。遼東日露正酣戰，西藏又被英兵襲。疆土日削猶懷柔，粉飾承平守中立。天使星軺持虎節，囊括東南膏血竭。龍蛇將起鹿鋌險，已缺金甌更撞裂。人言世宇當太平，今冬日月見合璧。明朝且賀歲朝春，自寫桃符試新筆。

乙巳元旦

驚聞爆竹響鄰家，祭罷新詩手尚叉。自笑小窗春意滿，殘燈紅綻去年花。
官吏迎春喜歲朝，旌旗鼓吹馬蹄驕。昔年藩服俱黄屋，正朔何方奉本朝。

看花口占

左右園林俱易姓，風光又見一番新。春來玉茗花前立，五世吾仍是主人。
創業艱難守非易，不知吾後更如何。問花幾度花無語，樹老興衰見已多。

新秋遣悶三首

蓬蒿滿徑閉門居，結習年來已懺除。愁婦抱痾多備藥，爲兒失學悔藏書。
庭隙舊將紅藥種，窗明新把緑蕉芟。鄰家惡樹高千尺，遮我樓西一角山。
出家當比居家樂，欲作詩僧了俗緣。海闊天空一行脚，山青雲白五湖船。

讀乙巳二十四日邸報

堯時有四凶，晋國耦二五。一朝相三人，此事獨希古。金甌重枚卜，睽睽萬目睹。地震黄河翻，造物亦含怒。燮理中書堂，欽鴞侶豺虎。明季卌二相，顛危竟何補。末世同一轍，劈正少玉斧。何人毁白麻，痛哭悟當宁。傅巖不入夢，良弼在何許。長吟《伐檀》詩，空山淚如雨。

中元日檢得徐硜士論詩手札，題後

濕透雲箋淚似絲，故人當日最相知。寂寥今夜秋墳裏，月白風清唱我詩。
知音一别廿餘年，感事傷時亦可憐。我在人間了無味，愁看滄海變桑田。

養浩示《蘇臺雜詠》，書卷尾

仲雍泰伯仁風歇，擾擾金閶何事無。儻使陸機生此日，清嘉未必詠吴趨。
新詩吟成八十首，神游直上三千年。伯通廡與要離墓，弔古落花煙雨天。
長鯨翻海起風波，蒿目時艱可奈何。借得緣［緑］蓑青篛笠，願隨漁弟唱漁歌。

河東君墓

春風裊裊吹柳綫，三尺荒墳傍東澗。不見弓彎舞袖身，草似羅裙花似面。當初定情較顔色，膚黑如髮髮膚白。誰知一死能保家，歲寒有心比松柏。夫婿矯矯人中英，東林點將録有名。琵琶馬上演出塞，浪子真成天巧星。不歌正氣赴燕市，兩朝領袖衣金紫。白頭大節輸紅妝，青樓乃出奇女子。齊名却有顧眉樓，興朝受封亦可羞。草衣勸隱差可比，秦淮濁水爲清流。墓門未種冬青樹，緑是蘼蕪白飛絮。欲訪當年雉經處，榮木樓空没煙雨。

過静圃寄懷止扉

池邊竹影覆蒼苔，三徑無人爲我開。如此園林好風景，買田何日得歸來。

冬防謡

虞山門上觱篥叫，按户捐錢爲防盜。疲卒兩三駐枯廟，朝揚紅旗夕鳴砲。哨官習慣張疑兵，保此百雉如金城。槖中纍纍多餉銀，狐白裘煖披上身。

遣悶

兒頑不好學，婦病已經年。家運又如是，吾生殊可憐。藥爐留宿火，書室亂殘編。無復尋幽興，昏昏白晝眠。

夜起

愁來無可語，心口自相商。殘月落依樹，寒蛩啼近牀。事多催老至，夢短厭宵長。孤影揺銀燭，家居似異鄉。

悼亡

那堪重喪偶，看取鬢邊絲。後顧正多累，浮生能幾時。悲歡廿年共，冷煖一身知。最是旁觀者，偏工慰藉詞。

寫梅題一絶

青粉墻頭淡月痕，數枝疏影倚黄昏。傷心琴冷梅花弄，難返寒香一縷魂。

悼醫士張再可

再可居王墅，去城東廿餘里。眇一目，蒼顔白髮，静穆有道氣，鄉人稱『老先生』，敬愛之。昔年治予病，頗效。近思往訪，已死矣。爲其有隱君子風，悼以詩。

平生才一見，隻眼爲予青。階覆神農草，材孤處士星。臨流敧老屋，有子讀遺經。宿疾春來發，回思藥石靈。

製筆贈昌碩，戲作歌侑之

贈君健筆如贈刀，圓勁不讓猩猩毫。神鋒直透魚網紙，墨池風雨騰寒蛟。虢盤盂鼎岐陽鼓，金石臨橅［模］文字古。右軍俗書惟换鵝，狼藉須殘穴中鼠。鐵門限破晨達昏，石田豐收足盤飧。篔簹如椽截爲管，霹靂著手黄河翻。蜕毫築冢高青山，名垂宇宙震百蠻。再拜奉君非等閒，貴逾赫連龍雀環。莫再從軍書露布，携之便出榆關去。

孤行

雖有溪山秀，孤行嘆索居。合群看衆鳥，知樂羨游魚。古道世争厭，少年交漸疏。日長難遣悶，何處借奇書。

納凉

枕書移竹牀，散髮卧空堂。皓月有秋意，緑陰生晚凉。心無機械事，夢到水雲鄉。鼾睡那能久，迢迢清夜長。

陽涇掃墓

高曾埋骨地，祭罷久徘徊。五世僅單嗣，一生來幾回。劫餘猶有樹，吾後更無才。獨立斜陽外，啾啾暮雀哀。

菜園村看菊感賦長歌

菜園村中菊數畝，五色繽紛大如斗。秋風一櫂來看花，携手同歸有嘉耦。茱萸插鬢傍翠鈿，佳節已過九月九。年年九月花長好，可憐人不如花壽。重來看菊菊已殘，華髪蕭疏近衰朽。斜陽依舊照青山，往事悲涼一回首。歸來畫菊畫不成，敗筆禿於堊墻帚。閉門高詠淵明詩，强談新學怕顔厚。入山已無婦偕隱，出門厭看牛馬走。便當手執鴉嘴鋤，去年村中種花叟。

題常用硯

淚滿玉蟾滴，愁鋪金鳳箋。春花與秋月，兩賦悼亡篇。

松禪先生《詠大慈寺鐘、謝家橋古銀杏》詩扇，爲王覺庵題

句振金石聲，字挾龍虎氣。相公騎箕去，詩扇落塵世。兩朝帝師傅，樞府參密議。袖中晝日筆，側目群小忌。七載依墓廬，翰墨極游戲。澤畔時行吟，詠物寄深意。古鐘悲錯鑄，大樹惜材棄。字字憂國心，心血熱潮沸。王郎酒中仙，拂暑解殘醉。莫障元規塵，永置懷袖裏。墨光閃雷電，入山魑魅避。六月忘炎歊，清風滿天地。

昌碩畫墨松硃日巨幅，索詩

盤根錯節壽萬年，有心捧日長中天。朝暾出地霞漲海，安得威鳳鳴其顛。橋柯百尺生鐵鑄，梁棟有材時未遇。春霖徹夜方病農，莫挾風雷化龍去。

學界

學界争名亟，天心厭亂遲。文章變今古，冠服雜華夷。邊塞無籌筆，商山有采芝。皆云新政好，端不計安危。

有餉醉李戲作

霸業煙銷碩果存，紅霞光映碧磁盆。臨觴把玩添惆悵，不見西施指甲痕。

登眺偶作

太公垂釣水，言子舊居城。懷古發遐想，背時成獨行。不逢堯甲子，願學魯諸生。毓秀鍾靈地，無人會此情。

寄昌碩

平生不解相思苦，兩夜如何三夢君。共坐青山最深處，萬竿修竹一溪雲。

虚室

虚室朝猶暗，孤衾夏亦寒。厭聞談舊事，忍遽覓新歡。棖觴〔觸〕傷心易，商量啓口難。出門憂内顧，排悶自加餐。

苦雨

土薄飄浮梗，天低戴漏巵。礙橋船進少，糴米市開遲。起陸龍蛇横，棲檐燕雀飢。陰陽誰燮理，治水救瘡痍。

晚涼

斷腸花放月難圓，被冷香銷近一年。寂寞遺琴猶挂壁，緑窗風響鳳皇絃。

清河君遺琴歌

蘭房啾啾暗蟲泣，三尺枯桐懸素壁。金徽玉軫無輝光，蛛網龍池藏蜥蜴。太陰沉沉凝古漆，斷紋蛇腹陽冰裂。猊爐空爇返魂香，鵾絃猶綰同心結。當年百兩爛盈門，喜有古樂娱新婚。雙鬟抱向紅燭下，《關雎》一闋春風温。春風澹蕩滿畫樓，不知九月爲窮秋。調轉梅花變三弄，疑跨仙蝶羅浮游。爲言操縵傳家學，流水高山聽來熟。七齡能辨爨下聲，中郎自授思親曲。朱絃豈虞中道絶，燈前和我吟白雪。主持中饋疏絲桐，十年素手生荆棘。花晨月夕偶一彈，如今月缺花又殘。知音應恨塵世少，瓊樓玉宇去不還。我欲携之入空山，長歌招魂叩天關。群龍吹笙虎鼓瑟，上帝豈恤凡夫鰥。恨欲椎碎埋黄泉，地祗［祇］亦復笑我頑。離鸞求凰皆寡和，精誠不通夢難作。不如一切都勘破，石上松風枕琴卧。

詠貓

伴予朝夕不相離，日午花陰睡片時。勤護殘書驅黠鼠，憐渠解事勝癡兒。

題《海天旭日圖》

鷄鳴唤起中國魂，睡獅夢醒窺天門。黄人捧出榑桑輪，雲蒸霞蔚新乾坤。晨鐘方敲暮鼓響，安得魯陽之戈夸父杖。

舍弟至

爾遷新居吾老屋，偶來長談過飯熟。四萬萬衆稱同胞，何況一家真骨肉。近看鬢髮已蒼蒼，阿兄吟髭亦染霜。卌年家庭事翻覆，手足幸未爲參商。日月跳丸疾逾鳥，一回見面一回老。椿凋萱謝痛時早，但願棣萼花長好。

昌碩畫鷄冠，索詩

非花却比花開久，有色無香亦動人。絳幘峨峨空自好，幾曾風雨解司晨。

索中孚寫《生壙志》，久不就，促之

指似懸椎疏翰墨，絃摧錦瑟怨年華。自憐好夢無圓日，才盡江郎筆不花。

傲骨猶存六尺身，先將壙志勒貞珉。世間何限能書手，争肯低頭妄乞人。

兔走烏飛人易老，墨池何日起煙雲。右軍不爲籠鵝去，亦寫羊欣白練裙。

有人過瓶廬賦長句，亦作二首

瓶廬秋草没階深，昔看梅花酒共斟。霽月光風曾侍坐，高山流水斷知音。兩朝師傅回天力，七載田園戀闕心。時事日非公論少，長吟如聽雍門琴。

經營何異午橋莊，鵬集承塵樹石荒。日下舊聞留筆記，山中宰相有祠堂。書遺鄴架無人讀，饌美郇廚憶客嘗。恩命至今猶寂寂，碧天箕尾失光芒。

近況

開遍秋棠夜漸長，近年身瘦怯秋涼。嫣紅誰向釵頭戴，月下看來更斷腸。秋海棠，名斷腸花。

百感潛催白髮生，又聽促織徹宵鳴。寒衣久破無人綻，那遣高樓懶婦驚。

寫梅戲題

大雪封山人不到，梅花一樹雪中香。孤標貞性如松柏，惜爾材非是棟梁。

秋夜客去，孤坐遣悶

五嶽迢遥未一登，蕭蕭華髮在家僧。江山興發頻看畫，骨肉情疏賴有朋。倦鳥離群棲獨樹，飛蟲捨命撲殘燈。閒推物理悲人事，説法須參最上乘。

樗散

休言筆底挾風雷，樗散身判號不材。讀史眼光涼月共，憂時心血熱潮來。五更懶作聞鷄舞，八斗羞誇綉虎才。擬向青山築文冢，崔巍高過漢雲臺。

養浩惠日本茶，並日人所書《出師表》墨本，侑以兩絶句，依韻和之

風生七碗課三餘，表讀南陽勝異書。只有盧仝無葛亮，中原處處見穹廬。

玩帖煎茶去納涼，厭聞新政沸如湯。同文同種兼同好，一樣輸他愛國腸。

附原唱

北海南宫態有餘，同文迴異蟹行書。陽明宗派東瀛骨，兼重南陽諸葛廬。

入口生稜沁齒涼，猗蘭叢裏試頭湯。海天浴日瓊瑶思，才稱先生冰雪腸。

一笑

乾坤難得自由權，何處桃源别有天。看破人情惟一笑，愁翻世局在三年。狙公賦芧朝還暮，龍伯投竿海變田。千古英雄奴隸性，班超筆與祖生鞭。

七夕感賦

神仙天上多紅淚，伉儷人間少白頭。死別已無相見日，生離尚有再逢秋。
惆悵佳期一水遥，南飛烏鵲上青霄。懸知上帝行新法，將測銀河駕鐵橋。
債重聘錢償未了，須翻花樣織鴛機。璇宫正按天魔舞，不惜黄金製錦衣。
點金無術織難停，巧竭天孫欲乞靈。多少紅樓簾盡卷，猶將瓜果祝雙星。

紀事

上及山岡下水泉，不能搜括是青天。簞瓢陋巷猶征税，顔子還存附郭田。
夜合資充壯士糧，纏頭錦作戰衣裳。枇杷花底官符急，還是前朝有教坊。
沽酒難將付市中，孔方兄亦嘆途窮。五銖半兩成鵝眼，莫是銅山與鄧通。
空中傳信地飛車，璀璨明燈耀火珠。收盡電光天不笑，枉教玉女中投壺。
會開萬國議和平，器械精研日治兵。鱗介安知周孔道，船堅砲利即文明。
跌飛直過大洋來，善債方稱善理財。不用黄金更求士，燕昭臺作赧王臺。

老樹

盤盤老樹蟻穿根，剪伐枝條去作薪。留得一毫生意在，稍霑雨露可回春。

煉石

煉石空山欲補天，一爐熱血化寒煙。淮南丹鼎留餘瀝，鷄犬雲中笑地仙。

湖橋弔青陽二觀 並序

咸豐季年，粵寇犯常熟，青陽二觀領鄉團扼湖橋，焚橋阻寇進，並發砲擊之。寇稍沮，城中人得以逃者，青陽力也。後卒戰死，松禪先生援『有功則祀』之例，立主於土神祠，刻石紀其事。青陽姓吴名廷芬，其出也微，故人皆呼小名，而姓氏翻不甚著，亦可悲也。

烈焰沖霄阻虎狼，闔城性命託存亡。重尋四十年前事，携酒青山弔國殤。

深刻大書燕許筆，姓名不使没蒿萊。當年若遇曾文正，飽虎多龍較將才。

烽煙遺蹟夕陽紅，誰識斯人保障功。市上賣漿屠狗輩，不知埋没幾英雄。

書南昌縣事

虎穴邀傾酒一樽，誰知此宴是鴻門。玉山不敵魚腸利，夜半鵑啼帶血魂。

秋夜聽雨

入耳愁聲喚奈何，銀缸無焰響殘荷。碧翁翁亦常垂淚，應爲人間恨事多。

米貴如珠歲又凶，汪洋江漢不朝宗。龜山恐脱支祁鎖，天網疏難網孽龍。

贈養浩

江鄉竹馬共兒嬉，今日相看鬢有絲。絳帳謁師心法在，青山哭舅淚痕滋。臨池健腕摹殘碣，冒雨平頭遞好詩。聞道家庭多樂事，花開團坐泛瑤巵。

東〔柬〕養浩，即和來詩韻

漫説車書四海同，詞壇牛耳敢争雄。洛生詠懶賡安石，吴下人還笑阿蒙。廊廟已多長樂老，江湖應作信天翁。七哀五噫相酬唱，不入簫韶樂譜中。

夜坐有感時事，和養浩韻

身健皇天待我慈，要留蒿目睹危時。愁看海若揚波急，翻恨羲和策馭遲。萬國有心窺變法，四凶何日放窮奇。維新議政諸元老，當再三思與九思。

芥龕贈刀子，題鞘上

剸蛟刺〔刺〕虎恃無恐，手撫白虹心血湧。人持寸鐵可保種，善刀而藏爲大勇。

文明

文明大開化頑錮，渾渾噩噩嗤上古。笑中藏刀腹城府，弱肉强食人變虎。銅山金穴飽腐鼠，麟鳳亦不惜毛羽。如今已是十日雨，未聞子桑琴再鼓。

泥塗

疾雷催雨葉打扉，泥塗滑滑多危機。芝采盈筐那作飯，荷搴滿屋難製衣。涇渭孰能辨清濁，舜跖同一愁寒飢。憂時白髭鑷復出，道縱戰勝身不肥。

哭雨三章

春雨夏雨復秋雨，大江南北無乾土。秋成欠［歉］收嘆田祖［租］，斗米值錢九百五。亂後三經水災苦，或云西法天可補。農學改良由政府，躬耕藉田勝老圃，明歲禾頭高比樹。嗚呼一哭兮，哭使豐隆棄雷鼓，水不爲災日常午。章十句。

獅子山頭轟巨砲，如此祈晴天亦笑。雹光穿雲雨飛瀑，蛙蹲釜中水上竈。疏請加賦償國耗，預卜豐年挽大造。餓死窮民不爲盜，多事區區設平糶。三山街長没泥淖，飛策馬車稳如轎。嗚呼再哭兮，哭開陰霾見離照，鼓腹熙熙同覆燾。章十一句。

吴越苦雨燕豫晴，陰陽變理誰持衡。民艱不恤秋操兵，山川組練耀日星。白金十萬裝一營，連營幾及千里程。接待外賓兼送迎，綉車寶馬犀玉觥。願移此錢振窮氓，溝壑餓殍慶再生。雨師胡不向北征，黄流積潦阻使停。嗚呼三哭兮，哭使上帝誅長鯨，五風十雨世太平。章十二句。

與養浩論詩賦，贈

飛衛善教射，弈秋善教弈。一著勝全局，挽强即破的。有如君論詩，尚意兼尚力。所以古之人，擇交重三益。

慚愧

劌肝鉥腎苦冥搜，筆力猶堪挽萬牛。慚愧一年忙不了，傷春未竟又悲秋。

摹印不成戲作

詩才空慕杜韓筆，印學未追陳鄧蹤。萬事輸人同刻鵠，十年磨劍悔屠龍。

立憲三章，章六句

聖清立憲去專制，思重民權維國勢。四海同聲呼萬歲，十年後應見實行。野蠻頑錮皆文明，日月合璧黄河清。憲法采自各國多，英法德美日比俄。人皆當兵税務苛，如投猛藥醫沉疴。蒼生奈此立憲何，立憲奈爾蒼生何。官制既改議院開，君民一德無嫌猜，垂拱而治何樂哉。立憲人皆盡天職，不然弄巧反成拙，中國變爲何等國。

丙午生日

四十九年難返真，强把緑酒娱生辰。不可一世孰知我，未能免俗猶爲人。悲歡離合夢中夢，厄塞磊落身外身。秋風蕭蕭拂華髮，愁看丹桂花如春。

題自畫《酒甕紅梅》

荒年釀酒味不厚，瘠地栽梅花亦稀。倚甕酣眠恥獨醒，醉鄉安穩無危機。

爲政

爲政苛於虎，傳聞不過年。閭閻休浪喜，恐費拔釘錢。

東鄰

東鄰有老革，不學入仕途。好動而善怒，蝟毛張白鬚。大杖血入裂肌膚，朱提纍纍暮夜輸。屈直不辨喜面諛，蒼鷹群比漢郅都。虎而冠者，人耶獸耶？上天難欺，胡多壽耶？探黑丸者，何時斷其脰耶？

秋陰

苔緑墻陰葉覆除，疏欞穿雨漬殘書。也思偷食神仙字，無賴蜉蝣學蠹魚。

晚秋感懷

廿四年中兩悼亡，涼飆吹鬢髮蒼蒼。一枝瘦菊愁如我，耐雨禁風更傲霜。

和松禪先生《陪無競居士破山寺訪桂》之作，爲芥龕題，用常建韻

昔年有二老，把臂入禪林。丹桂閲人古，青山藏寺深。秋尋龍象域，詩結雲霞心。翰墨見交誼，幸逢真賞音。

醉歌

十年磨劍磨不快，心肝不與鐵石壞。虎狼可狎畏蜂蠆，屈直相争直者敗。勞勞世事甚矣憊，安得排雲出天外。俯視人間筵席散，泰山如礪河如帶。

九日携友入山暢飲，談及時事，慨然有作

轉頭又重九，人事不堪思。酒價逐年長，菊花遭雨遲。三綱淪異俗，萬態競危時。獨醒胡爲者，牢愁付一巵。

晚秋有感

愁聽落葉與哀蟬，太上忘情自古難。才過中年鬚鬢白，駐顔何處覓金丹。
火冷香篝鏡滿塵，花殘月缺不生春。錦衾擁到紗窗亮，翻羡牛衣對泣人。

潘質之丈教授揚州，有訛言其化去者，爲作二絶，後不復删去，爲他日一笑

盤中苜蓿一年糧，三徑無人菊自香。雁影長江秋水闊，斷魂招不到虞陽。
揚州騎鶴何時返，寄我新詞墨尚新。十里春風二分月，廣文官冷不言貧。

審潘教授健在，喜而有作

郵程迢遞大江横，讕語傳來使我驚。自愧時宜偏不合，猶將生死論交情。

芥龕具舟招游湖田，示同游諸君

竹葉新篘酒，蘆花淺水鄉。山容霜後净，農事晚來忙。人熟忘賓主，年荒少蓋藏。艱難休共説，一醉倚斜陽。

尚湖庵

荒庵鐘磬寂，廚冷久無僧。魚網堆禪榻，蛛絲暗佛燈。空餘塵萬劫，誰説法三乘。欲眺煙波遠，危樓未可登。

詠蟹

金粳玉粒竊爲糧，隨著波濤也望洋。意氣横行口噴沫，笑他公子是無腸。

獨坐

空住先賢里，難扶大雅輪。清修無净土，萬事擾孤身。骨肉誰憐我，光陰不待人。一枝霜後菊，氣味最相親。

石農招飲

邀客先三日，夫妻治具忙。青錢沽宿釀，黄葉煮寒鐺。真味山家饌，雄談俠士腸。歸途思厚意，不惜雨沾裳。

避世

避世無幽境，翻書得古歡。事多來日少，身瘦故衣寬。老屋生陰氣，孤松共歲寒。隱憂在家國，眠少午忘餐。

冬夜自遣

寒衣翻遍舊時箱，冷煖無人問短長。挑盡殘燈還獨坐，此身只當客他鄉。
隔墻槐葉落階除，自笑南柯夢亦無。垂老壯心猶未死，欲從黄石授陰符。

嗚堅白齋詩存卷六

鳴堅白齋詩存　卷七

常熟沈汝瑾石友

題松禪先生《鄒巷古藤圖》

幅長尺五寸，高半之。左側隸書『鄒巷古藤』四字，下題：『辛丑三月十六日，肩輿過鄒巷，見人家屋後藤花正開，大可盈畝。問老農，曰幼時已任數人猱升也。漫爲圖之。』丙午冬，有人持此索詩，而先生墓宿草矣。

我探石洞泉，繫舟鄒巷口。屋後有古藤，其大可一畝。根深窟夔魖，白日蛟虬走。拳曲避斧斤，匠石見掉首。豈料圖真形，乃得調鼎手。湘纍詠蘭蓀，託意同不朽。孤懷鬱雲雷，發洩筆如帚。樹木猶有心，枝條相結紐。人群反傾軋，君子每獲咎。恨難移瓶廬，結爲歲寒友。梁木嗟遽壞，不材却多壽。耿耿千古心，知者世稀有。披圖想高蹤，逸事談野叟。護持勿翦伐，培土益加厚。嚴冬天地閉，黄葉堆户牖。明年藤花開，花下醉春酒。

挽趙非昔丈三首

滄海欲横流，世運丁極否。蒼然喬松姿，一仆竟不起。晚歲修白業，悟徹蓮花旨。心空琉璃光，久已了生死。金石喪歐洪，山林失黄綺。端陽送書還，猶見復雙鯉。出郭時過從，疏狂公獨喜，花前一樽酒，回首如夢裏。

昔欲平寇亂，爲國傾私囊。中流曾擊楫，古劍磨干將。不就軍府辟，在邑撫流亡。澂清雖有志，富貴非所望。三徑翠松竹，北墅開茅堂。留賓每投轄，酬月還飛觴。血性出肝膈，論事常慨慷。所論多時艱，思之淚盈眶。

直道今則亡，鑒古衆莫匹。金玉辨漢制，楮墨識宋鍥。家寶有兕觥，如意忠憲鐵。保守如球圖，正氣生烈烈。好善逾好古，胞與志恒切。噓枯使回春，挽水濟涸轍。嗚呼邈山河，長寢萬事畢。墓碑題有道，定屬燕許筆。

冬至日，賀姚蔗娱表弟合巹

大横吉兆卜庚庚，帶結同心訂宿盟。嘉耦喜聯三世好，良辰恰值一陽生。雙棲蝶夢回春氣，共聽鷄鳴戒旦聲。側挺荔支種連理，他年玉樹定敷榮。

東瀛酒肆題壁，昌碩屬作

高樓日款賓，潔浄地無塵。冠蓋集三益，盤飧羅八珍。酒香燈徹曉，花媚坐生春。吾國悲荒歉，哀鴻滿海濱。

空閨四詠

喪偶之後，睹物思人，率成小詩。異於韓冬郎香奩體，風懷減盡，能無慨然。

博山爐煖水沉煙，流水聲中影比肩。散斷廣陵人已去，卧聞飢鼠嚙冰絃。琴。

湘妃斑管硯紅絲，花樣描曾教女兒。残墨尚留尖已秃，秋窗拈譜悼亡詞。筆。

并州鐵鑄兩鋒銛，難斷愁心一縷牽。記得秋涼衣欲换，燈前拆綫爲裝綿。剪。

誰倚春風對畫眉，玉臺塵網冷燕支。開奩一樣明如月，只與愁人照鬢絲。鏡。

頑鐵行

天狼星墮地，産鐵名爲良。踴躍洪爐中，烈火毒焰張。全憑大冶力，鼓鑄爲干將。質鈍如鉛刀，磨礪爲堅剛。安能宰天下，均匀平四方。膏血釁鋒鍔，犀象亦被傷。一揮頭盡白，刻削元氣亡。是鐵本至頑，竟化百煉鋼。佳兵不祥器，何時頓其鋩。毁折當可待，不及錐處囊。鎔之作農具，海内安耕桑。

送彭城太君葬

鹵簿環半城，鼓吹出平楚。素車要津客，丹旐北邙路。陳筵要中逵，奠酒拜無數。衣冠競執紼，陌路亦親故。揆諸撫孤心，豈爲榮哀暮。窮鄉離亂中，誰哀涸轍鮒。今建五丈旗，昔愁一尺布。未盡孺慕情，天奪烏反哺。棘人勞團團，回首愴霜露。予忝附姻黨，隨行逐鴛鷺。表讀瀧岡悲，塵障元規污。垂老抱遺經，春秋獨展墓。

過徐硜士舊居

無多花木盡摧殘，苔緑荒池水亦乾。試問墻陰手栽竹，被人斫作晾衣竿。
書堂易主渾忘姓，嫁妾生兒已合婚。多少悲涼身後事，更無人説獨銷魂。

葬繼室張於儀鳳里，舟中作三首

同夢二十年，一旦去蒿里。先塋邑西南，衝寒越煙水。大兒雖合婚，罔識盡哀禮。所生女有三，恨不作男子。

元配我中表，卒年僅廿六。生時未識面，死後却同穴。地下依雙親，承歡共和睦。聘媳亦葬兹，重泉聚骨肉。

生不苟言笑，閨中若諍友。回思伉儷情，和淚酹杯酒。精華暗銷鑠，豈復得長壽。魂兮如有知，不久來聚首。

養浩示謁其舅氏松禪居士墓詩，奉和

墓碑刊削籍，傾軋恨神奸。魂在君親側，名留天地間。盟心惟白水，埋骨有青山。揮盡羊曇淚，英靈招不還。

修塔謡三章

積穀修塔飢民號，私橐張口如磚窑，修塔孽比方塔高。小工每工錢百六，死者三人血漉漉，月黑冤魂塔上哭。塔高水來可避難，曼陀羅花堪作飯，一塔修費銀一萬。

臘月望日作

舉世談新學，空山獨坐禪。詩書成棄物，雨雪了殘年。歲歉更多事，時艱難問天。梅花猶念我，早放綺窗前。

題松禪居士《葉亭古蹟圖》

孤亭不可見，亂石擁嵯峨。古蹟無人問，空山落葉多。何時來此地，趺坐學頭陀。惆悵鴿峰下，白雲荒澗阿。

禽言六首

姑惡姑惡，姑性惡，婦命薄。姑惡在口，食粟一斗。姑惡在心，買轉萬金。姑心能買不長久，可憐婦命懸姑手。

泥滑滑，雨夾雪，歲暮窮民生路絶。今年尚可過，明年當奈何，城中大户米不多。漕可截，穀可積，否則青黄不能接。雖欲平糶何處糴。

行不得哥哥，南洋北洋多網羅。登山有虎豹，入水有蛟鼉，閉户不出奈爾何。射天箭，揮日戈，古來壯士暴骨多，行不得哥哥。

不如歸去，一路逃荒到何處。戴星披霧，前僵後仆，到處偏逢官長怒。官長收漕囊橐富，日费萬錢難下箸，驅汝出境誰活汝？蹲鴟可療飢，蘆花可作絮，餓死猶葬故鄉墓。苦苦苦苦，不如歸去。脱却布袴，糧户難作去聲。糴米上倉斛不得，欠至明年加五百。堂堂上諭統減糧，縣令但云吾剔荒。荒田難賣，何處借債。熟田歉收，有犁無牛。搢紳先生知爲己，官前諾諾復爾爾，他日出山亦如是。

提胡盧，有酒沽。沽酒誰歟？非隸非奴，官之爪牙亦心腹。博場攫金供酒肉。當壚娃，顏如花，調笑調笑，莫敢誰何？東市來，西市去，高視闊步，内衙亦可通賄賂。遇事向官言鑿鑿，屈者可直直可屈，夜半硃符飛黑索。提胡盧，食官廚，虎狼不在深山居。

女蘿兔絲篇

女蘿與兔絲，異根忽同枝。同枝不同心，貌合而神離。上有姑惡鳥，晝夜不住啼。鴛鴦侶欽鴟，比翼常差池。炎涼既異性，啼笑皆不宜。郎心實難測，婦道終無虧。鴆媒有毒羽，墮入合歡戹。惡木豈連理，莫當歲寒時。穀則難異室，荼苦甘如薺。千古有同慨，坐詠《終風》詩。

題《瓶盧圖》

結屋依親墓，披圖墨尚新。文章今作手，涕淚古鮮借平民。謝客門常閉，匡時志未伸。昔年曾到此，回首愴音塵。

歲暮述感

世局誰争一著先，魯戈難挽日輪旋。眼前人物新文字，夢裏衣冠古聖賢。社鼠城狐雄未造，米珠薪桂逼殘年。鄧林何處神仙宅，且向梅花樹底眠。

殘年枕上作

一年賸三日，攲枕暗神傷。短夢知心事，殘燈接曙光。憚犧鷄失曉，竊果鼠儲糧。春雨愁成雪，何堪麥再荒。

看春燈 新年邑廟懸燈，店肆亦各争奇鬥勝，觀者塞途，婦女至有遺簪墮珥者

看春燈，十十五五逐隊行，紅男緑女喧笑聲。市上燈接廟裏燈，高低錯落繁星明。荒年燈比熟年好，熟年人比荒年少。上元佳節似中元，燈光普照餓鬼道。大紳不爲民食憂，觀燈亦入邑廟游。香輿歸來玉壺醉，錦帳銀缸照珠翠。

一日少一日

一日少一日，年壽不滿百。俗事來驅人，有如牛駕軛。嗔心偶然生，處處皆吾敵。委曲期得當，腸熱面發赤。艱辛誰見諒，憂喜難自適。閲歷尚未深，齒墮鬢髮白。敢學俠少年，見彈求鴞炙。身異囊處錐，家如鐵鑄錯。恥爲兒女態，淚向腹中落。繼體不類吾，後事焉可託。七竅内無心，

六極末丁弱。倏忽世雖有，混沌不堪鑿。雖非名德後，歷代未爲惡。他年千卷書，幸得束高閣。

刺促歌

刺促復刺促，乾坤有變局。南溟折鵬翼，北極斷鰲足。上畏日翻車，下愁地摇軸。瓊玉山頭仙，猶望蟠桃熟。

春雪

春雪甚臘雪，此雪能壞麥。飢寒億兆民，無衣更無食。遥山忽斂青，虚室益生白。枝壓當路花，門稀賀年客。想見被水鄉，糠粃度朝夕。烏犍凍已僵，同作溝中瘠。天公玉戲遲，滕六亦失職。燮理彼何人，貂裘啖牛炙。

題潘教授所寄《歲寒圖》

我心虚似竹，我髮蒼如松。我身同老梅，日卧冰雪中。知己寫我像，繪神不繪容。是時江南北，大水年方凶。嘉木摧作薪，四海無春風。同雲漏疏雨，嗷嗷遍哀鴻。國家不樹人，所樹蒿與蓬。覽此長太息，吾道其終窮。

貧交行

貧交偶多金，過門不枉顧。無怪韝上鷹，一飽即颺去。飽鷹颺去飢逐兔，貧交金盡來如故。

夜不寐

晨光射窗隙，宿鳥鳴啾啾。鳥醒吾入夢，化蝶如莊周。陰陽竟顛倒，白晝方合眸。茫茫未來事，肝腸苦冥搜。人反不如鳥，並棲雙白頭。家庭乏生趣，何殊北邙游。但無一抔土，埋却萬古愁。

詠水仙花

明珠攢瓣翡翠葉，裊裊亭亭倚文石。出空谷儻登玉堂，萬花無香亦無色。一春獨抱絶世姿，芳心只許寒梅知。衆人那得識高潔，脉脉含情對誰説。

震雷戲作

金蛇破雲飛，長空走霹靂。想見空山中，百怪俱辟易。孽龍潛厂下，怙惡椎不擊。雖有失箸人，虚聲竟何益。

讀《杜工部集》

天寶君臣際，秦州寇盜中。一吟頭欲白，千古意相同。喪亂成詩史，蒼涼變國風。上書救房琯，私誼亦公忠。

世事

世事悠悠春夢裏，誰能赤手挽危機。花前看了蜂衙罷，想見公卿下直歸。

春寒

春寒刺骨踏青天，深閉文窗白晝眠。夢看梅花三萬樹，雪中雙鶴話堯年。

畫大瓠戲題

采得胡盧依樣畫，大於五石剖爲舟。縱能浮向江湖去，前路風波亦可憂。

不寐飲酒

眼亮將沉月，心摇不繫舟。黄金難買夢，白髮更添愁。未了一身事，空思萬里游。願求千日酒，醉卧築糟邱。

上巳泛舟

三橋桃瘦緑楊肥，除却韶華事事非。歉歲偶逢佳節盛，清游愈覺舊交稀。水深火熱魚將爛，米少花多燕亦飢。祓禊流觴且行樂，不須春煖嘆無衣。

上巳日陳家浜看桃花，弔吳、翁兩先生

不見看花二老人，殘紅滿地草如茵。獨來花下尋陳蹟，燕語鶯啼又暮春。
花半爲薪人化鶴，茫茫世事幾春風。落花風卷隨流水，只有青山夕照中。
簫鼓畫船三月三，依然春色滿江南。人生行樂眼前好，事後思量都不堪。

上林

上林甘露變木介，長安達官怕身壞。龍宫雖有不死方，未入東閣游北邙。瓊巵獻壽醉流霞，黄金如山煉丹砂。千年鐵樹花似火，倚著蟠桃難結果。

題畫馬

秋風萬騎獵平原，一箭雙雕落暮雲。散入平沙衰草裏，更無人問故將軍。

昌碩寄贈瞿子治所製陶壺，賦謝

子治當年善畫竹，露葉風枝頗超俗。不但善畫兼善陶，春茗一壺泛新緑。故人憐我詩腸枯，夜航寄來自姑蘇。滿汲石泉煮松火，携向花間聽鷓鴣。

書瓶廬老人與其姪菉卿手札後

移接孫枝葉不榮，竹林小阮似親生。數行飛動龍蛇筆，無限低回骨肉情。白首一門多恨事，青山十里記郵程。劇憐身後皆零落，刻石誰同《快雪晴》。

晏起漫吟

夜醒朝慵起，披衣正午餐。茶消春困煮，花倚晚晴看。老我身無用，求人事即難。少年埸懶入，獨立海天寬。

孤舟

孤舟逆水撑折篙，綠楊風雨翻春濤。争前一櫓退兩櫓，使我頓知行役勞。長年手顫面無色，同船合命呼助力。世間何地非危途，更有人心險難測。

和前韻答養浩

西湖短艇不用篙，萬松嶺下聽松濤。家山咫尺忽遭險，我欲斬蛟呼孟勞。船平坐看青山色，庸才豈有回天力。雖云忠信涉風波，今日陽侯心叵測。

春暮過南塘張氏感賦

十載一來此，淒涼景不同。中年重喪偶，外戚半成翁。久別髮將白，舊看花尚紅。門前老楊柳，無力舞春風。

陸巷小泊

繫纜溪橋外，春風拂面和。綠楊啼布穀，白板挂魚簑。塾廢兒童陋，年荒盜賊多。近來征賦急，五袴不聞歌。

柬養浩，即和來詩韻

白日醉中墮，魯戈揮不回。三春如短夢，萬事付新醅。變法文章賤，鬥詩圖畫開。花前重有作，引領望傳來。九石老人爲寫《鬥詩圖》。

立夏前一日自南塘返舍，用養浩韻

村居非不愛，爲約餞春回。布穀啼新雨，梨花發舊醅。愁懷風絮攪，歸路野棠開。一別南塘路，何時買櫂來。

送春詞

送春送春上高樓，送春望到天盡頭。飛絮漫漫樹疊疊，山青水緑無限愁。春去春來自開闢，人生世上如浮漚。我今送春年五十，百歲送春那可得。百年春事亦須臾，鷄皮難變桃花色。東皇此刻騎春駒，一任落花啼鶗鴂。鶗鴂啼，春已渺，春若不歸人不老。安得四時皆是春，熙熙復見羲皇人。

虛度

好花開欲殘，俗客坐不去。落日下青山，今朝又虛度。
未讀萬卷書，未行萬里路。一事無所成，百年總虛度。

花外

花外倦游蹤，羞隨蝶與蜂。難尋天下士，獨倚歲寒松。冷煖新交態，頳唐舊病容。古人能尚友，開卷暫時逢。

題《鬥詩圖》

丙午秋，與養浩俞君唱和，皆傷時感事之作。争出新意，兩不相下，如鬥然。九石老人爲寫圖，圖有橋有樓，兩僮作遞柬狀，記實也。傳之後世，亦一佳話，高談揖讓者毋笑諸。

談兵薄韜鈐，議禮笑俎豆。如何金石交，忽作龍虎鬥。斧柯不在握，肝肺自雕鏤。城築五言長，章成七步驟。抗喉異吴歈，攻心發墨守。思奪晋鄙符，欲免先軫胄。勇如昆陽戰，風雨驅猛獸。疾如鉅鹿軍，沉舟赴趙救。雙毫納千古，揮斥小宇宙。文陣旗鼓張，誰甘先俯首。管城與松滋，力盡各欲仆。尚争滕薛長，似炫愷崇富。嚴冬冰雪天，遞簡僕眉皺。無補衮職闕，難發醯鷄覆。揚風兼扢雅，新學嗤守舊。孰知文字禪，中有獅子吼。胸次煎熱血，煉石補天漏。尺幅寫新圖，吟苦身並瘦。我請城下盟，再協塤篪奏。

題顧亭林先生《渡江圖》，用松禪老人和亭林《送萬舉人》詩韻

中原鹿被逐，志士鴻罹網。卓哉顧先生，逃名獨來往。抱負經世才，奇氣得秋爽。謁陵忠不忘，奉母志非枉。神京新定鼎，開闢太平象。明社屋已墟，猶作起義想。扁舟渡江東，從此脱塵鞅。擊楫當中流，北風吹五兩。不赴鴻詞科，軒冕同糞壤。今日開畫圖，天低樹蒼莽。題詩大手筆，如見太華掌。乘雲棄瓶盧，山色冷虚幌。空留木石怪，月黑嘯夔魍。一詩和三年，骨竦心欲蕩。薄才忝附驥，慚負巨眼賞。何時語濂涇，訪古巇煙榜。

附松禪老人原唱

古今大壚鞴，宇宙一罝網。吁嗟元黄交，何地可長往。瀛西信奇特，先生尤伉爽。軒軒鸞鳳姿，未肯尺寸枉。六謁孝陵樹，屢拜靈谷象。舉世已無人，浩然發遐想。南人習輿輦，我志在蹄鞅。

單衣跨一馬，載書尚兼兩。上窮皇古初，下歷九州壤。經學續薪傳，遺文剔荆莽。日知三十卷，治世指諸掌。皇天剥碩果，旅館淒繐幌。斯圖贈别時，故鄉伺魍魎。鵈夷雖變名，家室屢震蕩。是時叛奴未得，家數被劫。我讀先生詩，驚嘆雜吟賞。魂兮歸語濂，祠堂豫題榜。唐墅語濂涇，先生奉母之處，尚可指識，擬建貞孝祠於此，而以先生侑食。

周烈婦井亭歌 並序

烈婦湯氏，邑人周小梅之妻，居五福街。庚申城陷，挈一子一女投井死。時小梅往留下橋，婦作絶命書遺之，曰：『妾敬啓：昨君出門，飯後即失常熟，一夜未眠。今水窮山盡，願君一路平安，切勿以妾母子爲念。今爲君盡義，恨不得一言永别。使二三來報知，寄上戒指一個，見此如見妾，願來生再叙未了之緣。』此書今裝成卷，墨跡如新，其子名之德者寶藏之，而殉節之井亦蓋亭焉。夫湯氏一弱女子耳，非出名族，從容就義乃如此，予特作歌，以風來者。

東海精衛銜木石，爲築一亭藏烈魂。當時淚血燕支赤，玉碎珠沉奮身擲。遺書訣夫情脉脉，游魂隨書到夫側。如今止水不起波，蝸篆猶留舊題額。雨漏端宜蓋葺荷，寒泉應出青蓮花。銀瓶綆短不能汲，鴛鴦瓦斷孤鸞泣。

囑養浩校拙集

閉户無聊但苦吟，空山歲月坐來深。有如風雨鷄鳴晦，還望神仙鐵點金。卧雪寒梅同傲骨，凌雲修竹共虛心。區區此意何人解，端賴成連海上琴。養浩自號『梅花琴主』。

送昌碩游江西

我讀《太白集》，最愛《廬山謠》。行間字字有仙氣，奇情逸致凌雲霄。缶翁好游似太白，青山著破幾兩屐。妙畫千軸詩一囊，水陸崎嶇慣行役。榆關策騎雪没韉，淮南攀桂秋風天。樅陽射蛟訪漢武，湖上放鶴尋逋仙。平生足跡半天下，畫意詩情共陶寫，一雙白眼飢看天。人間誰是憐才者，書來别我江右游，滕王閣下停扁舟。長江天塹不足恃，世事茫茫生百憂。我如局促轅下駒，學劍不成還讀書。幾回飛夢託明月，去看瀑布登香爐。香爐峰高似天姥，驚人君有青蓮句。歸來滿袖携白雲，還到虞山聽秋雨。

胡義士之弟筱村來虞拜其兄墓，哀動行路，瀕行，寫《梅花便面》，題一絶贈之

平生孝弟心，冰霜愴寒色。别後梅花開，江南望江北。

挽迂道人

交游不相負，吾祇見斯人。意氣黄金賤，牢騷白髪新。望鄉常灑淚，好義久忘身。葬近周神墓，千秋德有鄰。宋周孝子俗稱『周神』。

喜雨

入夏苦無雨，一雨勝珠玉。三日溝澮盈，良苗長新緑。老農惜秧稀，重浸甕中穀。播種雖云晚，豐年預可卜。皇天眷中土，轉禍即爲福。甘霖倘再遲，猰貐啖人肉。望澤心皆殷，天人感應速。窺伺息四夷，歡喜騰萬族。我飲衹潤喉，我食但滿腹。末世求人難，飢飽寓榮辱。農圃性不諳，端坐未免俗。趁兹濕土腴，携鋤藝花竹。

題瓶盧畫《蘭》

樹蘭九畹花無根，筆端招出湘纍魂。古今身世同一慨，不鋤空谷鋤當門。王者之香少人識，憂國淚痕融麝墨。孤芳脉脉山鬼啼，冰雪塞天見春色。

寫梅自題

獨潔冰霜色，羞同桃李群。春風吹不到，冷卧一山雲。

寄吴門沈綏臣二首

買醉瘿瓢空，傳經講席虚。年荒無舊業，世薄厭真儒。爛漫常耽酒，窮愁好著書。落花詩再詠，香滴玉蟾蜍。

未識吾宗面，同爲守舊人。時危宜晦蹟，道在莫憂貧。四海談新學，千秋重此身。何當訪山水，共醉尚湖濱。

題松禪老人《壓山訪碑圖》，和養浩韻

淵淵金石古性情，泰山入手鴻毛輕。扁舟載鶴訪碑碣，新詩兩幅留無聲。厭世忽乘白雲去，蚩尤猶作十里霧。仰天欲問昔日游，玉宇瓊樓在何處。松禪將化之前數日，數詠東坡詞『我欲乘風歸去』三句。

黨禍

黨禍株連滿訟庭，皐陶年遠祭無靈。近時酷吏都勤學，羅織新編一卷經。

麟角行

養虎虎口多喪身，麒麟〔麟〕有角亦殺人。禍機卒發在肘腋，霹靂穿腸血流碧。種族既異心不同，飛星襲月日貫虹。獲麟剖心防虎咥，護長白山無聖鐵。

七夕感賦

年年相見羨牽牛，再賦催妝未白頭。地下兩人應灑淚，燈前孤影不禁秋。綿綿此恨何時絶，渺渺青天碧漢流。玉露金風聞絮語，誰家乞巧倚高樓。

東望

東望長空見彗星，風潮滚滚氣難平。競争事業英雄血，黯黮河山草木兵。天發殺機龍起陸，廷多列仗馬無聲。可憐朝局如棋局，黑白紛紜鬥一枰。

重賦

水災仍重賦，最苦是低田。有麥無禾地，椎心泣血錢。閭閻資易竭，官吏壑難填。減免堂堂諭，謄黄貼署前。

龍燈行

癡龍在地不致雨，皮骨空存無臟腑。猙獰頭角畫丹青，驚人喜作胡旋舞。脂膏燒盡無光明，社中人不扶之行。土牛芻狗更相笑，當時意氣何縱横。

馬燈曲

玉童對對紅粉妝，螺盤寶髻綉裲襠。上駟下駟在雙足，競躍驊騮耀銀燭。迷離撲朔雌雄身，六街皓月飛香塵。司隸青驄布赤兔，以此驅疫疫鬼怖。揚鞭飛鞚夜未央，他年亦可臨戰場。君莫笑彼兒戲耳，灞上棘門盡如是。

涼風

涼風在高樹，葉葉作雨聲。蕭瑟終不已，下多草蟲鳴。寒蟲焉能久，老樹豈長榮。何爲苦相擾，日夜常不平。我欲絶聞見，耳目偏聰明。安得千日酒，沈醉過一生。

菱塘貞烈行

邑北郭外菱塘沿開茶坊之李氏婦譚，童養，未婚夫亡，守節。爲里正所誣，攫其金，逼醮，投水死。時光緒丁未七月初六日也。

菱塘水，清見底，中有貞魂負冤死。十四適夫門，式好如兄弟。十七失所天，未展合歡被。抱夫木主眠空房，屋漏明月衾漬霜。不夢雙飛蝶，寧學孤棲凰。里胥結黨如豺狼，含沙射影摧肝腸。椎碎青玉案，翻倒黄竹箱。劫其資欲奪其節，呼天不聞生路絶。投身清流白蓮潔，清白之軀飼魚鱉。精衛血，千古熱，女貞木，心似鐵。萬衆歡呼快冤雪，不然烏目山崩尚湖竭。

感事

中原何處有長城，羌笛時吹入塞聲。聞道涼州舊年少，至今猶唱董逃行。
利刀久已倚孤根，培植宜加雨露恩。猶幸黄臺瓜未摘，聽他日日説瓜分。

水觀庵

在儀鳳里，遷虞，始祖子清公暨秀甫公焚修處。古樹清溪，境極幽僻。粵寇之亂，火焚，不然，幸獲全也。

孤庵在鄉僻，布地少黄金。龍象超塵劫，香花見道心。清修吾遠祖，前代此叢林。欲共談經典，高僧何處尋。

俞城南服闋入都，以詩送行

親情公誼兩無虧，再爲蒼生出未遲。萬國外交推豸節，七年終養盡烏私。嘉猷密勿朝天日，新政維持立憲時。綠野同游應不遠，區區此意白雲知。

示彈琴者

絃外何人是賞音，商聲摵摵動高林。莫彈落葉哀蟬曲，使我傷心淚滿襟。

綠綺當年贈嫁來，《關睢［雎］》曾聽倚妝臺。如今挂壁冰絃斷，三尺焦桐作棄材。

張水月在三峰見招，賦此寄之，兼呈藥公和尚

君住三峰久未回，裁書招我入山來。鐘聲到枕禪機悟，秋色當窗畫卷開。散步尋花穿曲徑，療飢煨芋撥寒灰。何時共聽無生法，勝飲消愁酒一杯。

中元

中元家家燒紙錢，淒淒景物蒼蒼煙。蛩螿雜響草垂露，星月争光河亘天。神符驅疫貼黄楮，水燈照鬼浮紅蓮。人窮俗陋圜法壞，民智不開年復年。

夜聞布穀鳴，如曰『家家告化』，演其聲作歌

家家告化，家家告化何處化，去年大雨水没稼。江南江北多窮餓，早晚米市不等價。米商買米居奇貨，鄰里有錢不肯借，孀婦多年棄兒嫁。不興實業民無藉，中國前途益可怕，家家告化何處化。

漫吟

時艱蒿目何可言，風波平地掀中原。辟穀難從赤松子，避秦空説桃花源。萬里尋山跨黄鶴，千金買劍師白猿。壯心成灰熱血冷，春秋有筆惟紀元。

觀星變作二首

彗孛行天總禍胎，寒光直欲犯三臺。華林園裏方開宴，應勸長星酒一杯。

布新除舊議紛紜，令我憂心熱似焚。恐有英雄遺草澤，夜深倚劍看天文。天文家謂彗有除舊布新之象，此時方

行新政也。

不寐

十夜久無睡，肝腸病更深。風雷鳴兩耳，江海蕩孤心。結習偏難遣，良醫不可尋。放懷適服藥，思卧白雲岑。

昌碩冒雨來，小住即返吴門，送之

葑溪兩年别，虞麓三日留。黄花約新賞，緑樹迎涼秋。常聯韓孟句，未同李郭舟。重陽風雨節，莫負登高游。

題《古愚戴笠圖》

江湖一笠如天隨，矯矯鶴立識者誰。尋秋曾看栗里菊前游江西，尚友盍采商山芝。摩挲金石辨奇字，髣髴漁樵多古姿。何時結伴游五嶽，磨崖鐵筆鎸吾詩。

五十賤辰，俞城南以金石二事侑詩枉祝，和原韻酬之，並祝其六十壽

念及山林懶散身，吉金樂石表情真。我當蘧伯知非歲，君是荆南有脚春。聞得添丁宜置酒，恰逢周甲可娱賓。十年以長應兄事，待捧犀觥介壽辰。

附原作

安穩雲山自在身，浩然養素得天真。新詩脱口三千首，上壽平頭五十春。漫與老僧參古佛，將至山寺避喧。應邀歡伯樂嘉賓。祥雲捧出中秋月，點綴詞人覽揆辰。

坐雨柬漁弟

國步艱難多事日，天心慘酷降災時。龍蛇起陸江湖漲，又欲同吟哭雨詩。

養浩賦《缶廬畫梅歌》，走筆和之

缶廬寫梅筆猶龍，奇横不數煮石農。揮毫取勢肘懸空，天地頃刻回春容。花飛碎玉幹横鐵，紙上暗香長不滅。胸中各自抱冰雪，金石心堅歲寒節。

五十自壽

茫茫百感集今辰，樗散何能變大椿。狗監不逢難獻賦，牛衣對泣已無人。時喪偶。殘生亦到知非歲，學易求爲寡過身。秋日青山開壽酒，尤欣棣萼一枝春。舍弟爲予置酒。

生日飲破山寺

生辰成雅集，踐約乍晴時。古寺無塵事，秋花引壽巵。松風救虎閣，苔雨白蓮池。兹地徘徊久，延年術未知。

又和養浩韻一首

未得同游寂照堂，約往三峰，日晚未果。却來興福共稱觴。花開古寺天龍静，雨過空山草木香。何處可尋千日酒，此間即是白雲鄉。更邀重九登高醉，手把茱萸玩夕陽。

公無渡河

河伯娶婦龍上壽，老蛟瀝公血爲酒。千人拊掌一家哭，鄉里可享太平福。古來忠信涉風波，公無忠信偏渡河，渡河不歸奈公何。

八月十六日郭外夜歸

一路看山色，不嫌歸櫂遲。月高魚避網，風動鳥移枝。好景易過眼，清游須及時。林泉多樂事，此意幾人知。

重修水觀庵，慨然有作

放船移木石，估值喚工師。地僻無僧駐，心誠有佛知。花栽紅躑躅，燈亮碧琉璃。披剃何年遂，看經不詠詩。

秋懷

直道衆不附，如在深山中。風雨慰寂寞，古屋響疏桐。茫茫古今事，鬱鬱方寸胸。世情有萬變，難以一理窮。人心思勝天，造物亦不容。俯仰欲隨俗，作態苦未工。何時絶聞見，閉目游鴻濛。

觀伎戲作

座客欲銷魂，登場作態新。香塵紅錦襪，粉汗白羅巾。歌哭無真性，衣冠儼古人。雌雄渾不辨，忘却本來身。

秋晚歸舟漫成

歸帆指西郭，微雨夕陽明。黄葉疏藏寺，青山半入城。地偏塵事遠，人静道心生。令我幽居適，何須嘆不平。

九日游三峰寺寄懷城南

燕雲吴水隔迢遥，遠宦清游各自豪。丹陛陳詞君面聖，青山把酒我登高。三千里路看時局，百八鐘聲聽海濤。出處不同思舊約，茱萸欲插首頻搔。

養浩和《三峰寺登高》詩，疊韻酬之

慨想黄農跡已遥，山林游戲作詩豪。糟醨適口千人醉，壘塊填胸五嶽高。花雨諸天參古佛，松風一徑響秋濤。感君筆似麻姑爪，技痒時時爲我搔。

九日三峰飲歸，疊韻再柬養浩

清涼古寺共逍遥，結伴登臨興各豪。不借無功愁路滑，來其有味讓僧高。樽前酒數輸金谷，畫裏山容仿石濤謂藥公。只恐西風吹帽落，悲秋衰鬢幾回搔。

題畫紅梅

心同松柏堅，色與桃李别。寂寞無人知，空山卧冰雪。

壽藥龕和尚 時年八十有三

儒門宗派佛因緣，百歲長春太古前。鶴骨松心無量壽，天空海闊上乘禪。七情絶想千魔伏，三教同源一貫傳。我有牢愁消不盡，願聞説法吐青蓮。

秋霖

夜聞檐溜滴，壘塊起填胸。九有無乾土，三秋泣老農。練兵征税亟，伏莽待年凶。時事何堪想，天南又舉烽。

養浩將寄城南書，四疊前韻見示，再和附寄都中

歸期匝月尚遥遥，微意何妨達一豪。有夢懷人愁路遠，無才濟世敢言高。山城夜夜聽寒雨，宦海時時起怒濤。天道難知多變局，中心雖痒不能搔。

北邙

多少公卿葬北邙，萬千恩怨一時藏。髑髏無語眠秋草，曾戴貂蟬侍玉皇。
負手斜陽讀斷碑，誰人肯聽薤歌詞。行尸走肉紛朝市，那及其中有可兒。

贈王醫士

冰雪聰明學有源，三槐今日見賢孫。巷名君子居何陋，藥辨神農道自尊。濟世奇方搜石槨，校書誤字識金根。煙霞痼癖深難療，願把靈樞爲細論。

觀秋社作

鹵簿雜鼓吹，香花遍城市。萬家耕織錢，奉此木居士。天道尚難測，禍福求在己。衣冠食禄人，無知亦同爾。

寄昌碩吴門

君言歸去幾曾歸，但看江湖一雁飛。孤負虞山重九節，東籬花放蟹螯肥。
百年難得好秋光，且放詩腸與酒腸。一歲一回來共醉，尚餘三十六重陽。昌碩今年六十四。

秋霖不霽，有感時事，和養浩《寄沈綬臣》詩韻

雲浮水氣白濛濛，離照何時曜碧空。夷法直加王制上，四民都在萬難中。連宵雨即蒼生淚，愛國人無烈士風。厥罰常陰應罪己，願聞頒詔出深宫。

後梁乾化時僧彦修《草書》知解梁。郡李丕緒刻石，拓本贈昌碩，侑二絶句

山僧狂草霹靂手，除却素師誰得如。奉君一笑摹拓本，墨池飛出南溟魚。
嘉祐刺史尚風雅，貞珉刻解囊中貲。近時攫金典大郡，强令邦人碑去思。

題所藏書

十載從師識一丁，景升豚犬可憐生。他年携向街頭賣，朱印雙鈐有姓名。
豚犬安知寶舊書，酣眠飽食度居諸。不如竟入他人手，猶有芸香辟蠹魚。

城南郵示《途中口占》二首，和韻却寄

龍伯投竿欲釣鰲，秦關將又走蒙敖。防邊防海無長策，憂國憂民見二毛。難必大名垂竹素，盍來小閣聽松濤。朝廷列仗雖多馬，指鹿如今有趙高。指李奄。
都門一入少良知，國步迍邅正此時。論總持平難動聽，才多應變始稱奇。揮金債帥行新政，聘幣天潢使近支。慨想尚湖煙水冷，飛熊何處帝王師。

附城南原唱

又駕長風策六鰲，寫憂聊以託游敖。望雲日灑盈眶淚，監水霜添兩鬢毛。小別親朋縈寤寐，祇憑忠信涉波濤。歸期應在黃花後，相約重登絕頂高。
此行惻惻畏人知，衣綫何堪憶舊時。差喜重瞻天尺五，得緣或遇士權奇。洪鐘敢以纖莛叩，大廈誰將一木支。游戲軟紅兩三月，歸來詳細說京師。

窮秋

窮秋苦雨暮達朝，浮雲黯黯風蕭蕭。低田穫稻水没膝，長河載薪船礙橋。富强豈在立憲國，尊攘大異中興朝。三公努力盡人事，何暇燮理陰陽調。

蒿目

蒿目看時變，年來益可虞。山崩因礦竭，民亂被飢驅。地豈不愛寶，人皆非至愚。何能逃物外，得失總無吾。

天漏

天漏誰能補，泥塗困萬民。鞭雷逃赤帝，捧日泣黄人。四瀆同時漲，三光一例淪。願將雲霧掃，拭目看乾坤。

又寄城南

浩蕩乘槎客，清涼選佛場。青山與黄海，两地作重陽。南北登高異，行藏覓句忙。歸來同把酒，殘菊傲新霜。

讀《亭林詩集》

斯人久不作，昭代此元音。緯地經天學，忠臣孝子心。孤身行絶塞，白眼視東林。詩外多餘事，千秋共素襟。

秋末書感

陰晦三千界，飢寒億萬家。民風成末世，天意絶中華。指佞廷無草，忘憂苑有花。未聞宣室問，徒哭賈長沙。

惘惘

惘惘思多誤，昏昏體益孱。病軀知節令，詩境見江山。遯世無真想，憂時亦厚顔。長生雖有藥，不願久人間。

悟徹

悟徹萬緣都是假，何妨一笑暫爲癡。空空洞洞誰相擾，獨立鴻濛未判時。

古屋

古屋獨坐生氣微，今日已覺昨日非。殘燈摇壁鼠跡亂，落葉覆階蟲語稀。江山入夢有仙境，骨肉滿眼無天機。啾啾唧唧作文士，不成一事達者譏。

惆悵詞 丁未元宵後一日，作於蘇州舟次

欲鼓求皇曲，來參讀畫禪。幽姿梅映雪，逸態柳含煙。獨夜孤舟客，三生一面緣。此行最惆悵，夢到玉臺邊。

鳴堅白齋詩存卷七

鳴堅白齋詩存　卷八

常熟沈汝瑾石友

世變

世變風雲驟，人情夢幻真。千秋詩有史，孤立德無鄰。草莽私憂國，簪纓獨善身。安能逃物外，新闢一乾坤。

城南和拙作並寄示《入都》詩和原韻却寄

想君此出爲蒼生，慣聽風潮耳不驚。日下何妨尋舊夢，人間難得是清名。識時務仗良知學，疊均詩傳正始聲。國事可爲應努力，借貲築路約將成。

楊白華

楊白花，枝上多，棲鴉飛飛入人家。飛入人家不能避，畫閣朱樓雪鋪地。漫天蔽日天無光，高附穠李沾微香。柔條豈如松柏壽，不信楊花可長久。楊花辜負東皇恩，那與李樹根長存。飛揚迷目性不改，終化浮萍歸大海。

舟夜

小泊初冬夜，纜維枯柳枝。岸低因水漲，木竦被霜欺。歧路呼農問，輕舟避盜移。天陰禾未穫，鷗鷺不愁飢。

是非

三代以下少遺直，是非衹在怨與德。蹠可爲夷夷可蹠，明珠如豆金變泥。乾坤始有真是非，渾渾噩噩隨天機。

天道

爲善未必盛，爲利未必衰。天道亦難恃，盛衰在人爲。人力可勝天，争奪無已時。佛家説因果，報應胡乃遲。

題《素蘭集》 三首

夫婿同游手挽繮，紫騮踏月婢胡裝。若教嫁作梁鴻婦，荆布何難學孟光。
天壤王郎笑不成，摇摇鼠視與蛇行。代爲贈美新詩句，尚有閨房伉儷情。
蕭墻禍起命難延，絶脰穿腸死可憐。賦就玉樓長吉體，何妨兵解作神仙。

古歌

子婦莫娶胥吏家，庭花莫種薔薇花。胥吏家女無禮節，薔薇花落爲荆棘。

《請醫》一首贈章自求

請醫復請醫，醫來何遲遲。來遲不愈病，徒費醫藥資。國工隱鄉僻，赴診櫂如飛。靈犀可通心，胸汗達四肢。寒開熱乃净，紅白疹布肌。不然藥誤病，生死誠難知。今日愈吾女，昔年愈吾兒。骨肉賴君全，方術多巧思。薄惠不虛受，朋友道在兹。結交卅餘載，鬢各垂素絲。活人媲良相，願保金石姿。

結交行

結交須結直如絃，飲水須飲第一泉，泉深百尺清見底。君子平生重知己，管鮑利交安足擬。

畜貍奴，牡而黄，碩大短尾，異常貓，寵以詩

冷飯殘殺任鼠争，慈悲不是假修行。伴予禪榻更深夜，滚滚洪濤念佛聲。
知識似無還似有，護持鄴架傍書眠。勝他濁世佳公子，但著金衣過少年。

徐遯庵廣文寄示訪《亭林先生墓》詩，和原韻 亭林墓在崑山千墩

昔年玉峰過，古跡未能尋。顧氏墳何處，秋風草自深。重泉龍久蟄，宰木鳥悲吟。把臂幾時去，高歌共入林。

附原作

問訊［訊］尚書浦，斯人不可尋。塔陰扶樹遠，橋影入江深。世復中原亂，詩成下里吟。風流裙屐習，何處著亭林。

寄徐遯翁崑山，疊前韻

知音世難得，買櫂欲相尋。悵悵歲華晚，悠悠江水深。愛才兼尚友，感事獨長吟。一老玉峰柱，群摧著作林。

三疊前韻，再呈遯翁

未能親道貌，寒夜夢招尋。蒿目憂時亟，虛懷愛古深。乾坤存舊學，山水托孤吟。顧集新箋注，流傳重藝林。

冬夜讀遯翁箋注《亭林詩集》四疊韻

未能生並代，詩裏爲追尋。懷古傷時切，知人論世深。搜羅忠義傳，綢繹短長吟。高詠誰來和，蕭蕭黃葉林。

題松禪居士《紙鳶圖》

雲霄萬里遠躋攀，鷙鳥群中獨往還。一綫升沉難自定，罡風吹斷落青山。

夜巡謡

火槍銹澀三四兵，只在縣衙前後行。雷轟電掣當三更，三更以後無槍聲。巡邏不勤恐官責，可笑防官勝防賊。鄰家病女驚失魄，胠篋探囊夜深出。

城南新簡粵東，來詩有『不知謂我盍逃名』之句，却寄

愧我非知者，逃名屢勸君。炎方千里瘴，故國一山雲。伏莽況多事，爲官難合群。寒梅有消息，相望倚斜曛。

晴空

晴空寒威刮人面，一陽未生萬族倦。疏林黄葉障斜曛，蕭蕭獨與西風戰。

冬至夜

風摇紅燭淚，今夕獨傷神。伉儷虚三載，杯盤少一人。鰥添家累重，節到病魔親。悶坐天難曉，寒鷄失報晨。

村塾

茅檐白板臨清渠，春聯雙貼如畫符，兒童三五争咿唔。冬烘先生筆握朱，句讀亂點四子書。束脩新製藍布襦，不衣逢掖貌充儒。如今新學捷徑趨，胡不改良徒守株。苜蓿一盤飯一盂，賺錢不及村中巫。清晨端坐到日晡，放學出門手捋鬚。夕陽雨後緑桑榆，斑鳩樹上教鵓鴣。斑鳩教鵓鴣，吴諺也。

築路

築路英金借，蒼生淚溢眶。不知民向背，便是國興亡。極力摧忠義，甘心媚虎狼。廟堂真慷慨，財賦厭蘇杭。

遯翁和詩見贈，並惠《箋註亭林詩》，報以自畫墨梅，和韻寄崑山

苦吟三十載，垂老遇知音。冰雪梅花影，歲寒千古心。高懷仰東海，絶學闡亭林。拂水明春到，同開蘭蕙襟。

疊前韻，寄懷遯翁

遞到新詩句，如聞空谷音。西風憂國淚，東海愛才心。韻學爲丹訣，梅花即鄧林。長吟同避世，

熱血冷胸襟。

城南惠詩箋、磚茶，賦謝

蒿目焦脣坐嘯歌，錦箋嘉茗慰蹉跎。香塵瀹水如浮螘，惡札鈔經不換鵝。有句消寒聯石鼎，無才弔古賦銅駝。喜臨《快雪時晴帖》，一盞松窗飲太和。

調綏臣

久盼吾宗眼欲穿，新詩但詠落花天。區區一卷西泠畫，不比三都賦十年。

後園

後園慵不理，寒極望春來。石壓竹斜出，墻遮梅半開。人心如草木，天意厭萌荄。倚壁長鑱銹，埋根任碧苔。

獨醒

哀鴻啼木稼，碩鼠盜金粳。風雪催殘臘，飢寒念衆生。爐温身更冷，燈暗眼猶明。獨醒看長夜，霜鐘斬五更。

浙亂，聞姜桂題軍南下感賦

狐鳴篝火雜吹笳，民亂飢荒爲賦加。傳説將軍驅虎豹，未聞循吏護桑麻。弓刀驛路三千騎，風鶴苕谿十萬家。吴越相依似唇齒，可能咫尺遠天涯。

薄暮登西城尋大石山房遺跡

青山當面迎，黄葉拂衣墜。石泉漱樹根，林月照鴉背。昔人費經營，但存數弓地。富貴無令名，只資樵牧利。

祀竈

驪駒知已駕，薄酒注當筵。自檢日行事，不慚頭上天。驚人有詩句，爲我問群仙。莫道紅塵世，艱難勝去年。

除夕有感江浙近事

草草杯盤又過年，鴻嗷鹿鋌苦寒天。瘡痍滿目無家淚，風鶴驚心上水船。逼側路途愁貨缺，護持民命望官賢。一樽薄酒將詩祭，幾處荒村斷爨煙。

附養浩和作

又是重城餞臘天，雨聲笠屐莽寒煙。萬情窘迫當今夕，四海憂惶甚去年。赤紱大官惟聚斂，彤廷明詔尚求賢。吴山越水潢池靖，共泛滄江書畫船。

元旦縱筆 戊申

民氣淒涼誰解養，國權喪失自稱尊。遥思正大光明殿，今日朝元少外藩。賀歲肩輿西復東，峨冠博帶面春風。布衣一掬憂時淚，灑向天空海闊中。

新年寄遯翁，即和來詩韻

玉峰南望似天涯，五十才過鬢已華。春暖拏舟倘相訪，小樓臨水有梅花。虬鬚古貌鶴精神，苜蓿盤中尚有人。我讀亭林詩集注，滿天風雪變陽春。

讀《謚法考》戲書

中興三文忠，只數胡駱李。李公功雖宏，外交世不喜。後來椒房戚，鷄狗比國士。易名徇私情，千古笑墮齒。

漕價

漕價六千二，何來此上官。不恤閭閻苦，真知稼穡難。國富債未了，民窮粥可餐。不然常飽煖，爾輩思偷安。

和養浩《立春日》代柬之作

歌酒撙蒲西達辰，蓬壺閬苑共新春。點金有術難填海，保種無人但睦姻。鐘鼎豈能回世運，山林聊可葆天真。十年立憲辜民望，未必王言盡似綸。

玉茗花歌

予家有松柏、玉茗，皆數百年物。松柏昔已作歌，今又賦玉茗，號爲『歲寒三友』，時戊申立春日也。

冰霜雪霰霧雨風，青青松柏饒春容。玉茗盤根大地中，花似美人雙頰紅。十月花開到三月，百卉低頭稱老佛。只有松柏如弟兄，一種貞心堅勁骨。此花約有五百年，興亡見過滄海田。呼爲三友同歲寒，寶惜遠勝琳琅玕。月夜吟詩花下立，花魂月魄俱感泣。歲朝三日立春節，三友賀年對相揖。靈和殿柳董墓桃，怯雨摇風安敢匹。

遯翁憂時成疾，三疊《題〈亭林詩集〉》韻奉柬

憂國忽攖疾，狂呼遽失音。殘年多事日，熱血冷官心。壽可延芝草，醫須訪杏林。吉人有天相，春氣散愁襟。

鐵樹吟，爲養浩作 紅豆一名鐵樹，爲開花難也

書樓花擁香雪巢，北窗鐵樹凍立蛟。未吐奇葩孕紅豆，古柏同堅老梅瘦。君言此樹母手植，堂構初基劫餘宅。慈雲已散墓梓拱，嘉木如瞻舊顔色。百尺厚土蟠深根，風霜閱歷元氣存。孟家孝竹差可比，王氏瑞槐安足論。君其種德勤灌溉，葉葉枝枝盛千載。

附養浩報詩

慈雲望斷不可呼，頻年倚樹眼欲枯。頓驚嘉客譽嘉樹，心頭淚落衣不濡。老親手持一顆子，長鑱不携勞十指。一寸根荄一寸心，植物恩勤尚如此。十年兒比樹身長，灌溉常依阿母旁。廿年樹長出兒半，撫樹思親空斷腸。一樹留遺卅五載，樹蒼兒亦鬢毛改。繁枝糾結尚未花，忍睹花開親不在。東風摇摇鐵樹吟，沈侯教孝發古音。哦詩抱樹樹亦泣，輾轉難爲寸草心。

世運

世運微如欲滅燈，城狐社鼠各争能。心迷土木皆神佛，眼見金銀即友朋。年少風流空自賞，評

多月旦總無憑。淮南鷄犬紛紛似，盡望青雲欲上升。

送女于歸時氏 戊申人日

送汝于歸去，昆湖東復南。臨行憐失母，常恨不爲男。荊布裝宜學，桑麻事要諳。春寒休念我，燈火佛同龕。近得六朝造像。

讀湯、戴二公畫歌

五年前有人以湯貞愍、戴文節卷軸質錢，近聞欲贖矣，連日展看，愛不忍釋，春寒呵凍。草二詩。過眼煙雲，作如是觀，聊以遣興，藉留陳跡也。

貞愍作畫筆灑灑，用意不肯居人下。未聞殺賊馳快馬，白下青山結詩社。獅子窟内琴隱園，一門風雅湯將軍。殉節彭咸有遺則，丹青千古增顏色。

文節惜墨如惜金，中有愛國鐵石心。用筆彷佛綿裹針，山遥水澹雲在林。渾淪元氣真莫匹，許十萬錢不易一。吴生臨册景亦幽，長夏還思續卧游。

再閲明御史徐吉審《擬梃擊緹騎揭帖》，感慨不能已，走筆成十韻

有明逆奄虺蝎毒，誅鋤忠良起冤獄。吴中好義氣遏雲，五人勇如葛將軍。東海御史亦奄黨，猶有心肝知弭謗。可憐宦豎何代無，承伺顏色公卿奴。公卿治國用兵力，蘇杭側目看民賊。

雪霽

春雪無多喜放晴，又聞蠲賦恤民生。陽和不起溝中瘠，壓力難銷海内兵。行路何須愁逼側，踏燈且共樂升平。明朝正是元宵節，火樹銀花月滿城。

瞿忠宣祠野梅，同養浩作

留守荒祠在，淒涼俎豆塵。杈枒老梅樹，如見舊忠臣。月夜一枝雪，丹心千古春。和羹有真味，調鼎是何人。

寒夜食煨芋有感

榾柮爐中火未寒，蹲鴟聊佐腐儒餐。十年宰相知無分，削髮猶堪作懶殘。

聞鷄

喔喔鷄鳴夜又深，吟詩未肯入寒衾。摩挲老眼看雄劍，孤負當年起舞心。
喝起殘更和斷鴻，滿天霜月滿林風。緑熊褥卧黄金穴，多少公卿醉夢中。

睡起

睡起午餐熟，吾知懶是真。百年猶旦暮，萬事誤因循。草莽人間世，梅花雪裏春。清寒同傲骨，夢不染紅塵。

城南之官廣東，送以詩

一城相隔似天涯，況泛滄溟貫月槎。水緑秦川争折柳，霞紅庾嶺獨看花。蓋臣豈待傳三詔，生佛將聞頌萬家。片石端溪如寄我，紀循良績爲塗鴉。

喜昌碩至

春風吹客到衡茅，不學揚雄賦解嘲。抵掌共談天下事，問心無愧歲寒交。秦權漢碣探奇跡，蒓菜鱸魚治薄肴。努力加餐頻翦燭，夜深新月墮梅梢。

養浩喜昌碩至，賦詩見示，時昌碩已去，寫梅寄我，即和韻謝之

春風吹紙上，寒香如在林。金石見君筆，雲霞開我襟。我正對花坐，寂寞成孤吟。寄畫來索詩，誰言少知音。百尺霜雪幹，數點天地心。

野鶴招魂辭

野鶴，胡君鶴年也，非土著，群呼爲野。年未六十，客死。君諱松林，性耿直，喜任事。積勞成疾，竟不起，人咸惜之。籍鹽城，留葬常熟，爲有功於吾邑焉。予仿《大招》之例，以招其魂，辭曰：

野鶴飛來兮虞山之陽，徘徊廿年兮不歸故鄉。故鄉巢毁兮荆棘長，其翮可鎩兮不易其腸。暮雀啁啾兮鶴高翔，不與鷄鶩争食兮寧飢無糧。胡不棲天上之白榆兮，而下棲水濱之緑楊。夏焦烈日兮冬凝霜，不蔽汝兮使汝傷。毛骨僅存兮哀哉，亡魂飄飖兮游四方。海溟溟兮山蒼蒼，歸來歸來兮白玉堂。露飲金莖兮化鳳凰，爲祥瑞兮鳴高岡，勿使予願兮不能償。望雲霄兮太息，羌流涕而徬徨。鴛無偶兮雁有行，竹實落兮芝田荒。鶴歸來兮共予觴，結生死之交兮長無相忘。

上巳登樓

高樓俯渌波，波上酒船過。佳節晴天少，游民末世多。時妝映花柳，梵唄雜笙歌。共樂升平景，無人喚奈何。

上巳出西郭游眺，成二絶句

橋外桃花映水紅，丹崖青嶂列屏風。古人不見今人弔，多少名園蔓草中。

片石高留巖相祠，爲看舞袖憶西施。功名畢竟成何物，雨後誰來讀斷碑。西施舞袖石在巖文靖祠。

積弱

積弱恩威失，群雄勢力尊。民風如草偃，世界待瓜分。龍戰軍無律，狼貪利絶源。諸公富强策，何日整乾坤。

清明虎邱即事四首

輕風拂面麝蘭香，著雨桃花鬥艷妝。多少畫船齊載酒，數聲柔櫓出山塘。

爭迎偶像出城行，鹵簿旌旗鼓吹聲。辛苦錢供木居士，幾曾降福到蒼生。

香車寶馬共追尋，眼角眉梢密意深。我似生公壇畔石，不因春色動禪心。

爭擲纏頭聽管絃，醉生夢死亦堪憐。青青芳草真孃墓，寒食無人送紙錢。

夜泊

夜泊閶門外，春游樂事無。燈前人意倦，篷背雨聲粗。裝薄猶虞盜，時艱欲棄儒。門朝楊柳岸，有鳥唤提壺。

返櫂

返櫂去塵市，仍爲風雅談。帆遲羨飛鳥，身倦似眠蠶。家累緜逾重，人情老未諳。幸偕素心客，詩境可同參。耳目囂塵塞，何如歸閉關。同舟知客況，隔樹見家山。花落春光晚，年荒世路艱。茫茫多少事，無術駐朱顔。

戊申三月初十夜紀異

四更雨黑南天紅，花吐若木吹燭龍。赤如戰血流長空，下照窗户光熊熊。初疑失慎走祝融，不聞救火鳴鷲鐘。日輪未浴海静風，金鷄塌翅眠雲中。光怪所主何吉凶，或云轟天鬼游戲。斯世應多奇怪事，乾綱不振離照墜。白晝紛馳衆魑魅，何況萬族皆昏睡。玉女投壺上帝醉，一任蚩尤舉烽燧。草茅那敢説神異，史官自有天文志。

到處

到處皆芒刺，無時不歲寒。道衰知學貴，世變嘆才難。文字矜新意，山河改舊觀。公私近交困，上下各偷安。

黠奴

來日淒涼滿面塵，去時服飾四時新。笑他不及梁間燕，猶解依依戀主人。
翻覆人情何事無，始終誰肯效馳驅。黄金滿載歸田去，更有衣冠黠勝奴。

奴不知書黠有限，但趨勢利慕朱門。此中科第才如海，賣國還能説報恩。

競渡四首

金鼓齊鳴碧浪翻，睽睽萬目笑聲喧。魚龍曼衍供游戲，誰識當年弔屈原。

綉褶羅襦粉黛多，新妝梳掠鬥長蛾。如今平地風波惡，莫謂輕橈易渡河。

花明柳暗盡迷津，歲歲風光轉眼新。衹有青山不曾老，含情坐看古今人。

但見畫船載羅綺，未聞水戰習昆池。春江如酒正堪醉，行樂少年須及時。

觀《黄孝子尋親圖》感賦

孝子至性金石堅，尋親萬里偕生還。紀程一圖留世間，羊腸路曲山連山。漫天飛雪龍陽驛，黄茅白骨無人跡。有時旗幟刀劍林，敗兵擁象奔來急。籃輿恭奉二老人，徒步血染芒鞋塵。歷險不死有鬼神，至今佳話傳千春。同時亦有劉龍光，奉母石漈還故鄉。惜無文采可傳世，不與黄子名俱揚。近時人子書不讀，視妻黨爲真骨肉。君不見襁褓失母長背父，甥館雙棲日過午。

感事

善治世乃平，日殺亂不止。歐刀碧血流，斷首皆壯士。盜賊本良民，迫使鋌險死。燮理四海豊，人盡知廉恥。

下流有血性，猶勝發冢儒。撫之禦四夷，亦可恢皇圖。循吏無龔黄，善將無孫吴。徒作鷸蚌争，爾輩何其愚。

清河貞婦行

去年北門外譚烈女，拒姦被誣，投水死，予作《菱塘貞烈行》紀之。不數月，書院弄張氏婦亦死。烈婦不知誰氏女，夫爲庖人，姑故倡也。有艷其姿者，餌姑多金，使責淫。不從，虐之，且踧子痛毆，遂飲毒死。與譚女所居僅一城隔耳。弄有言：『子書院豈文學之化獨被於婦人耶？』予爲作詩，以彰其烈。

去秋譚女獄未決，張家少婦又死烈，口常食荼心似鐵。肅肅鴇羽姑惡鳥。得買笑金使墮節，老拳碎頰髮蓬葆，鴆毒斷腸節乃保。可憐臉際夫容花，頓化北邙山上草。北邙山上草色青，其冤未雪烈未旌。我作清河貞婦行，並將哀怨菱塘曲，譜入春風絃誦聲。

題《秦權》拓本

始皇御極吞六國，銘權度量紀功德。斯破大篆作小篆，洪爐鼓鑄昆刀刻。懸針垂露此其祖，急就凡將遜波礫。讀史每訾無道秦，明壹猶防吏侵蝕。紀年廿六並天下，再十四年傾社稷。玉璽奉上隆準公，金人夜泣山月黑。三章約後制度更，此權亦失輕重力。字文奇倔製作精，好古摩挲勝碑石。國有興亡器長壽，歷劫不磨萬金直。況兹手筆出相斯，東門黄犬悲遺墨。中華文物高四夷，不比旁行字難識。泰西競開博物院，古器吾當勤寶惜。翠墨照眼生奇芬，足慰平生金石癖。何時去訪琅琊碑，極目之罘海天碧。

題王蛻存丈《獨立圖》，即和其韻

扶筇滄海上，獨立不沉淪。蒿目看時事，齋心養谷神。山林方外友，謂蘗公。金石劫餘身。《九老圖》應十，他年更寫真。其先多壽，寫《九老圖》藏於家。

檢得故人甲午年關外軍中所寄書感賦

昔年烽火照旌旗，萬里雲天一雁飛。邊塞黃塵埋戰骨，書生白帢誤戎機。但傳玉帳徵兵急，未見銀刀破敵歸。定遠封侯成夢想，如今憶得姓依稀。

夏寒

六月苦陰雨，夾衣尚嫌寒。仰天不見日，雲氣白漫漫。閩粵患大水，城市可行船。安徽亦水災，蛟龍舞檐端。萬民欲爲魚，枵腹無米餐。北方却苦旱，龜坼田泥乾。安得移此水，一灑燕趙間。蘇彼涸轍鱗，四海皆豐年。年豐兵革銷，流亡亦歸田。魑魅不敢驕，離照長中天。鼓腹咸熙熙，斗米值百錢。逍遥北窗卧，人在羲皇前。

秋農將殁，臨雲林畫寄贈，覩之愴然，念舊有作

煙雲道子筆，臨寄倪迂畫。擲筆逍遥游，粉壁見遺挂。茅屋臨深谿，獨鶴立門外。飛泉無人聽，古木静寒籟。當其運肘時，精神與古會。玩兹尺幅奇，想見胸次大。峰巒勢崱屴，欲下米巔拜。叢苔點空翠，如見身上癩。斯人有斯疾，咄咄事可怪。憶昔同游山，體胖笑我憊。何時五嶽巔，一目九州隘。

挽王蜕存丈，再和其自題《獨立圖》韻

惘惘知音失，悠悠古道淪。和平還疾俗，正直定爲神。地絶登臨跡，天亡著作身。翛然大解脱，世界本非真。

待友久不至戲作

屐痕雨後没蒼苔，愛爾天生鑒别才。何似魏收驚蛺蝶，春風吹去不吹來。

再題松禪居士《葉亭古跡》卷子

披圖愴遺墨，似我昔曾經。髣髴鴿峰下，梅花一草亭。古今同感慨，竹樹共凋零。欲問地何處，騎箕隔杳冥。

題松禪居士《鬥牛圖》

幸免太廟犧，争此芳草地。大物何龐然，戲墨有深意。卞莊刺兩虎，因鬥取之易。勿逞頭角雄，旁人欲爲利。藏此圖者方構訟，故諷之。

題松禪居士《墨蘭》

清風高節人不喜，王者香在空谷裏。所南手筆湘纍心，茫茫天地無知己。蕭寥遺墨一幅紙，美人香草聊復爾。山鬼淚盡女蘿死，誰擷孤芳贈君子。

苦雨

苦雨不見天，如醯鷄在甕。浮嵐障眼昏，愁霖滴心痛。東南地如陷，泛濫魚鱉縱。百萬民流離，枵腹望雲慟。時浙、皖、閩、廣災尤鉅。西北愁亢旱，土裂稻難種。誰能驅雨師，天瓢爲彼用。乃眷正西顧，欲把中國送。安得函谷泥，一塞漏巵洞。

知常熟縣鄭公挽辭 並序

公諱鍾祥，號和卿，浙江寧波人。以乙科起家，歷宰大縣，多惠政。兩令常熟，卒於官，士民莫不傷之。性慈祥豈弟，獄無冤濫。其再知吾邑也，前令積案至百餘起，公力疾判决，如理亂髮，精力益耗，竟不起。其平生得力在心細好學，尤善外洋交涉。前歲輪船争航路，鬥傷索賠，力拒絶之。邑人張七富於貲，門下客乘其醉，以空紙誘畫諾，僞造萬金券與洋商，使索，不償，訟之官，且挾領事函要公。公留其函，據約爭，得免，並究僞券者，投之獄。終公之任，洋人不敢以非理干。嗚呼！若置公要地，豈至喪失主權，受侮不已哉？惜僅以知縣終，且不獲寵於上官也。三年前水荒米貴，村媪數百人入城索富家錢，稍不遂，則哄鬧；厭其欲，再去而之他。數日，聚益多，洶洶然，莫敢誰何。公馳至，立命伍伯揚鞭驅散之，曰：『撻死有我。』在實未傷一人也。次日即捐俸平糶，無籍客民亦相戒不入境，民心乃安。敝廬與縣署鄰，自幼至老，見縣令更代已數十，不能忘者，沈大令錫華與公耳。沈令吴江，建專祠國史館立傳，無煩草野紀矣。公之入《循吏傳》，猶有待也，謹挽以詩，時光緒戊申六月十五日。

公仕而學優，盡瘁地百里。竹馬復迎來，兒童亦歡喜。保富洽輿情，攘外恃公理。卧閣效長孺，彈琴笑宓子。與民日休息，不以察察視。偶施霹靂手，除莠飭廉恥。秩卑職守輕，報國止於此。簿書促修齡，春秋社應祀。冠虎滿吴都，磨牙待吸髓。只愁下車來，難繼循良軌。

聽雨

中國民何罪，皇天屢降災。水荒難辟穀，屋漏遍生苔。人有飢寒苦，朝無救濟才。列强眈虎視，時事益堪哀。

夜涼不寐，有感作此

久雨喜新晴，夜涼無月明。孤燈分曙色，萬葉變秋聲。望歲心仍熱，憂時夢不成。未聞救荒策，餉缺尚徵兵。

書戈雲朋《吟些》後

戈君氣豪邁，悲喜惟任真。一哭風雲愁，一笑天地春。詞章寓經濟，志士亦詩人。懷沙汨羅者，千載交以神。

遯翁、養浩詩合裝册子，題二十八字

一千里外知音客，五十年來總角交。夜夜開詩燈下讀，勝他丹篆夢吞爻。

海外桃源行

族弟孟怡佐瓊崖道幕，函告瓊地民物之佳，可稱海外桃源，作此寄之

哀鴻嗷野瓶觸藩，愁雲毒霧迷乾坤。煙波微茫隔仙境，海外别有桃花源。桃源仙境在何處，瓊臺五指山前路。蘼蕪冬緑千葩紅，地絶冰霜多雨露。古風淳朴三代前，市廛猶用九府錢。衣無錦綉飯有肉，夜不閉户人力田。黄巾赤眉刼不擾，物阜民康樂王道。擊壤高歌白髮翁，一年三熟紅蓮稻。阿連遠隨豸節游，荔支飽啖香滿喉。安知故鄉又患水，春草根爛夢亦愁。不須佐治説經濟，長伴福星居福地。破浪思乘博望槎，擘箋再續淵明記。

秋雨吟

秋雨晨連宵，空堂氣蕭索。蛾飛燭淚垂，鼠鬥梁塵落。勘書眼生花，養病口苦藥。欲聽桃澗泉，倦躡游山屩。

羅漢松子歌，爲養浩作

嘉木得人始呈瑞，子紅珊瑚緑翡翠。阿羅漢果天所賜，齒頰生香味外味。高齋秋浄坐擁書，懷中明月記事珠。蒼顔變朱白髮烏，何須更餌九節蒲。年年結子樹百尺，著作等身壽金石。

戊申七月廿七夜紀事

吾家藏書樓，面山俯清流。旁室儲餘糧，有如鳥養羞。胠篋疑厚藏，夜涼肆窮搜。踰垣啓巖扃，燎火矚四陬。想見萬卷羅，時時掉其頭。青氈裹白粲，乃爲升斗謀。負之出後户，暫免飢寒愁。竊鈎或罹誅，竊國常爲侯。汝何無見識，眼暗同鵂鶹。末世政教衰，多此無恥尤。嗜利不好學，無乃竊盜儔。如今尚新法，守道嗤爲囚。大盜竊仁義，手不操弧矛。捷徑取高位，萬千擁精鏐。汝何不彼學，貧賤作小偷。我處故紙叢，問世百不售。雖懷胞與量，自顧難遍賙。以後須絶蹤，高枕吾欲休。

中秋夜感賦

衣沾殘雨桂花陰，失侶愁看繞樹禽。兒女更添多病累，江山常負遠游心。已無人月同圓望，只辦乾坤獨立吟。記得十年前舊事，碧天如水聽調琴。

中秋後三日養浩惠香葡萄，云自天津寄來，並囑留子種之，謝和前韻

詩脾枯燥悶秋陰，嘉果銜來海上禽。八月觀濤空有夢，十年樹木共留心。香如鮮荔回甘味，潤比新茶助苦吟。顆顆驪龍珠耀目，南風解愠不須琴。

題沈朗倩《山水册》

吾宗前代多好手，石田以後有石天。放開眼界運心匠，直與元人參畫禪。性情冷比峰頂雪，江山奇湧豪［毫］端煙。家風遥遥愧難企，卧游夢見姑射仙。

秋日閒居，和孟怡客感韻

百尺蒼松傍紫荆，吟常倚樹繞階行。憂時感事青山笑，摘句尋章白髮生。滄海飛濤鯨未掣，朝陽隱霧鳳難鳴。將來已往皆如夢，待到登高眼一明。

題金石頑丈詩稿

慈烏村中叟，讀書善飲酒。怡怡天倫樂，一門自師友。放歌金石聲，養氣松柏壽。何時挹清芬，繫船宅邊柳。

重九紀游

結伴共游前代寺，登高重上去年山。茶烹石鼎能清肺，菊似金丹不駐顏。古佛笑看人碌碌，秋泉寒照鬢斑斑。持螯更向舟中飲，醉卧煙波泛月還。

自題小像四首

茅堂發浩歌，梅花伴孤坐。顧影獨自憐，買絲誰綉我。
搦管思雕龍，挽强欲射虎。感慨髀肉生，寸心有千古。
青青一子衿，落落少名譽。若比劉孔昭，高才已稱遇。
乾坤如許大，側身腐儒中。一事不可展，只待年命窮。

養浩示《寄瓊臺》詩，即和韻附去，城南見之，當爲一笑

遥傳政績付長吟，不似居鄉跡易尋。炎瘴自消醫國手，清泉仍是在山心。童開學塾書横几，商墾鹽田地變金。我與吹篪相疊奏，三年唱和到如今。

秋夜吟

悠悠更忽忽，嗟嗟復咄咄。高樓對西山，爽氣沁肌骨。焚香棟生雲，滅燭窗入月。浩歌無人聽，驚起樹棲鶻。

挽張水月

名鍾琦，深禪學，藏書多善本。喪偶，依女婿而居，鬱鬱卒

老更不如意，頽唐真可憐。家庭少生趣，身世托枯禪。助賑蒙泉畫，傷心錦瑟絃。悲君還自念，淚灑菊花天。君賣奚岡湖田書屋，得百廿金，悉助賑。

閲戊申九月十三日邸報紀事，疊《秋夜吟》韻

欹器滿則覆，萬口笑而咄。怨魄暗纏身，輿論深刺骨。驅惡頌神明，照膽鏡如月。譬擊登巢蛇，九霄有義鶻。

赴隴西氏喜筵步歸

瓊筵喜於歸，戚誼重相與。夜飲勞迂途，秋樹滴殘雨。百兩計將迎，婚姻道久苦。家累吾尚多，風俗思反古。

得彭剛直、吴恪齋所製墨，同匣貯之，爲作歌

玄玉璧合堅金剛，開緘觸鼻松脂香。製者何人吴與彭，彭公血戰清長江。西湖退省功旗常，寫梅千幅瓅琳琅。鐵幹百尺寒冰霜，清名直節震八荒。中丞珥筆登玉堂，治河籌賑爲封疆。榆關軍潰奔如羊，沙場裹革慚國殤。雖有書畫名不揚，勇怯同一歸北邙。故物猶重翰墨場，易水遺製法極良。入手把玩同珪璋，磨以鳳硯儲豹囊。如今時事益可傷，誰能赤手擒天狼。新法一變舊學亡，六經掃地無文章。我負此墨淚溢眶，金壺汁滲毫秃鋩。寸管難挽落日光，春秋大義書尊王。

食蟹

稻熟蟹正肥，黄白脂滿匡。夜膳恣大嚼，金爪誇潭塘。寸心觸舊詩，若蟹投沸湯。十一齡九月，母病入膏肓。煮蟹看我食，矮［几］移近牀。謂兒須飽啖，母壽已不長。今宵見兒食，後食見難常。當時尚憨跳，有如蟹無腸。母言猶在耳，忽忽鬢鬢蒼。持螯倏念及，恍在阿母旁。愴惻難下咽，風燭摇秋堂。

秋夜聽雨

數點黄花不解愁，梧桐葉上雨颼颼。何須更唱淋鈴曲，我已傷心欲白頭。

養浩送菊，中有黄色者最佳，賦謝

蕭齋獨坐聽松聲，一見黄花倦眼明。秋色宜人霜未下，夕陽滿擔雨初晴。王宏送酒同嘉話，鮑叔分財尚俗情。遥望南山祝君壽，紫芝何日報金英。

觀縮印本耕煙散人《洞庭秋色》長卷戲作

王郎真跡苦難求，影本丹青足卧游。千古名同摩詰畫，萬峰影落洞庭秋。離奇世界人工巧，浩渺煙雲尺幅收。一藝通神金石壽，丈夫何必羨封侯。

友人自瓊州寓書，備述宦況，却寄

消盡風雲氣，斯行與願乖。炎方爲吏隱，官廨似山齋。課子書應熟，還鄉夢亦佳。艱難資閲歷，莫怨在天涯。

養浩送菊，以蟹報之，戲侑一律

紫蟹霜肥湖水清，奉君賞菊佐餐英。雙螯入手宜秋色，萬卷羅胸有甲兵。交誼正如花晚節，詩才何礙筆横行。江鄉風味同消受，張翰蒓鱸浪得名。

書《龔定庵集》

目空兩宋與三唐，冰雪文章錦綉腸。慧業文人多口業，生天成佛總茫茫。

結交行

對面同肺肝，背面即秦越。親疏一日中，未可論歲月。道義交在言，勢利交在骨。獨抱古松心，口内銜石闕。

喜叔遠至對酌

半年不相見，世事益堪哀。詩草經秋積，燈花隔夜開。時危姑買醉，身隱莫論才。一笑出門去，看梅須早來。

漢《雁足燈》拓本，昌碩屬題

古器流傳六代前，建昭猶記漢家年。金缸土蝕苔花碧，曾照陽平歌舞筵。
考索閒傾酒一壺，銘辭字字勝明珠。甘泉長樂皆荒草，何處重尋後大廚。

日短

日短夜更長，燈殘影相弔。獨坐憂時艱，突突心自跳。微吟有誰和，罔兩暗中笑。黄葉挂蛛絲，風吹作鬼叫。

酬陳丞 時勘荒吾邑

宦況淡於水，詩懷高薄雲。身閒時過我，貌厚世無君。爲學有真想，勘荒非具文。好將民疾苦，一報上官聞。

歲暮書懷

讀書行素位，自矢志無他。性懶人疑傲，年衰事更多。難求千日酒，時效五噫歌。風雪誰相伴，蒼松有勁柯。

紛紛 戊申十一月，閱邸報，感而賦此

紛紛自封拜，富貴笑群兒。繼統歲方幼，在天靈可欺。列强耽虎視，薄海盡狐疑。只有楊朱淚，無聊泣路歧。

養浩賦謝《來禽館帖》之贈，和原韻奉答

弄筆閉門坐，殘年百感深。撲山風怒虎，凍樹雪欺禽。各保歲寒節，同存國粹心。巾箱有餘帖，

腕弱不常臨。

附原作

歲暮掃塵事，幽居深復深。早函醒夢蝶，佳帖寄來禽。養素詩書窟，同貞金石心。雪窗呵凍筆，不厭幾回臨。

聞松禪先生將追復原官，感和養浩韻

孤忠埋朽壤，宿草已多年。論定原無恨，雲開復見天。臣心新主諒，帝德舊恩全。不特書名大，歡聲動八埏。

附原作

嗣服承祧重，乾坤整頓年。埋忠已厚地，開眼忽皇天。九廟神靈佑，三朝舊傳全。豈私渭陽誼，公道問垓埏。

小娘墳歌

吾邑支塘鎮北有荒邱，土人呼爲小娘墳，何代何人均無考，僅見《支溪小志》。爲詩以紀，俾與金姬墓並傳焉。

春紅暈臉花見羞，千金一笑初上頭。游魂不返舊妝樓，野狐拜月戴髑髏。

武士嘆

火攻下策今干城，挽强命中稱老兵。可憐猿臂射雕手，堪提虎子階下走。

送竈戲作

塗糟歲歲循風俗，心地光明任奏天。誰説民窮財盡日，萬家煙火送殘年。

寒雨

寒雨了殘年，竭聲空巷屐。天時與人事，日暮相催迫。自從清賦後，土曠民更瘠。宫吏囊橐豐，於國竟何益。新政行未久，外債日以積。庚子繼賠款，征一動累百。萬户膏血資，滿載出洋舶。公家未見盈，金帛入私宅。蕭條白屋中，避喧有逋客。吾皇新紹統，權要削朝籍。共歡尚盈廷，夾輔期旦奭。春王將改元，陽和煦枯骼。豈惟一隅地，四海盼恩澤。儉德養利源，民氣延國脉。和風散陰霾，不用飛霹靂。坦坦履王道，手折梅寄驛。

殘年行和養浩原韻

昨宵檐溜瀑布瀉，殘年日短天又夜。市中索逋走衝泥，闔人恨欲呼郎罷。春風暗吹筆開花，君有新詩我能和。佛蘭絨暖煤油明，中國人皆喜洋貨。利源外溢不自知，水介只聞達官怕。政柄一失龍爲蛇，調兵自衛罪尤大。朝局莫挽且順時，新歲觀梅倘相過。

臘雪，和養浩韻

六出霏應時，梅花枝上雪。如見瀟湘妃，玉立凍蛟脊。雪中懷往事，變政歲戊戌。凜冽比雪寒，文網益加密。元老放歸田，政令不畫一。群小飛刺天，遂成黨禍結。燕市流碧血，朱輪致蹉跌。誰有松柏心，冰山高巀嵲。妖孽興赤眉，白虹貫明月。豺虎登闕廷，辱國臣屈膝。西巡蹕雖旋，流毒何時畢。兵荒疊相乘，溝瘠不遑恤。淮揚易子食，天災慘尤極。春雪損五穀，時運逆關捩。調鼎雪作鹽，燮理乖相業。乾坤新整頓，大賚出珪璧。密約美利堅，星槎耀龍節。事異春秋時，奉使有僑肸。齒冷西方人，錯鑄六州鐵。喜雪憂時艱，書乏董狐筆。

附養浩原作

兩年雪飛春，今年臘飛雪。起看六出花，珠玉炫山脊。何年臘雪厚，辛酉更壬戌。紛飛送竈辰，三日勢轉密。移家過東湖，湖天皓如一。帆重不能挂，纜凍不得結。長年曳縴行，十步九苦跌。

快哉瓊海游，不識困屼嵲。黄昏到館舍，霄光皎於月。長幼得羹湯，我冷已過膝。四野積白山，二月融未畢。是時東南亂，又值國銜恤。明年毅皇帝，龍飛初御極。祥霙慶豐年，元功潛轉捩。蕩平九年寇，遂建中興業。五星紀聯珠，日月書合璧。今皇紹大統，瑞雪又應節。行看迪前光，天人饗昭肸。四海賡春臺，豈門聚星鐵。江湖詠雪篇，莫笑凌雲筆。

鳴堅白齋詩存卷八

鳴堅白齋詩存　卷九

常熟沈汝瑾石友

宣統建元，恭紀兩律，和養浩韻

鳳曆頒新歲，龍飛應吉時。冲齡聰睿主，明德富强基。邪黨觸多厲，豐年卜有龜。宫闈資孝養，早進白華詩。

從今天下治，四海一家春。周史書無逸，湯盤德日新。烽煙息鑾觸，水乳契君臣。再振中興業，神龍有屈伸。

附養浩原作

冲聖開皇極，麟經重首時。萬方懷郅治，一德懋初基。大諫鳴朝鳳，洪休兆洛龜。艱難王業本，獻曝［曝］有豳詩。

猶積堯年雪，旋賡禹甸春。食疇同惓舊，成憲仰維新。大利貽孫子，孤忠念老臣。綢繆周室輔，正氣一時伸。

夢南嶽 並序

己酉正月三日夜，閲《天下名山圖》，見衡山雄秀，中興名將多出其地，殆鍾毓所致，欲游而未能也。予閉門索居，人不樂予近，予亦不樂人近，惟與舊相知者酬唱、簡牘往來而已。吟倦隱几，恍惚在萬峰之顛，意者其即思之南嶽耶？翦燭成四韻，鷄聲喔喔，似與相和。

造物與同游，蒼茫俯九州。天圓青戴笠，雲厚白披裘。文字誰千古，勛名士一邱。置身最高處，亦足傲蜉蝣。

歲首和養浩韻

臘雪白逾潔，早梅紅更妍。歲朝豁胸次，磊塊不須填。美酒無千日，流光又一年。愁將新甲子，添寫紀元編。

長夜吟

爐灰火燼寸心熱，牀頭寶劍成廢鐵。雄鷄啼亂連曉鴉，凍雨聲低釀春雪。康莊大道有覆轍，天驥垂頭避跛鱉。趁兹長夜多攫金，何限天間濟時傑。

墨井 井在言子舊宅，載邑志

一椽舊宅氣蒼涼，枉説南行道脉長。早晚競持修綆汲，供人淘米洗衣裳。風流文采照塵寰，吴歷當年住此間。一自道人仙去後，誰來點筆畫雲山。

題魏仲雪先生畫像，龐蘖子藏

吾虞有鄉賢，起家由進士。明懷宗二年，五十即致仕。是時公論昭，客魏并誅死。可惜忠義血，先埋詔獄底。元氣剥已盡，流寇亂遂起。清流屢彈冠，門户争不已。先生早見機，拂衣笑歸里。

新詩詠十顛，濯纓尚湖水。當爲參政時，治績粵民喜。巨盜赤手擒，縛虎如執鼠。提學不負名，多士講詩禮。歸來樂林泉，朝紳不挂體。作畫招羅生，論文有叔子。遺像肅清高，風節式桑梓。鹿門重丹青，三百年一紙。斯世無斯人，高山但仰止。

靈巖山韓蘄王墓

山川鬱蒼蒼，斷石如卧虎。慨想同穴人，助戰執桴鼓。紀功有豐碑，字半蝕風雨。當年背嵬軍，暴骨更何所。六陵冬青樹，趙宋無寸土。神州莽中原，恨乏葬身處。鄂王死冤獄，騎驢少游侣。棲霞一高墳，突兀共千古。

附養浩和作

秦頭壓日月，縛虎不縱虎。一網盡莫須，損齋無諫鼓。清涼獨騎驢，吟看湖上雨。知韓有王淵，識岳有張所。丹忱與碧血，斂骨乃各土。靡靡一湖水，燕雲渺何處。將毋葬靈巖，遠彼忘仇侣。落寞居士心，香雪標萬古。去香雪海約三十里。

寒夜天津白泥鑪熱火，一室皆温，戲作

厥土白墳陶制拙，百煆不裂勝精鐵。烹茶煨芋兼爆栗，腹虚引風火常烈。金爐獸炭衞霍室，煎盡蒼生萬膏血。寶兹堅白永貞吉，石鼎一杯太華雪。層冰峨峨天柱折，憂世之心正同熱。

春寒寄孟怡弟瓊州

獨抱歲寒節，羞居第二流。憂時雙淚眼，閉户一詩囚。吾弟正游幕，炎方不擁裘。安知故鄉雪，望遠倚山樓。

小極不寐有作

性情無著似孤鴻，老病雄心逐曉風。深夜挑燈自温藥，一雙清淚落杯中。

觀汪東山先生《種芋圖》感賦

東山先生试春官，登第。聞父病，亟歸，不及視含斂。命工畫此圖，取鮮于文宗喪父，以『二月種芋時，後見芋輒泣』自題詩見意，有『莫泥衡山舊公案，十年宰相亦何爲』之句。此像藏其七世孫所，現爲漆工。先生墓今春被里胥竊發，訟於官，未正厥辜也。

君臣義有窮，怙恃悲罔極。覽兹《種芋圖》，中有血淚滴。先生忠孝人，讀書想遺跡。不及睹父顔，抱恨深自責。浮生十年官，奉母盡子職。天胡不與壽，報國少功績。一瞑當盛年，萬古長寂寂。北邙一抔土，狐兔搰枯骼。九原如有知，霹靂當奮擊。其後嗟式微，未盡法三尺。猶知寶真像，得見古顔色。蹲鴟種易生，陟岵望難得。寄言爲人子，有親長侍側。絶裾事功名，顯揚亦何益。胥，李同也，後因别案槍斃。天網恢恢，疏而不漏，東山有知，亦可稍慰矣。

痰久不愈，養浩惠化州橘紅，賦謝

久佩藥石言，饋藥使身泰。色如九秋菊，香比三年艾。高吟楚騷頌，心神與古會。一飲肝脾和，安眠息天籟。

聞藥公病，春夜賦一絶懷之，用亡友陳子昌《訪諦明和尚》詩韻

雨後尋秋步緑苔，到門先問木犀開。半年不見瞿曇面，花木禪房入夢來。

寫梅題二絶

鐵骨冰肌歷歲寒，一枝香倚海天寬。和羹心事無人識，祇作尋常草木看。

常含北極冰霜氣，不受東皇雨露恩。世界已無乾净土，更從何處托孤根。

孟怡書來却寄

相去六千里，聯吟結古歡。壯游爲客易，晚學得師難。遠道憂時變，炎方異歲寒。答書聊自慰，强飯説平安。

藝蕙篇同養浩作 俞作自注『思舊事也』，予感選舉也，意不同

蕙種有佳者，花大幹亦長。春寒蕊未舒，誰能識其良。離山入塵市，堆置大道旁。只恐得繆種，奉之貢玉堂。檢擇既不易，培養宜多方。土厚去螻螘，室敞防風霜。偶一不合法，葉瘁根已傷。索索少生氣，焉能佐文房。世豈乏嘉卉，俗眼瞳無光。寧與衆草伍，千秋閟幽芳。當門人必鋤，空谷牧牛羊。得地遇真賞，然後爲國香。

送徐九石丈葬

長別終千古，空山掩一棺。清修定成佛，多病早辭官。交痛忘年失，感逢知己難。倪王摹本在，遺墨幾回看。

清明

清明偏遇雨，阻我踏青游。草長迷春望，花飛攪暮愁。泥塗遲掃墓，山色伴登樓。獨坐過佳節，無聊易白頭。

游興福寺感賦，同養浩作

釋與儒異趨，好名尤好利。科舉停不開，開戒循舊例。興福古蘭若，結構占勝地。青山環屋宇，松竹蔭交翠。巍巍救虎閣，白日走魑魅。住持非高僧，方丈儼正位。

欲傳菩薩戒，無遮設大會。禍福誘愚蒙，狼狽聚同類。焚頂給度牒，力保宗風墜。衣鉢資有餘，龍象力交瘁。衣冠畏墮落，儘力求懺悔。九幽地獄中，餓鬼多此輩。鐘鼓聲未聞，土木事先費。精藍勝精橫，士乏廣厦庇。國家行新政，孳孳日求治。胡不將道場，擇尤作講肆。蓄髮加冠巾，僧尼各相配。既可廣丁男，皆使習工藝。空門爲實用，怨曠轉春氣。年未過五旬，令不許披薙。老衲居荒庵，静悟第一義。點綴山林間，象教亦不廢。異端息鴟張，正學富經濟。天下無棄材，太平庶可冀。麟鳳游郊坰，皐夔列廷陛。明詔方求言，誰能獻斯議。

展甲申年《悼亡圖》册子，書一絶

舊夢煙銷故跡留，春宵花落冷於秋。廿年前事無人説，風燭虚堂淚共流。

上巳出游

上巳風日佳，放舟喜朝旭。行出西門灣，麗景悦心目。村氓祀玄帝，捧香拜匍匐。遍體懸蓮燈，炙膚耀紅燭。云報罔極恩，甘旨幾人足。迷性雖可嗤，畏禍欲求福。免得年歲豐，横遭吏魚肉。鼎鼎文學鄉，土風勵澆俗。詩書闢神道，誰能廣教育。吾生任大化，寡營無所祝。清游窮日夕，散愁恣幽矚。暮鴉集煙林，裙屐散巖谷。離城不三里，歸櫂何用速。繫纜楊柳陰，卧看春山緑。

三月廿九日東郭外觀競渡

龍舟又見戲煙波，國恤悲涼日未多。千舫招摇羅粉黛，八音遏密任笙歌。張開白眼聊隨俗，銷盡黄金别有鍋。爲惜韶華思往事，及時行樂奈愁何。

得張石隱《山水》小幅，題一絶

金石圖書畫，西湖吏隱身。煙雲留故紙，何處覓斯人。

題松禪先生草書虎字

空山月黑啼倀鬼，英風颯颯開素紙。草書虎字象虎形，其威在尾猛在齒。易以虎變稱大人，麒麟祥瑞騶虞仁。凌雲筆妙能通神，早生虎將爲忠臣。

四月二日觀競渡作

朱旂映山翠，畫鼓雜金聲。黄龍與青雀，煙水争揚舲。但逞耳目娱，直視性命輕。長河如永巷，綺羅鬥娉婷。簪花鬢掠燕，列舫頭攢蠅。古時張水嬉，習戰池昆明。立國仗武備，用以征不庭。媚神陋成俗，太平諱言兵。爲歡能幾何，俎上肉待烹。低頭甘外侮，群笑不齒傖。一朝倘有事，篙竹難爲槍。

有客談日俄戰事，憤書三絶

東西蠻觸各争雄，萬里兵戈草木風。天子自稱日出處，捷書不到未央宫。
開門揖盗作嘉賓，百辆糧車馬足塵。鞭撻殘黎供役去，自稱中立國官人。
發祥遺地絶來龍，長白山寒夕照中。公法難憑利權失，可憐誰是主人翁。

贈北來碑賈

滄桑驚過眼，金石識奇姿。古刻專心訪，人情到處知。黄庭空翠墨，國粹聚京師。厚利應能獲，明良值盛時。

祈雨兩章，章八句

日脚穿雲雨不下，龜兆坼田飛野馬。大麥乾枯小麥黄，踏車唱歌聲變啞。秧田無水難成禾，老農淚比雨點多。結壇祈雨走官吏，一心只爲催科計。
祈雨祈雨竟得雨，雨不破塊奈何許。長官至誠能格天，不然赤日曬麥田。小雨便可成大熟，糧額無荒十成足。莫言但吸民脂膏，辛苦祈雨曾折腰。

兀坐柬養浩

兀坐人似井底蛙，寡交落落恒咨嗟。與我知己多失意，惟君哦詩常看花。書卷堆中過長日，薔薇架下煎新茶。缶翁病齒郄傷足，路隔春江思泛槎。

山東東昌府堂邑縣丐武訓，一生積錢七千餘串，傾囊立學光緒十四年，請旌建坊，古今盛事也。己酉夏有人述事徵文，爲作此詩

家塾教育衰，公學誰發起。山東聖人鄉，乞丐乃義士。錙積復寸累，秋毫不私己。廣厦儲英才，橫几獵經史。長號警偷惰，策勵勝鞭箠。師生咸奮勉，窮年惜寸晷。獨身棲古廟，裋褐不蔽體。侯伯上其事，天顏爲驚喜。慷慨爱國人，不在縉紳裏。外夷眈虎視，學戰亦未已。偉哉先見明，惜壓萬人底。若司教育權，蒼生得衣被。魯論説時習，勸學首郇子。開通文明域，吾國重賴爾。遺象懸講堂，衣冠皆傀儡。飄飄岱嶽雲，浩浩黄河水。

苦雨

不聞鳴鳳向朝陽，檐溜如繩水没秧。未見黄人來捧日，判將白石煮爲糧。鸞皇乏食難棲樹，魚鱉乘時盡望洋。太息倚天少長劍，浮雲遮眼任蒼涼。

附養浩和作

到底人心向太陽，連朝淫雨嘆黄秧。已無趙盾難忘日，即不尼山也絶糧。彌騁還教增慼慼，樂飢何忍賦洋洋。君詩直把浮雲掃，一洗陰霾五月涼。

松禪先生歿後六年詔復原官，誌感，同養浩作

三朝雙相業，四海一人心。忠孝傳家事，龍池頒鳳詔，黃壤蘇丹忱。日久論方定，命遲恩愈深。高門不陸沉。

朝靳易名典，墳留削籍碑。鴿峰憑弔處，僉壬昔專柄，明良今一時。雷霆非上怒，雨露豈臣私。喜極尚餘悲。湯夫人墓碑書『削籍大臣某某妻之墓』。

琴歌柬養浩

不但知音稀，尤感知心難。知音復知心，黃金鑄成徽，朱絲合爲絃。彈作清商曲，六月霜風寒。能不對君彈。何須訪成連，刺船海上山。

北山疾篤，往問傷之

無聊生久厭，有恨語難詳。只爲春風誤，卧牀才七日，病已入膏肓。肉削皮包骨，精枯淚潤腸。桃花是埍鄉。桃花塢在蘇州齊門内，費氏所居地也。

養拙

靜觀知物理，亢悔悟乾爻。養拙全吾素，門無車馬客，城僻似荒郊。芟草螘移穴，釀花蜂讓巢。

人情黑白淆。

養浩爲寫山水扇，即和題畫詩韻謝之

筆端淡遠得天機，一拂涼颸透葛衣。如對西山挹朝爽，雖無薇蕨亦忘飢。

題畫

蓮子當心苦，瓜瓤沁齒寒。胸中有冰雪，寫出任人看。

夜短

夜短夢難得，燈殘膏自煎。寸心愁萬古，孤影屋三椽。厭世身偏壽，藏書子不賢。茫茫未來事，我欲問皇天。

秋來宿疾，時作漫吟遣悶

家國同艱孰與論，寒蟲落葉共晨昏。愁多靈藥難醫病，利盡貧交不到門。磨蝎命宮憑大化，驅鷄宅舍似荒村。胸中磊塊澆逾甚，只讀《離騷》屏酒樽。

龐蘖子惠茶两種，分送養浩，或云此茶出滇南，作詩記之，並寄蘖子

缶翁昔貽雲霧茶，三年至今香齒牙。龍團鳳餅鹿門送，令我思泛洱海槎。山泉自汲爇松火，石銚携對秋棠花。分遺同志助吟興，高吐逸氣凌青霞。一滴勿與熱客飲，解渴遠勝東陵瓜。賸來還可洗我耳，論事喧雜池塘蛙。法虜窺滇勢岌岌，内無大將驅兵車。涼風結伴約探桂，旗亭有酒堪同賒。

行藥有作

藥煮在山泉，昌陽思引年。老愁嬌女長，病只舊交憐。家事艱難日，人情冷暖天。養生與齊物，何計得能全。

秋雲

秋雲更比夏雲奇，雨入金甌變漏巵。恤緯羞爲嫠婦泣，讀書屢受古人欺。英雄逐鹿謀方亟，臧穀亡羊路益歧。土脉稍蘇分種菊，西山斜照在東籬。

壯心

壯心一寸墨同磨，時和梁鴻《五噫歌》。白眼厭看新學貴，青箱鈔得異書多。談瀛海客稱名士，志怪齊諧遣睡魔。閒弄毛錐愁日短，魯陽何事不揮戈。

客談金陵近事感賦

金粉南朝劫後塵，秦淮楊柳四時春。出車將有桑中喜，待聘儒非席上珍。何止侍郎稱伏臘，不聞御史解埋輪。龍盤虎踞興王地，父老惟言蔣帝神。

題畫

虬松苔梅不入時，荒巖獨來折幽姿。商山老翁笑采芝，怪我尚吟招隱詩。

秋聲

欲睡夢惺忪，秋聲聽更慵。高低來入耳，遠近覓無蹤。颯颯風摇燭，淒淒露咽蛩。可憐蟲即我，吟苦不聞鐘。

墨池

墨池難染鬢邊絲，文字蒼涼不入時。直道對人宜少友，老年好學苦無師。五更風雨悲秋淚，一卷乾坤感事詩。欲合金丹換凡骨，松根何日長靈芝。

秋晚讀養浩來詩，走筆和原韻酬之

蕭蕭風雨聲，静對一燈明。世事暮雲暗，心源秋水清。湖山時入夢，花月久忘情。莫説無生法，無生即有生。

忠孝

忠孝源須出性真，死生磨涅不緇磷。誰言一瞑無餘事，恐比猪肝更累人。

題趙侍郎《同舟共濟》遺象 代作

侍郎湖州人，忠節公之父，時爲鄂撫，藩、臬皆其同年。圖寫廳事，列長几，中丞中坐，兩司左右坐。廳外梧竹蕭疏，一僮階下煎茶。中丞清瘦，面如削瓜，無頷須，藩、臬長髯過胸，藩貌尤偉。首篆『同舟共濟』四字。

吴越人同舟，共濟無主客。何況爲國家，一心復一德。書堂敞長晝，品茗布瑶席。鄂中聚德星，公事相壁畫。三峰峙一堂，中峰更奇特。干霄拔俗姿，矯矯爲衆式。平地無風波，千里猶咫尺。中流坐容與，有楫不須擊。譬如伯仲叔，相關在休戚。傳家著忠孝，萬古耀竹帛。後起忠節公，孤城血化碧。人稱跨竈才，誰識庭訓力。吾共桑梓鄉，軼事僅耳食。今展丹青圖，始獲見顔色。文孫峨豸冠，秉節門列戟。行將赴南海，百粤播治績。破浪乘長風，惜别情脉脉。轉眼繩祖武，循聲動蠻貊。

題《可耕可讀圖》代作

趙侍郎父忠節祖之遺象，貌亦瘦削，手携一子，即侍郎也。

不耕田不知稼穡之艱難，不讀書莫致天下於治安。耕讀不可以偏廢，廢之一已先飢寒。知者早慮及，常用教子孫。青箱萬卷書，黄犢數畝村。古來起隴畝，對策爲名臣。手携玉雪郎，想見言諄諄。後來秉節作方面，一懔庭訓能恤民。明德後必有達人，求忠臣於孝子門。睢陽死守可比倫，城亡與亡報國恩。丹青一卷出烽火，至今世守傳清芬。積德由來能種福，瓜瓞綿綿受天禄。玉爲堂，金作屋，朝笏堆牀印滿櫝，不但有田可耕書可讀。

薤露

薤上秋露如淚滴，昔日炎炎今寂寂。甲第連雲新粉壁，華屋山邱路人惜。葤谿琴河一水通，久京相遇勞苦同。千年遺蹟臭逾厠，朝内彈章邑中志。

己酉中秋

香煙人氣共雲浮，蒿目山川暗九州。無藉家庭思作客，有情風雨助悲秋。應憐世變天公泣，不入時妝月姊羞。欲聽《霓裳羽衣曲》，廣寒宫遠夢難游。

題自撰《生壙志》拓本 志刻硯背，長不盈尺

不送昌黎諛墓金，區區自寫歲寒心。勝他一片韓陵石，爝火燒殘草又深。

狀元墓發志無存，字没豐碑宰相墳。他日何須携入土，玉蜍滴淚與招魂。汪東山墓被發，宰相指蔣氏也。

桂之樹行 時宜興發蛟，災鉅而賑薄，作此比興

蛟水災民宿秋露，八月花開桂之樹。桂花雖有金粟名，金不救窮粟難哺。月中老幹飄天香，姮娥靚妝舞霓裳。哀鴻宛轉死溝壑，白兔猶搗長生藥。

偶成

是是非非那得公，人間萬類總沙蟲。聖賢仙佛何嘗遠，只在靈臺一點中。

登樓看桂花歌

樓前老桂撑高秋，桂花開時香滿樓。此樓是我降生地，戊午八月日十二。桂樹顛有雙鳥巢，伏卵出鷇鳴花梢。四鳥哺雛母哺子，兒啼雛鳴共悲喜。人言鳥巢是瑞徵，赤霄矯翮應飛騰。五十二年一瞥眼，名未得揚親未顯。蹉跎莫報恩劬勞，墓上松楸比桂高。桂樹花開又花落，望斷白雲華表鶴。空將金粟證前身，身似朽木難爲輪。樓空無人梯墮級，孤兒倚樓攀桂泣。一泣直到烏夜啼，桂花和雨化作泥。願人不墮思親淚，長生皆如月中桂。

己酉重九和養浩韻

天意益難測，國權皆被撓。重陽黯風雨，萬類失甄陶。民有溝中瘠，朝多笑裏刀。黄花吾負汝，秋興不能高。

書憤，和前韻

可憐新舊黨，百計自相撓。暮氣成虚憍，天心正鬱陶。醫無儲藥籠，地割剖瓜刀。賦杼狙公術，群推畫策高。

題畫貓

烏圓牙爪堅似鐵，枯楊樹根覓鼠穴。鼠正憑社作妖孽，思舐虎狼吻邊血。嗟爾作計胡太拙，尾大不掉防鼠嚙。跳踉猶勝卧錦茵，飽食鯉魚畏風雪。

菜園村看菊歌，爲養浩作

菜園少菜多種花，秋風萬菊胎奇葩。家家種花足衣食，一叢花賣錢數百。看花郭外游人多，花光人影嬌綺羅。是時田家正刈禾，手中提携背上馱。禾根生蟲雨爛稻，種稻不如種菊好。菊無荒熟無旱潦，一秋賣花終歲飽。知君愛菊如淵明，昨探黄花亦出城。采菊供瓶詠秋思，我咬菜根百無事。

窮秋

雨漬蟲生稻，田家未授衣。窮秋難望歲，薄海盡憂饑。天道無中外，人心各是非。冠裳偏得意，不獨食言肥。

西風

西風吹雨斷，萬樹葉聲乾。人有飢寒色，天無補救權。應多茅屋破，豈少葛衣單。莫謂黃花好，經霜亦易殘。

重九遇雨未出，城南賦詩寄懷，和韻答之

峰望登高遠祝融，虛堂咄咄坐書空。九秋未采淵明菊，三徑都生仲蔚蓬。回想開樽游北麓，却愁落帽避西風。瓊臺小試持螯手，出處心情本不同。

附城南來詩

九秋佳景喜晴融，萍末微飔接太空。猛憶龍山曾落帽，偶羈鯨海類飄蓬。酒懷浩浩茱萸月，霜鬢蕭蕭木葉風。遥想清涼參壽佛，黃花時節一樽同。

冬雨嘆

稻把成泥穀出芽，生機已絶泣田家。官無荒熟催租急，當却棉衣賣水車。

農學

蟲傷雨爛禾，農學有專科。末世功名濫，荒年盜賊多。三章皆變法，五袴不聞歌。紙上談經濟，狂揮筆似戈。

立冬夜懷徐遯翁

養疴故鄉去，疾苦不難除。老屋長淮上，端居想著書。知音千里隔，手札兩年疏。對菊應思我，交情淡不如。

一見總難得，相知皆已深。未逢醫國手，不老愛才心。如此冷官少，何時放櫂尋。寄詩裱成册，翦燭幾回吟。

履霜行

猛虎不食子，人乃比虎癡。中夜逐其兒，兒苦父不知。父不知，出門去，月在天，風在樹。履霜慘慘不得住，斷腸一步一回顧。雖有弟與兄，父怒誰敢攖？母兮九泉喚不應，履霜履霜何處行，夜長如年鷄不鳴。讀書萬卷不善治，生嗟哉，父怒何時平？

養浩處朋友得忠告善道之義，作此奉柬

忠告成純孝，承歡慰倚閭。至情全骨肉，古道出詩書。自覺胸襟隘，深慚學術疏。渾敦我家有，欲請教何如。

寄瓊臺

貽我《東坡笠屐圖》，海南高詠繼髯蘇。飄飄逸氣凌雲上，如見新留頷下鬚。

歲晚

百貨價無定，三農力已殫。華夷成混雜，家國共艱難。商貴輕儒賤，官貪治盜寬。誰能似松竹，歲晚不知寒。

倚树

倚樹高吟日暮時，枝摇黄葉鬢成絲。三千界盡傷心地，五百年無入眼詩。風雅更因新學喪，姓名羞被俗人知。蒿蘭一例牛羊踐，何處商山可采芝。

古怨詞

膏沐爲誰容，曉洗芙蓉露。蛾眉不入時，尚有人相妒。
抱月月入懷，清光皎冰雪。鴛衾沉水香，熏籠久不爇。

讀松禪居士《山水畫册》，與家僮福子者慨賦短歌

先生恥作書畫家，戲揮虎僕騰龍蛇。奇峰崱屴樹杈枒，惜墨如金力透紙。笑顧家僮亦人子，爾知寶藏吾與爾。紈袴懶守長康廚，親愛長上不若奴。今日展畫成唏嘘，應門對客字呼主。温公老僕何足數，主千古奴亦千古。

寒夜偕友飲酒樓

相逢共舉觥，霜月入檐明。佳醞掃愁帚，高樓不夜城。熱腸憂世變，冷眼看人情。乞食過門外，號寒帶哭聲。

養浩惠冰梨春餅賦謝

清如玉壺冰有味，圓如中秋月墮地。分梨深有兄弟情，送餅隱勸團圞意。故人情重意不輕，解我飢渴吟孤檠。行雁飛各程，求皇曲無聲。枯寂猶似苦行僧，見此百感來填膺。拜君嘉惠何以報，欲折梅花助詩料。

寄懷病鶴，即和其《滬江話别》韻

故人書到意纏綿，風雪難乘訪戴船。作客君還思舊夢，離群我似戍窮邊。燈紅海上看花酒，水白湖濱種秫田。兩地情懷隔霄壤，莫言鬚鬢共蒼然。

時局

時局如棋一著差，恨無國手治中華。九州膏血難填海，萬衆流亡未有家。財政頻年羅鼠雀，殺機驀地起龍蛇。專諸袖裏魚腸劍，險過秦皇博浪沙。傳聞都中有荆聶之事。

養浩惠車螯賦謝

味校蟶鮮殼蚶大，其品高出鮭菜外。甘鹹解毒有益人，日腹雖貪亦無害。物微意重逾南金，動我江湖萬里心。何時挂席拾海月，把酒同作滄浪吟。

大厦

大厦傾無柱石材，铜駝將見没蒿萊。身當富貴皆忘死，國到艱危重理財。白髮幾人游洛社，黄金何日築燕臺。蒼茫誰灑牛山淚，争向長安笑口開。

晝眠

晝眠斜日轉花梢，後户臨河少客敲。放浪湖山年少夢，摩挲金石歲寒交。地非濠上知魚樂，樓倚梅顛似鶴巢。我比揚雄更疏懶，呼牛呼馬任人嘲。

夜讀錢星使紀游諸作，賦柬養浩

瓜期尚未及三年，傳説星槎海外旋。袖裏煙雲詩紀事，枕中山水夢游仙。憤時白眼看重譯，抗疏丹心動九天。至戚欣逢尋舊約，團圞兒女話燈前。

挽顧純甫

卌載鄰居隔一墻，忽驚長別黯然傷。刻書多比汲古閣，拜石偶登環秀堂。暑合金丹能救疫，老耽緑酒尚持觴。長郎叱馭青衣峽，遥望白雲應斷腸。

有人質琴，歌以却之

鴛鴦絃斷琴挂壁，曲終人去湘靈泣。珠徽玉軫照眼來，云是焦尾千金材。我非知音安論值，龍門桐不朽木異。人琴俱亡誰復彈，琴雖得雙形影單。離恨天無求鳳曲，獨抱緑綺嘆仰屋。君不見子桑鼓琴十日雨，歸師古人毋自苦。

自嘲

請纓獻賦願都虛，濁世人看作腐儒。猶剔殘燈寒雨夜，敲窗黄葉獨翻書。

書《湘綺樓集》後

猶喜湘中一老存，大名鼎鼎重乾坤。八旬歲月松喬壽，六代文章鮑謝魂。今向衡山開講席，昔游燕市客權門。曾經宣室蒲輪召，當世居然齒德尊。

玩古匕首

鑄自高辛氏，青鋼百煉精。白虹空貫日，滄海屢翻鯨。國恥誰能雪，瓜分勢已成。燈前頻拂拭，何處贈荆卿。

病鶴悼亡，畫《石屋尋夢圖》紀事，爲題長句

最難福慧是雙修，林下高風紀昔游。携手光陰愁裏度，賞心泉石畫中留。浮生何處非春夢，嘉偶從來少白頭。我亦空房嘆遺挂，玉琴絃斷坐悲秋。

倚閭行

孝子甚易爲，慈父爲却難。子出暮不歸，倚閭西風寒。西風寒吹黄葉樹，樹上棲烏知反哺。有

子隨妻外家住，人不如烏淚如雨。當年母病父陪醫，隔巷輿迎不肯歸。婦知戀父婿背父，雖有慈父何能慈。子既不子父不父，何必倚閭空自苦，懶婦安能爲孝女。

歲暮昌碩訊問起居感賦

風雪荒三徑，江湖滯一官。時艱共憔悴，書到喜平安。交誼老尤篤，宦途貧更難。山家有鷄黍，話舊約春盤。

病鶴寄詩和答

世情枯窘逼殘年，萬事淒涼到酒邊。豈有琴心消艷福，且還詩債得高眠。哀鴻鋌鹿紅塵夢，别鵠離鸞緑綺絃。海上山中同感慨，何時偕泛五湖船。

有人示《騎游玉峰》詩，和韻

游山吾已倦，年歲近華顛。回首玉峰下，停橈十載前。新知渺河漢，謂徐遯盦廣文回山陽。舊夢付雲煙。深羡君豪健，駑駘老可憐。

耽書

耽書晚食倚檠看，頭腦冬烘壯士肝。萬古愁無千日酒，半荒田足一年餐。爐温小閣瓶花笑，米貴空村竈突寒。多少啼飢風雪夜，不知筆墨有悲歡。

書郭筠仙侍郎《養知書屋集》後

中興帷幄佐奇功，奉使星槎更效忠。曾左齊名千載後，弟兄競爽一門中。抽帆宦海尋初夢，秉節歐洲羨古風。同毓衡山靈秀氣，可憐湘綺是雕蟲。

送墨養浩，媵以四十字

玉兔搗玄霜，松脂發古香。未磨龍尾石，永貯豹皮囊。一朝奉知己，珠耀明月光。日書三萬字，祝君長壽康。

環秀廢園，和養浩韻

荒園似無主，散步得清閒。松柏劫餘樹，煙雲池上山。超然閣尚在，沁雪石難攀。化鶴人何處，千年去不還。沁雪石最著名，被一傖携去，不可蹤跡矣。

附原作

松柏挺雲表，數峰池上閒。奇哉輞川筆，秀出海巫山。荒率轉成趣，寥蕭得共攀。可憐沁雪石，飛去不飛還。

王醫士借《集驗方》，戲和來詩韻索之

却病延年術未通，古方肘後當參同。虛名羞慕隱君子，安分願爲田舍翁。白髮人難諳世故，青箱業尚守家風。一瓻豈比荆州借，不入牙籤鄴架中。

行路難

摶沙作餅飢難餐，翦紙爲衣難禦寒。人間處處行路難，荆棘塞天夜漫漫。狐城鼠社虎戴冠，蝘蜓欺龍梟謾鸞。鬼母生九子，專食人心肝。行尸走肉贕軀殼，區區同類還相殘。青雲無梯安得上，逐日難借夸父杖。彗星掃地地軸蕩，赤子顛連誰負襁。東南蚩尤旗十丈，黄帝欲征苦無餉。神仙有藥不點金，點金填海海愈深。行路難，難到今。

畫瓶菊戲題

瘦菊九秋花，古陶三代器。一賦登高詩，商聲滿天地。

題畫水仙梅花

水仙根不著泥沙，瓶插南枝數點花。風雪漫天忘歲暮，乾坤春氣在山家。

小除夕肝腸不愈感賦

悼亡逾五年，内外一身兼。瑣屑米鹽事，淒涼風雪天。歲除難去病，婦在不知賢。回首真如夢，斯時已熟眠。

己酉除夕

如醉如夢又一年，壯心不與時序遷。送窮大笑韓吏部，祭詩羞學賈閬仙。筆生光怪風雨夜，劍掃彗孛西南天。乾坤整頓非我事，惟願太平高枕眠。

庚戌元旦

又是一年春，彗星明向晨。佈新除舊日，獨立百憂身。開霽占豐歲，朝元失老臣。屠蘇有樽酒，差作歡醻人。

元日和養浩韻

元旦開新晴，乾坤轉春氣。人事隨天和，萬族欣得意。五言朵雲墜，啜茗共清味。同抱憂時心，熱血石鼎沸。山魈驅不盡，爆竹真浪費。八音尚遏密，松風發幽吹。想見流亡人，號寒夜無被。我筆堊墻帚，破屋難塗塈。良辰同唱酬，課詩作日記。

鄰園

鄰園久不到，散步喜新春。石立似奇鬼，花開無主人。眼前興廢感，世外寂寥身。只有梅邊鶴，依依解款賓。

睡起得昌碩《元旦》詩，和韻却寄

披衣日亭午，鳥語喜新晴。書到一身健，春回萬物生。故人爲吏隱，詩札寄江城。欲踐探梅約，孤舟野渡横。

題李蒓客《越縵堂詩集》

清才雅望冠群公，考訂蟲魚金石中。當日兩賢豈相厄，未曾一字著瓶翁。

舊聞高祖兄弟三人遇良宵輪集共飲，點絳紗燈四，罄酒一大樽，以爲常，庚戌元宵展拜遺像感賦

樽開緑酒映紅綃，兄弟三人飲百瓢。今日影堂樺燭下，玄孫獨拜賀元宵。

元宵雨

今宵月不晴，苦雨作淒聲。燈火無元夜，皇天哭衆生。新軍龍虎鬥，舊學鳳凰鳴。選舉尤堪嘆，誰能黑白明。

病鶴將游滬上，夜來話別，云清明後歸續娶，次日却寄

感慨中年共悼亡，未能散髮詠滄浪。登樓作賦同王粲，舉案齊眉待孟光。文字交來寒雨夜，續絃膠似返魂香。莫忘翦燭西窗話，珍重吟身穩醉鄉。

昌碩寄詩和答，時春雪寒甚

燕然山頂銘未鐫，吾欲隨君飢看天。虚室映雪益生白，閉門無客來談玄。萬事悲歡夢中夢，兩人唱和年復年。丈夫身墜文字業，猶呵凍筆磨松煙。昌碩曾從軍出山海關，又畫《飢看天圖》小象。

讀《國策》

奮遏强秦氣，全收晋鄙軍。可憐四公子，獨有信陵君。

挽藥龕和尚

機鋒不説口頭禪，滄海流中立脚堅。道喪斯文龍象泣，性根吾教閔曾賢。詞章《爾雅》同齊

己，耆舊凋殘到大顛。寂照堂前花木秀，春風空裊一爐煙。

山陰諸貞長和昌碩韻寄贈，再和酬之

身如朽木不可鐫，白雪贈我陽春天。同聲相應友及友，舊學共參玄又玄。山陰道與尚湖水，金石交訂羲皇年。何時來約吴季子，一笑舟泊楊柳煙。

再續聘松陽氏，題卧房

垂老還思倚玉人，花開並蒂鏡臺春。誰言待闕鴛鴦社，窗網蛛絲壁挂塵。

盆蘭盛開，寵以詩

曾處荆榛地，能禁雨雪天。幽香當午發，元氣得春先。並蒂花將放，同心誼自堅。豈如閒草木，甘受俗人憐。

江侍御春霖辭官歸養，多以詩送，昌碩屬同作

脂韋骨相盡公卿，一鶚驚人作鳳鳴。難正朝綱回國運，寧敦至性謝浮名。風雲變色彈章語，菽水承歡孝子情。我欲貽君鐵如意，封狐不擊擊長鯨。予有鐵如意，時時玩之。

二月廿一夜枕上作

詩腸那及酒腸寬，屈指韶光一半殘。窗裏孤燈窗外雪，杏花與我共春寒。

題張雨生刺史《嚴瀨圖》卷子

石隱畫圖今好手，半生薄宦困艱辛。江山縱得天機助，風雅尤難吏事親。草屬奚囊流入市，花栽官廨拔爲薪。刺海寧時，聽事前栽花，州民報荒不理，悉拔去之，身後詩稿亦流落。傳來一卷燈前讀，如見癡翁寫富春。

藥斧歌 刃長二寸許，腦金嵌𠂢字，鐵作紺碧色，古物也

誰登青天捉殘月，一片清光炯寒鐵。深山踏雪斸茯苓，猶漬乖龍耳上血。豐隆袖手嗟失職，贈與此斧飛霹靂。魑魅魍魎合藏匿，再斷鼇足立四極。

送筆養浩，戲賸短歌

青鏤管束神羊豪，我如怯將持寶刀。塗鴉手負鸜鵒硯，未掃千軍腕先顫。奉君大字書擘窠，龍蛇電走墨海波。毛錐子非魯陽戈，白日欲墮當如何。

上巳前三日排悶二首

艷陽天被水雲遮，孤負三橋賣酒家。刺骨春寒一庭雨，啁啾飢雀啄殘花。

湖濱水與麥溝齊，菜甲花黄爛作泥。聞道老牛多凍殺，田家無食典鋤犁。

國初嶺南江左各有三家詩選，閲畢書後

鼎足相持筆墨酣，共稱詩佛不同龕。珠光劍氣英雄淚，江左應慚配嶺南。
翁山奇氣勝虞山，被禁仍留天地間。忠孝更推陳獨漉，貳臣相對合羞顔。

遣悶

庭堪羅雀户常關，身在孤雲落日間。忠信愧難孚骨肉，文章奇欲寫江山。十年養氣心猶壯，百事輸人鬢已斑。安得便騎黄鶴去，八荒一出不知還。

庚戌上巳西郭外書所見

柳媚花明節，民窮財盡年。山爲金粉地，人在木蘭船。梵唄神絃曲，時妝質庫錢。春風舞蝴蝶，但樂艷陽天。

徹夜不寐有作

黠鼠欺燈滅，荒鷄報曉遲。身孤愁入夜，性懶拙趨時。尋夢心無著，游仙境益奇。春星照窗户，雙眼未迷離。

閱庚子紀變書後

宵人孤注賭乾坤，撞破金甌日駁奔。八國旌旗屯北闕，萬家風鶴擾中原。債臺不惜民填壑，戎首還教帝負冤。今向酒邊談往事，英雄聲淚一時吞。

水觀庵閒坐二首

入門隨喜少僧陪，彌勒看予笑口開。萬物何曾有真相，一塵肯使污靈臺。捨身同泰原多事，闢佛昌黎亦費才。悟徹人天平等級，不須稽首禮如來。

我祖焚修歲已遥，荒村蘭若是前朝。當門樹古能超劫，繞屋溪清不到潮。心在定中觀水月，身游方外侣漁樵。落花滿地閒鐘磬，往事誰來話寂寥。

采蓮歌 題畫

顏如照日花，臂如出水藕。蓮子在房中，心苦君知否？

三月二十日競渡

錦傘朱旗亂鼓鉦，民窮財盡景升平。游人隊出西門去，只有楊花飛入城。

水軍猿鶴沙蟲化，鐵甲船空失海權。競渡龍舟難禦敵，不堪冷眼笑旁觀。有西洋人，觀之而笑。

立夏日病鶴至，暢飲，别後寄之

緑楊風雨滿天愁，把酒來停訪戴舟。友到知心逾骨肉，詩能紀事即春秋。續膠各盡團圞意，散髮難爲汗漫游。除却醉鄉無善地，商量何處著巢由。

古松

吾家古松千載物，盤根錯節水石間。棟梁材大棄不用，蓬蒿幹弱高難攀。神龍欲升攫白日，孤鶴一去愁空山。安知天地有春色，東風只吹桃李顔。

養浩書楹聯、詠新詩，並惠名花、香茗賀我吉席，和原韻酬之

七言楹帖付裝潢，不數當時急就章。更送名花與佳茗，自慚華髮對新妝。蘭芽瀹把枯脾潤，菊圃思留晚節香。文字因緣金石契，交情尤喜百年長。

附原作

藕渠帶水溯銀潢，好詠河洲窈窕章。共賀詩人得偕隱，敢將俗物助添妝。簪花格妙參書譜，啖蔗甘回賦茗香。正是紅蕤初結子，陶陶孟夏日舒長。

次前韻再寄病鶴

出處難同一葉舟，緑陰疏雨冷於秋。世無燕玉能娛老，囊盡南金只買愁。問字閨房添膩友，閉門山水負清游。大椿蔭羡君家好，時報平安轉自由。

送内瀞歸

銀河一水隔西東，月下紅絲繫夢中。遲廿四年同屬馬，處三千界各如蟲。卿來復有家庭樂，我老難回造化功。陌上花開歸緩緩，晚涼舟泛白蘋風。

養浩和《送内瀞歸》詩，步韻答之

再續鸞膠賦命該，因緣曾去問如來。言至天竺問籤。團圞晚景期偕老，慚愧旁觀説愛才。謝女但傳能詠絮，林逋當亦悔妻梅。昔年一例同鶼鰈，遺挂箱中不忍開。

附原作

名相賢妻理共該，房中新樂自天來。直從圖史耽和氣，不獨虀鹽仗妙才。佳耦早徵渠兆藕，良媒果卜鼎調梅。一篇彌月周南賦，寄到瓊臺笑口開。

瓊臺觀察陳臬粵中寄賀

百粵刑平盼此時，樓船內渡靖潢池。帝心特簡從民望，治績豐碑勒去思。大海衹憑忠信涉，好官原有聖明知。他年待試調羹手，再寄梅花唱竹枝。

病鶴書來，謂有意傲之，殊不知近亦枯寂如作客也，賦此戲柬，他日相見以爲笑資

新婚各自似鴛鴦，暫隔蒹葭水一方。君據臯比留滬瀆，我聽梅雨夢瀟湘。錦紋枉織機中字，脂澤空聞枕上香。轉盼銀缸照雙影，何須一日九迴腸。

閒居感懷寄病鶴

未能仗劍掃欃槍，只擬龐公學耦耕。立德誰爲三不朽，讀書我已一無成。閨房消納英雄氣，寂寞誇張嘯傲情。笑問申江倦游客，朝朝常聽子規聲。

賣藥老人歌

賣藥老人如鶴癯，平生不讀青囊書。山中采藥市中賣，言食吾藥病即除。手牽四犬猛逾虎，辟易豺狼能衛主。犬食肥肉人飯蔬，茅屋一間蔽風雨。藥苗葳蕤負兩肩，紅葩翠葉朝露鮮。不愈人病不受錢，兒童婦女呼半仙。西鄰老媪腹生痞，吾家幼女嗽不止。老人自謂識病源，說道吾醫能起死。城中醫士乘華軒，清晨往請昏入門。不飲其藥不喪身，慘如鬼伯追人魂。世無良醫

有此輩，略知藥性弄狡獪。形容憔悴病滿身，只采藥草醫他人。安得今有韓伯休，口不二價人病瘳，登仁壽域無幽憂。

鳴堅白齋詩存卷九

鳴堅白齋詩存　卷十

常熟沈汝瑾石友

軍書旁午不籌民食，感而作此

米出重洋濟島夷，軍多食少有危機。徵兵令急魚龍混，積穀倉空鼠雀肥。債帥登壇多失策，饑民仰屋嘆無衣。他年寂寞西山上，更有何人賦采薇。

養浩屬訪瞿氏園答之

岑碧樓仍在，庭前雀可羅。架空書餉蠹，墻剥篆題蝸。老輩風流盡，荒池水氣多。舊時游釣處，重到奈愁何。

質之丈示《述懷》詩却寄

久仰清操潔素絲，堆盤苜蓿淡相宜。冷官自古多名士，詩句言情慰我思。一笑好尋沽酒店，十年當有買山貲。筵開八秩歸來日，謹爲先生舉壽巵。

寄病鶴海上並訊歸期

如今各已訂良緣，昔日同悲錦瑟絃。石屋舊游圖在篋，申江南望海連天。陶公尚有《閒情賦》，吕子還成《博議》篇。想盼秋期似斗女，爲君詞譜鵲橋仙。

病鶴久無覆書，大約厭予之狂也，再寄詩自嘲

淫霖一月過黄梅，遣悶無人共酒杯。心似竹虚安敢傲，身如樗散不成材。茫茫千古胸中事，衮衮諸公眼底灰。獨有知音難忘却，荷花生日望歸來。

聞萊陽宣城之亂感賦

苛捐連歉歲，伏莽起兵戎。鋌鹿群雖合，哀鴻路已窮。愚民方救死，貪吏欲徼功。誰有回天力，封章請責躬。

苦熱行

江河水沸萬魚爛，赤帝晴空張火傘。蒼生何罪鼎鑊烹，天地爲爐山變炭。青蠅聲似雷鼓鳴，慕羶逐臭蛆滿城。黄袍瘠據九龍座，病痁號寒呼擁火。

病鶴申江書來，約七夕同泛尚湖，賦此答之

七夕宜登乞巧樓，緣何約我尚湖游。紅閨翠被三更夢，玉露金風一葉舟。莫學李膺同郭泰，當如織女會牽牛。君來亟欲催歸櫂，瓜果庭前想未收。

送瓜養浩，報古詩一章，走筆和答，其庭前紅豆樹久未花，故及之

唐橋瓜白梅鎮黄，投瓜報我瓊瑶章。此瓜豈是召平種，不如詩吐五色鳳。啖瓜慨世筆有神，藐姑冰雪無纖塵。承君瓜瓞頌吉語，吾恐瓜甘蒂還苦。綿綿秩秩還祝君，不愁世界同瓜分。千枝萬葉比瓜茂，鐵樹開花結紅豆。

偶成

疫癘災荒并一時，村巫奔走亦何爲。衣冠土木真堪笑，如讀龜蒙野廟碑。

昌碩游鄂寄懷

蘇臺吏隱未彈冠，黄鶴樓中去倚闌。詩有奇情堪入畫，身多傲骨不宜官。一生歲月甘虚度，千里江山足壯觀。吴下蒓鱸秋正好，幾時來共釣魚竿。

病鶴七夕遄返金村，戲賦長句寄之

倚閭笑罷下機迎，楊柳陰中舴艋停。才到金村逢七夕，恰如銀漢會雙星。閨房乞巧新鴛侶，詩禮承歡舊鯉庭。定省餘閒弄班管，畫成眉樣遠山青。

茫茫

茫茫大陸沉沉夜，霧作蚩尤鬼載車。三代君生難望治，五行志就不勝書。籠中豈乏鳴岡鳳，海外原多漏網魚。民口如川防恐決，無人能似九河疏。

題畫石佛

六朝君相侫佛多，範金刻石紛巖阿。福田利益在何所，後來弔古空摩挲。大千界變羅刹國，億萬劫比恒河沙。對兹畫本絶塵想，齋心默誦阿彌陀。

觀吴趨王氏摹印敦煌石室碑拓經籍，爲賦長歌

敦煌石室開洪濛，唐時墨寶煙雲封。天地瑰奇不終秘，光怪發洩騰玉虹。吉光片羽落俗手，視之無異爨下桐。將軍負腹焉足責，墨吏但識金銀銅。贈與海客作縞紵，指點搜括巖穴空。英法好古勝中土，寶玩故紙如黄琮。龍驤萬斛載歸國，倫敦院與玻璃宫。偶携數册示朝士，相顧驚嘆迷雙瞳。太原吉士好金石，硬黄摩寫筆禿鋒。珊瑚網去但留影，好龍莫笑如葉公。中國國粹日見少，兵火劫共人沙蟲。主權丧失尚不惜，欲雪國恥無英雄。銅柱拽倒銘字滅，昔年枉侈開邊功。西陲民生易蠢動，百戰白骨埋蒿蓬。俄人雄視思席捲，裴岑碑亦虎口中。蘭臺圖籍散庚子，三代法物分西東。睹兹楮墨念疆土，瓜分説更悲填胸。古人往矣古書在，區區但論文字工。陰符何時發奇秘，闢清夷夏還黄農。龍威難尋禹穴杳，掩卷目送孤飛鴻。

病鶴將之海上，夜偕檗子見過

倜儻雙詞客，疏狂一匹夫。閉門同草木，判袂即江湖。秋雨虚堂静，晨星舊學孤。奇書須共借，記事有明珠。

養浩常和拙詩，再賦柬

詩外尚多事，交情自有真。種花開四季，施藥活千人。無位同憂國，知醫得養身。保存金石質，磨涅不緇磷。

秋日感懷

藥爐常熟似煎茶，女病看如欲萎花。不合時宜天亦忌，飽嘗世味飯難加。光明心地原無愧，變幻人情自可嗟。幕燕釜魚同一慨，我先憂國慢憂家。

感事

既停科舉又登科，滄海曾經慣起波。燕頷虎頭飛食肉，蒼生膏血已無多。

友人自瓊州回里，過訪深談

水挾蛟龍走，山銜虎豹行。薄游歸海外，重與話平生。無屋居依族，還鄉限有程。微官累公事，不久住江城。

西風

西風滿天地，萬籟雜蟲聲。是處愁衣食，何人遂性情。艱難當末世，寂寞竟虚生。樹樹看摇落，斜陽屋角明。

庚戌九日，出西郭作登高之會，示同游諸君

三五同心一葉舟，沿溪陟嶺共清游。黄花又到重陽節，緑酒難澆萬古愁。山寺晚鐘催日落，湖田早稻足秋收。蟹螯肥滿醇醪美，莫嘆時艱泣楚囚。

北郭外看菊，示同游諸子

來游菜園村，菜畦半藝菊。菊開五色花，其葉如菜緑。村人藉謀生，引客恣幽矚。羅綺聯香車，酒殽塞板屋。芳葩動盈擔，四走入城郭。無須耕穫勞，獲利勝嘉穀。是時稻登場，米仍貴珠玉。江北逃荒民，枵腹露中宿。此地群熙熙，但識太平福。財盡民已窮，時事堪一哭。何人咬菜根，實業講農學。

張寅琢研入神品，予得一硯尤精，作歌紀之

玉虹光騰射南斗，一片青霞落吾手。張生刻畫妙入神，名與端溪石同壽。背鐫怪石鼓長松，一髯濯足谿流中。古貌絶似松禪翁，嗟哉此翁不可得。世間誰是文章伯，蟾蜍滴淚秋雲濕。

同人約游劍門未往，蜕盦示紀游詩，戲答

青雲多奇姿，白雪動高唱。寫景如眼前，讀之使神王。我樓對西山，爽氣挹高曠。劍門三里遥，兩載未得上。緩步行坦途，旁人笑背盎。倘使登巉巖，不知作何狀。篼輿雖可乘，力弱憎體壯。升降路不平，掀播摇五臟。怒看赤驥騰，飽羨蒼鷹颺。每遇游山回，家人慰無恙。五嶽未一登，著破屐幾兩。猶勝中書堂，安坐伴食相。擬荷劉伶鍤，勝地可卜葬。何時戴笠行，名山許同訪。

老樹

老樹西山下，斜陽一半明。風枝摇有影，霜葉脱無聲。野馬穿空走，棲烏薄暮驚。枯條猶勁直，欲把碧天撑。

寄懷病鶴

迢迢一水隔蘇州，坐破青氈筆未投。豈有孔融能薦禰，正如王粲尚依劉。袖中詩卷傷時淚，客

裏交游賣酒樓。舍上白雲機上錦，歲寒風雪盼歸舟。

夜坐感賦

維新多變態，守舊少知音。文字千秋志，風雲四海心。投時無利器，好學有分陰。擊缺唾壺口，聊爲烈士吟。

題蔣耐庵觀察《吟梅圖》遺照，觀察，文肅曾孫也

冰雪花開詩世界，閒携雛鳳詠寒香。和羹舊業思雙相，録稿行書寫二王。東閣塵埃人去久，南沙風雅澤流長。丹青無恙清芬在，不數當年玉照堂。

金嬌墓 在廣東五羊城，有人賦詩紀事，亦作一首。金嬌，蓋妓也

草緑裙腰柳眉嫵，不見當年舊歌舞。金錢買笑空青樓，玉骨無情掩黄土。漆燈焰碧寒吐花，黑風吹雨嘑鬼車。老狐夜拜墳上月，頭戴骷髏吸人血。

祀竈作

今宵醉司命，不用更塗糟。疾苦民生劇，青冥雲路高。願將當世事，一爲達天曹。岳降如申甫，飢寒息夜號。

食野鳧感賦

野鳧生江湖，浩蕩隨所適。群飛覓稻粱，歉歲思飽食。一朝入網羅，頓使微命失。其累在身肥，味美勝鷄肋。胡不游世外，弋人慕難得。忍飢信天翁，獨立荒灘白。

養浩示探梅詩，第四章乃見懷之作，和韻答之

築樓種梅樹，梅短樓不深。春寒花未開，開窗俯空林。雲中墮錦字，和我抱膝吟。飄飄飛仙筆，耿耿憂國心。國事不可爲，碎如百衲琴。桃源可避世，先共梅花尋。

華子赴杭授經，予所介紹，送之

課蒙新變法，舊學貴知幾。莫作冬烘態，應收夏楚威。五經嚴句讀，一貫辨精微。閒看西湖上，花開燕子飛。

養浩過我，觀梅賦詩見贈，和韻酬之

蕭齋若空谷，常喜聞跫聲。玉茗梅同開，春風鳥和鳴。時值邊釁亟，氣欲吞幽并。禦乏將帥才，卒弱無堅營。得閒同看花，且使心目清。

時事非吾憂，高談意轉静。瀹茗聽松濤，空翠落寒影。隨地可避世，奚必箕與潁。學堂課諸生，

説詩勝匡鼎。温柔敦厚風，一唤國魂醒。

養浩示玉茗花詩，和韻

我生千載後，結想千載前。想彼古美人，不過如花妍。所以坐花下，日夕手一編。故人枉駕至，相知在髫年。清言有雋味，何必烹小鮮。羞效世俗交，酒肉相周旋。惜難分此花，移植君墻邊。

讀《石閭集》 明遺老江都蔣前民著

浩劫滄桑外，前民百首詩。江湖成獨往，風雨逼危時。白髮耽書誤，青山避世宜。古今同一慨，何處頌平夷。

蕭烈女行 並序

蕭烈女，同里蕭穎香之螟蛉女也。受王氏聘，嫁期近矣，而王子病卒。姑病，令女往省，俗謂之沖喜。議定過門守節矣，忽中止。其母日詬誶，欲易其志，女仰藥死。

蘭陵女子大道王，王郎不禄歸北邙。手傾紫霞膏一觴，從郎地下爲鴛鴦。嫁期相去十日許，嘉禮將行抱栗主。事又不諧母多語，畢竟身非腹出女。寧爲玉碎無瓦全，貞心如日懸青天。今作斷腸花，昔爲寄生草。山上白楊風，女蘿吹裊裊。

上巳出西郭

春社多游女，珠璣一尺鬟。花妖行白晝，梵唄響青山。正俗難爲力，憂時亦厚顔。相將玩光景，隨意晚忘還。

泛舟至燒香浜登岸

時艱難挽竭脂膏，依舊嬉春興各豪。船載綺羅琴水出，石摩霄漢劍門高。借名祓禊娱今日，無事看山愧我曹。翁仲前朝嚴相墓，紙灰飛不到蓬蒿。

叔遠爲校《錢蒙叟詩文集》，賦謝

吾邑文章伯，沉埋直至今。高才逢易代，同里有知音。韓杜千秋筆，丹黄一寸心。荒莊訪紅豆，采贈愜幽襟。

叔遠奉父遷吴門，郵示王鄴仙題《慈烏村圖》詩，和韻却寄

移居入吴郡，知念舊時村。既得家庭樂，還酬顧復恩。弟兄情更篤，詩禮業猶敦。深慨維新學，倫常絶本源。

嚴烈婦行 並序

烈婦毛氏，邑子嚴龍鑫之妻，於宣統三年五月十六日殉夫死。先是，毛失母，童養於嚴，三年餘矣。夫病篤，姑憐其少，强送歸。夫歿奔喪，絶食求死，勸食少許，伺間輒棄其餘。歷九十二日，竟死，尸如蛻然。夫家哀其志，以婦禮殮。養浩俞君與之鄰，紀事徵詩，爲作歌行，以揚其烈。

勺糜入口棘在喉，臟神泣訴天爲愁。妾身今日如贅疣，從郎地下萬事休。鴛鴦折翼鵑嚦血，生未同衾死同穴。伯夷之清龔勝潔，女不知書知節烈。家人勸語耳過風，女貞木堅金石同。妾身如葉心如松，未滿百日魂相從。吁嗟乎，妻死夫比臣事君，衣冠翻多負國恩。天地正氣鍾女子，男兒失節當愧死。

病鶴將游湖南，自滬上寄書話别，送之，時值水災

小别數千里，深交二十年。書來山雨裏，人去海雲邊。湘水浮衡岳，吴歌入楚天。哀鴻聲正苦，詩酒莫流連。

題蔣文肅研

昔携黄閣中，草制復薦士。風雨泣湣妃，空山修野史。

病中得病鶴書，並示別弟之作，却寄

海上一書至，病中雙眼明。肝腸消別淚，手足見交情。埋骨青山待，懷人白髮生。吾衰感君意，翹首盼歸程。

得呂晚村手琢研，背刻黄梨洲銘，題一絶

黨錮禍連文字獄，斫輪老手碎游魂。可憐一片端溪玉，中有遺民舊淚痕。

觀方忠文血跡石同戈朋雲作

明初故宫狐兔穴，片石崔嵬冷秋月。燕支暈赤痕斑斑，云是前代忠臣血。建文朝入靖難师，手不草詔身陵遲。肝腦塗地故蹟在，陰風慘冽天爲悲。以叔篡姪事亦醜，景鐵諸公同碎首。一身儘足扶綱常，十族何須累師友。弔古遥持一樽酒，人生安得如石壽。此石已歷五百年，忠魂如見立眼前。願借祖龍驅石鞭，下填滄海上補天。

得宋樂籍蘇阿翠像研，馬守貞題記，賦三絶句，鐫研側

片石歷四朝，兩美合一影。想見畫長眉，露滴玉蟾冷。

洗汲緑珠井，貯擬黄金屋。若問我前身，爲疑王伯穀。

刻畫入精微，脂香泛墨池。漢家麟閣上，圖像幾人知。

一月

一月饑方振，沿城水未乾。當時天欲墮，終日坐忘餐。墨吏横徵賦，荒村走揭竿。空言談愛國，我擬溺儒冠。

辛亥九日至老石洞，時鄂事方急

落日秋山麓，煙霞古洞天。此中堪避世，何處更求仙。龍戰長江血，鴻嗷大水年。憂時思辟穀，餐菊抱雲眠。

龍戰

龍戰乘乾運，興亡一刹那。民軍新鼓吹，漢室舊山河。奏凱茱萸酒，銷魂《敕勒歌》。沙蟲悲浩劫，日落尚揮戈。

得白門消息書感 九月十八日

山川王氣空龍虎，同室操戈草刈人。可惜六朝金粉地，滿街碧血走青燐。
健兒四走手横刀，烽火衝天太白高。十里秦淮舊煙月，更無人倚木蘭橈。
又是紅羊浩劫開，舊時元氣竭蒿萊。衝鋒不乏搴旗勇，撥亂還須蓋世才。

趙止扉自金陵歸過訪

烽火衝霄白刃横，自携桃葉出危城。半生書畫傷心棄，六代江山握手行。此日鈿車愁失路，昨宵鈴閣佐談兵。小窗共話滄桑事，煙雨湖田約耦耕。

私憤 九月十八日作

旗色白如銀，民心太喜新。權奸雖誤國，忠義亦無人。此日稱兵者，當年食禄臣。吾衷有私憤，獨立對蒼旻。

感事

夷夏相依號太平，無端種族起紛争。馭龍黄帝重開國，綉鳳青娥亦練兵。敵炮難遮銅面具，降幡空望石頭城。共和專制皆多弊，刦數恒沙苦衆生。

慚愧

慚愧疏慵老大身，易裝翦髮作新民。刀兵水火開千刦，父子君臣絶五倫。糧盡難教天雨粟，城空將與鬼爲鄰。携家避滬上者居多。放舟欲訪漁人去，何處桃源可問津。

題碑研兩絶 並序

辛亥仲冬十日，余得歙石研一，石緑色，側刻『坎水瀲碧，環鎮佳宅。猴逢一紀，與日月易。雍熙甲申，卜者緘石』廿四字。背刻《易研圖》記云：『予藏奇壬書，有日者年七十餘，持此研來易，陰知余有研癖也。研爲眉子老坑，椶點密布，不禁狂喜。』側刻『奥甚』。匣粘一紙，言『昔相地山村，村人道入小室，視碑，碑矗土二尺餘，凸文。苦不得解，拓歸。卅年重過兹村，則墟矣。念碑，鋤其處，得剩石，製二研，工竊一去。縮模碑字，乃悟所謂「猴逢一紀」，十二甲申也；「與日月易」者，同明亡也。凡百有數，豈非天耶？丙戌一木居士解。日者，王姓，自言爲居士，弟子均奇人也。』海陽朱綉《圖記》又小篆兩行云：『江陰沈鳳用米五石，易於宣城之汪氏。』研長六寸，廣三寸六分，博一寸。此研之出，正值改革，亦非偶然，爲題以志感慨。

殘碑爲研紀興亡，往事悠悠劇可傷。二百餘年天地閉，我身與爾歷滄桑。

易研鐫圖妙絶倫，米量五石换奇珍。補天填海今無用，携作橋亭賣卜人。謝枋得橋亭卜卦硯，亦歙製。

病鶴示近作，有感時事，和韻却寄

吴頭楚尾遍烽煙，何處能容泛釣船。外國列强守中立，故鄉安土懶重遷。一家薪水艱難日，萬里風雲澒洞年。君到觀梅當痛飲，玉浮粱釀在山泉。

多難

躬逢多難日，夢想太平時。激烈三綱毀，艱難一死遲。西來爭得利，北伐盡行尸。元氣何年復，熙熙物自私。

擾擾

擾擾無公道，誰分跖與夷。衣冠成棄物，盜賊逼危時。地裂龍蛇鬥，倉空鼠雀飢。建元新世界，滿目盡瘡痍。

壽朱梧庭丈九十

今日是何日，期頤壽正長。朱顏勝桃李，白眼對滄桑。與世浮沉慣，看人進取忙。新居移北郭，山色晚蒼蒼。

咄咄

咄咄書空坐，閉門當歲寒。是非無定論，新舊有爭端。世亂幾時息，人生來日難。紫芝如可采，辟穀戴黃冠。

和議

已逢荒歉歲，又迫亂離年。狡兔方營窟，飛龍不在天。蔑倫新法律，流血舊山川。和議無消息，蒼生望眼穿。

奇變

奇變逢今日，空言復漢唐。春秋無正朔，天地有洪荒。物價隨時貴，人心共國亡。長如風雨夜，瞑坐失三光。

寄可廬

君游海上尋安宅，我守家鄉賦小園。蜃氣樓臺迷五色，應知風景異桃源。

養浩示贈翁銅士詩，並言翁工詩、精佛理，欲過訪敝廬，走筆答之

嚴冬困雨雪，嘉客傳欲來。聞名未識面，已覺胸襟開。孤蹤寄危時，身槁心死灰。空庭獨散步，所友松竹梅。高軒倘枉顧，如飲新潑醅。願説第一義，禪悦參詩材。今當天地閉，壯懷鬱風雷。各保歲寒姿，坐待陽春回。

辛亥歲暮感事

南北紛争恨未消，黃河隔斷白旗飄。一江烽火通三峽，半壁山川演六朝。曾左純忠爲漢賊，洪楊遺孽有華僑。時危歲暮多風鶴，熱血胸中湧怒濤。

遜位

遜位頒明詔，何人任託孤。艱難知道德，揖讓見唐虞。君抱生民念，臣逃誤國誅。萬方同慶賀，元氣幾時蘇。

銅士示詩，有將母之句，寫梅贈之

世界有滄桑，梅花只如舊。寫此歲寒姿，爲君北堂壽。冰肌煉風霜，鐵骨撑宇宙。香留萬古春，同心比蘭臭。

題《湖田書屋圖》，末有松禪居士省墓時所題詩，圖爲蒙泉外史畫，《春》《夏》《秋》《冬》四幅

湖田好風景，書屋舊茅茨。別業傳千古，新圖寫四時。蕭疏外史畫，忠孝相公詩。花下重披讀，買山嗟少貲。

止扉赴吴門，與耿吾謀肆隱，養浩賦詩送之，戲和原韻，以當驪歌

引年何用進豨苓，春好楊花未化萍。師竹齋開賓滿座，大槐國换夢初醒。古泉斑駁堪爲志，野史蒼涼擬築亭。我隱山林君隱市，不知誰應少微星。師竹齋，舊時吴門骨董肆之最著者。

附養浩作

遯野行吟賦采苓，垂簾賣卜亦飄萍。傷離南浦君言别，沈醉東風我尚醒。一二靈威搜委宛，十三骨董演華亭。朋簪寥落頻搔首，胥水申江兩客星。

時運二首 壬子初春作

維新民建國，撥亂力回天。水火拯蒼赤，梟雄亦聖賢。離奇千古少，擁戴一心堅。歷史徵前代，夔龍莫比肩。

三年愁屈蠖，一旦勝非熊。地免瓜分禍，人如草偃風。乘時干大位，任智服群雄。從此先王道，何須更教忠。

春夜悶坐，有感時事，柬養浩，再和《送止扉》韻

懶向松根掘茯苓，夜深古劍倚青萍。難尋山水成長往，不歠糟醨愧獨醒。吾輩心情消舊學，何人眼淚洒新亭。陽春萬里淒風雨，未見東南耀將星。

元夜坐雨

門外泥塗滑，元宵月不明。人愁添白髮，天淚哭蒼生。南北尚多事，乾坤未罷兵。新年少佳趣，百感倚寒檠。

新春喜養浩過訪撫事，感事賦一律代柬

新年時事又紛紜，劇話花前到日曛。輦下龍蛇流碧血，淮南鷄犬入青雲。山林避世難匡俗，富貴看人易合群。好遣陽春編野史，棄繻生不學終軍。

肝陽不愈，述病狀就養浩，乞方治之

時局苦未平，憂患集肝膽。痰挾氣上竄，水火失離坎。宵深目炯炯，耳鳴不可掩。心如大海舟，風濤忽相撼。就枕屢驚眺，吟髭白添頷。君言有良方，藥靈味平澹。願鈔青囊秘，病却飯健啖。乾坤滿瘡痍，撫事生百感。當施醫國手，一爲豁愁慘。

春雪未霽，客來售古倭刀，得之，用養浩《游西山》詩韻

春來忽大雪，長嘆仰古屋。菜麥均遭殃，一白刺人目。通衢泥没踝，懶出步林麓。欲劃同雲開，滄海觀日浴。摩挲百煉鋼，鋒利可截玉。便當驅熊羆，何用把書讀。出關掃匈奴，牛馬量以谷。

墾荒救飢民，米不論斗斛。滕六罪當誅，可恨杳難捉。

春日寄懷昌碩

歎歲嗷鴻遍野哀，兵塵烽火眼難開。游春莫怪人無興，花落江南燕未來。
與君一別又三年，世界滄桑忽變遷。我輩禪心同木石，不須墮淚學銅仙。

上巳出郭，疊《題畫梅》韻

上巳佳麗辰，祓禊盛於舊。但願天下人，同登域仁壽。鶯燕忘時艱，花柳塞春宙。我作平等觀，好色如惡臭。

閒居即事再疊前韻

人競談維新，我頑獨守舊。弄筆每自誇，一紙金石壽。古詩和陶潛，漢碑臨孔宙。處五濁世中，閉户不逐臭。

予得鷗鴣先生研，養浩賦詩張之，和韻

開匣虹光耀紫霞，文章餘技足名家。運刀初試昆吾鐵，采石應乘博望槎。碑讀謝山難屬草，淚凝湘管未生花。乾坤一片留清氣，爲寫寒梅數點葩。全謝山《鮚埼亭集·鷗鴣先生神道碑》紀事甚詳。

得黄文節像研，養浩賦詩賀我，次韻答之

山谷詩名尊北宋，東坡以外世無雙。喜看真像摹貞石，欲訪遺蹤溯大江。元祐碑摹池上墨，《范滂傳》寫竹邊窗。瓣香私淑重瞻拜，携洗清泉不藉扛。

題鷓鴣先生手琢五銖研

遥推琢研心，五銖當漢復。磨墨演禽言，湘娥淚斑竹。

題宋黄文節公像研

名列黨人碑，像刻端溪研。歷劫喜不磨，廬山識真面。讀史對青山，更寫《范滂傳》。悠悠千古心，惟有涪翁見。

題《太師少師圖》

人間萬劫罹百毒，猛獸空山自生育。飆馳雷吼摇地軸，虎豹熊羆草中伏。吁嗟吾人不如爾，一任列强判生死。國亡種滅誰雪恥，安得張牙吞鬼子。

書《陶齋吉金録》後

蜀道崎嶇萬里行，倒戈推刃出牙兵。青山殉葬無金石，白首同歸有弟兄。周鼎秦權新拓本，兩江百粤舊知名。焚身象齒今垂誡，不及田間老耦耕。

壬子送春四首，和城南韻，同養浩作

風片纔過又雨絲，荼蘼香褪濕燕支。池浮落絮魚爭食，變戀餘花蝶尚癡。新緑已添將放葉，殘紅猶綴最高枝。臨歧目斷天涯路，不似當年載酒時。

龍井茶烹小鳳團，香燒心字篆煙殘。荒臺廢院尋蹤杳，暴雨狂風著力干。離別却因悽戀出，繁華須作等閒看。楊花滿地飄如雪，欲學袁安卧不安。

遠寺鐘聲曉又催，韶光欲別轉依依。芳菲南國幾人惜，憔悴東皇何處歸。風月有情時已去，江山無主景全非。六龍馭日虞淵近，誰借魯陽戈一揮。

柳絲煙裏織鶯梭，不作吴綾奬艷歌。書遍緑蕉心已剥，贈將紅豆淚無多。營巢尚有盧家燕，種樹難尋郭橐駝。酒釀百花思辟穀，空山補屋自牽蘿。

喜雨

皇天降時雨，點滴盡黄金。遍潤桑麻地，潛消盜賊心。三農歌大有，萬物養輕陰。屋角鳩呼婦，先懷我好音。

殷芝階丈重游泮宮，同人爲徵詩

國家設學校，多士崇聖賢。采芹泮池水，久著三百篇。殷君昔游庠，綺歲桃李顔。甲子輪一周，華髮已盈顛。科舉廢不復，陵谷隨變遷。重游舊垂制，禮缺名存焉。古音寂金石，宗器藏瑚璉。數仞夫子墻，欲比楊墨肩。廣文飯不足，拂衣去歸田。精横若寒刹，雀糞堆蝸蜒。入門鞠躬如，誰與相周旋。當時同學人，多半埋荒煙。朱梧庭陸雲孫平孚吉李玉舟輩，差幸同高年。危時睹人瑞，三老星珠聯。丁祭當受胙，介壽開瓊筵。嗟我爲後進，久備弟子員。閉門抱遺經，憤欲焚儒冠。歐風漸中土，攘我木鐸權。賴有此典禮，道統添薪傳。深探教育本，庶可闢異端。夢持丹漆器，南行隨文宣。大哉孔氏教，日月光中天。

題《送春》詩後四首，和養浩韻

共隱蒹葭水一方，艱危身世託清狂。欲温舊夢青春去，難遣新愁白日長。有草如茵棲鳳子，無花釀蜜泣峰王。九關虎豹猙獰甚，誰劾封姨奏緑章。

孤注金歐看少年，章臺走馬柳陰邊。名花亦有將離色，美酒終無不散筵。贈芍女還調雁柱，剖瓜人欲試龍泉。歌賡麥秀琴川上，多少哀吟付七絃。

衣冠新制夢槐安，世界聊同混沌看。滿地江湖無樂土，參天荊棘困幽蘭。九州鐵鑄千年錯，五色幡懸百尺竿。米似明珠薪似桂，嗷嗷蒼赤耐飢寒。

聯吟何異七哀詩，不拍紅牙唱柳枝。目眩神摇逢國變，星移物换笑天癡。未裁短後更胡服，且賦《招魂》續《楚辭》。來日大難歌當哭，此心惟有白雲知。

一笑

危疆四逼楚歌聲，蠻觸紛争黨禍成。一笑共和新世界，幾人心地是光明。

寄懷昌碩

聞君不得意，老病滬江頭。賣畫供醫藥，携家作浪游。卅年塵海夢，一别碧雲秋。相見知何日，空言享自由。

幾度 此影刺北事也

幾度相思夢裏尋，高樓百尺柳陰陰。重簾欲出還開鏡，媚眼頻迴更捧心。萱草宜男懷碧玉，蓮花貼地步黄金。可憐藥店飛龍骨，猶當鴛鴦昔其衾。

慈烏村歌壽石頑老人

虞山西望多白雲，白雲下有慈烏村。村中吟詩一老人，膝下有子復有孫。石田所出足饔飧，侯門彈鋏蝨處褌。浮名不及天爵尊，去秋龍戰翻乾坤。金風鐵雨白日昏，避兵人盡海上奔。老人聽烏啼朝暾，閒看飯犢驅雞豚。蒹葭楊柳無煙塵，此中何異桃花源。子孫反哺如烏勤，拈髭微笑墊角巾。齋心煉氣養谷神，不知魏晉漢與秦。村中人呼葛天民，年逾七十將八旬。精神矍鑠金石身，我當挐舟泛白蘋。載酒祝嘏登衡門，心有所思足逡巡。長歌先托雙錦麟，我與令子如弟昆。移家何日來結鄰，耦耕朝夕同論文。自慚樗櫟傍大椿，愛公屋烏比文鴛。一聞夜啼清夢魂，翻作樂府侑壽樽，九秋天氣同三春。

生日將近，俯仰身世，作此自遣

不學嵇康説養生，蹉跎今日有何成。身當易代難言節，性懶趨時尚好名。短榻堆書妨坐卧，衰年論事漸和平。寶刀買得終無用，但願天河早洗兵。

讀養浩和詩，有懷往事，再柬

江鄉竹馬記隨肩，一刹那將五十年。學劍難尋磨鏡客，觀棋已似爛柯仙。滄桑過眼渾如夢，翰墨娛情但信天。欲返童顏無妙訣，共收杞菊飲丹泉。

城南和予生日詩，並惠竹節端研，作歌謝之

散樗得年亦非福，不是大椿何用祝。新詩如珠研如玉，感君愛我逾骨肉。今年我僅五十五，百不一能癖好古。摩挲貞石誦佳句，勝得金丹欲霞舉。研修七寸雕篔簹，氣干霄漢淩風霜。詩吟

八韻寫十行，百十二字如年長。拳拳厚意愧難報，惟有修身答阿好。願君壽過期頤耄，處世同堅金石操。

養浩過小樓觀梅，中孚亦來，次日賦詩見示，和韻奉答

倚闌看青山，孤坐發長嘯。香雪吹幽襟，難得逢二妙。交道貴直諒，清談豁心竅。浮雲净太空，莫逆相視笑。和君梅花弄，不獨彈古調。

附原作

清秘況蘭若，嘉木助清嘯。梅顛坐閒話，鼻觀香自妙。太和默相息，未鑿混沌竅。青山淡無言，似對主容笑。樓下水瀠洄，泠泠奏同調。

鳴堅白齋詩存卷十

鳴堅白齋詩存　卷十一

常熟沈汝瑾石友

忽忽

忽忽悠悠誤此生，無聊情緒擁書城。白頭未可談新學，緑野安能去耦耕。進化文章滋口業，共和世界鬥心兵。何人真有回天力，萬刼消填恨海平。

壬子中秋夜對月放歌

去年逢中秋，專制未脱四海囚。今年逢中秋，共和世界人自由。浮雲風捲盡，月出滄江流。流光到武昌，先照黄鶴樓。樓中起事人，長嘯横吴鈎。我欲問明月，古來易代有此不。征誅變揖讓，萬乘如贅疣。今宵月照昔戰地，國殤空擲萬髑髏。利害一旦明，南北無鴻溝。但愁意氣失杯酒。同室頃刻操戈矛，何況三楚人，自古稱沐猴。攘臂起一呼，應響遍九州。思作醉鄉游，何方築糟邱。惟此一輪月，晶瑩勝冰甌。中有廣寒宫，或可營菟裘。婆娑丹桂綴金粟，霓裳一曲能解愁。兵鋒刼火衝不到，霄漢下視碧血群蚍蜉。胡爲仰天長嘆坐看月，嫦娥笑我愁白頭。此時歌舞筵，誰爲借箸籌。金罇與玉斝，爾我相勸酬。月明最怕十里霧，人間怪物多蚩尤。明年中秋不知作何狀，茫茫後顧生百憂。參横月落天未曉，空庭老樹啼鵂鶹。

壬子中秋看月同養浩作

一年又到中秋節，依舊焚香禮太陰。治亂興衰千古夢，悲歡離合萬家心。高天明月無私照，去歲神州未陸沉。想見廣寒宫殿裏，霓裳不舞淚沾襟。

弔嚴四吉士

桐棺猶未蓋，一拜盡交情。談笑常過我，形容太瘦生。遺書將飽蠹，別業但巢鶯。東里西華絶，何堪説弟兄。

購得家質生畫，感題二絶

阿咸去我廿餘齡，談藝松窗共一燈。垂老披圖睹遺墨，蕭蕭華髮似枯僧。

遐齡八百祝高年，細寫丹青不直錢。富貴人家珍贋本，揮金争賈惲南田。

往時松禪老人贈蟬腹硯，謂供唱隨聯吟之用，滑不受墨，戲作

石比鐵還堅，難將墨共研。世無韋侍御，誰贈夜飛蟬。

九日望劍門憶嚴吉士

不見通眉長爪郎，西峰頂閉讀書堂。登高怕到傷心地，携酒無人野菊黄。

文信國印歌 印銅質獅紐，朱文「天祥宋瑞之章」，側刻分書「壬辰二月鎮洋畢沅觀」，又行書「蓉江孔氏瑶山藏」

厓山戰敗趙宋亡，玉璽入海沉艅艎。忠臣名氏留一印，癡銅堅比百煉鋼。印長寸許重四兩，朱

文六字排雙行。良工受命卜日鑄，神獅爲紐黄金裝。拳毛突眼奮牙爪，欲搏胡羯吞天狼。惜哉有志竟未遂，義旗召募空勤王。□□□□□□，苔花斑駁經滄桑。當拜右相走閩廣，金章繫肘愁梯航。玉帶生硯畫日筆，携同一篋供文房。被執三年小樓卧，慷慨正氣歌激昂。歌成寫或用此印，側釐紙粲朝霞光。成仁取義赴柴市，碧血共染塵砂黄。不知何時復出世，蓉江孔氏收珍藏。靈巖山館出欣賞，題記添刻印兩旁。鬼神呵護忠義氣，歷劫不受兵刃傷。一朝入手重珪璧，買之不惜錢傾囊。當今信國不復見，氣節掃地隳三綱。蛙聲紫色分閏位，坐治無復開明堂。列郡官符悉收换，丹篆木刻銷銅章。銀鈎鐵畫鸞鳳翥，凡將急就敢頡頏。摩挲再拜涕被面，誰能高叫迴穹蒼。

得趙子昂水晶宫道人印賦三絶句

漫道水晶宫裏住，何如瑪瑙寺中游。一官承旨朝天去，孤負西湖釣雪舟。
嘉偶閨房有仲姬，道人看寫緑筠枝。流傳一印猶風趣，終遜吾邱倒好嬉。
小篆摩挲玉筯紋，丹青常憶趙王孫。盤螭紐蝕銅花碧，集古何人續印存。

九日偕金俞二老訪拂水山莊遺蹟

結伴尋秋杖履隨，如今不用更憂時。景行風雅人千古，憑弔興亡酒一巵。短碣同摩東澗墓，高文可免北山移。題餻莫漫徵前事，泉酌歸來亦療飢。

九日同諸公出郭步至瞿文懿墓下

眺遠窮千里，登高聚五星。秋風雙鬢白，夕照萬峰青。前代名臣墓，穹碑古石亭。不堪興廢感，難起問英靈。

海上同志結詩社，柬邀入社，作詩寄之

歐風入中國，新學崇西洋。不待焚詩書，風雅日淪亡。幸有有心人，如鳳鳴高岡。談藝聚同志，大開翰墨場。雅音追正始，淫哇絶蠻荒。上翼周孔教，下登李杜堂。如今是何世，誰識漢與唐。少年發囈語，沸羹亂蜩螗。掩耳不忍聽，惄焉心憂傷。我居言子里，孤陋逾窮鄉。修綆偶汲古，未能酌天漿。妄思弄柔翰，起衰挽頹綱。廣坐言復古，衆咻笑爲狂。熱血難化碧，滴作淚滿眶。恨不執干戈，戰死爲國殤。海上有知己，蒹葭水蒼蒼。飛書勸入社，沆瀣無參商。結交異烏集，何必同行藏。意氣一感動，勝於共翱翔。見面當有時，論文酒盈觴。吾輩非神仙，眼見滄海桑。歷劫看蟲沙，不壞身金剛。攘夷正文學，有願天必償。長夜終有旦，爝火消日光。寄詩作息壤，千載無相忘。

壬子十月二日大雪放歌

同雲下雪漫長空，青山頭白如衰翁。黑帝司令記昨日，玉衡北指才立冬。天公醉命滕六戲，六

花遍散瓊瑶宫。陽烏戢翼顧兔伏，雙丸日月藏壺中。零珠碎璧蕩銀海，堆積勢欲埋華嵩。東籬瘦菊枝壓折，長松倔强還鞠躬。大地平若鋪素毯，飛鳥息影獸絶蹤。是時温處遭大水，山崩地裂蛟發洚。倘先踏雪覓其窟，伐除巨害無災凶。五羊城外夜失慎，火光直射南天紅。長隄一帶半焦土，菁華百萬付祝融。炎方苦旱乏雨雪，安得噴玉呼群龍。我欲雪化太倉粟，運往災地拯哀鴻。或爲銀屑鑄錢幣，償外債救中華窮。蒙古西域並梗化，英俄密約興兵戎。如唐破蔡縛元濟，奇兵雪夜能奏功。悲哉希望不得遂，苦吟聲似號寒蟲。小人所志在温飽，謂是佳兆徵年豐。烹茶梅林掃積素，熱血一洗磊塊胸。海上同人結詩社，聚星韻鬥尖叉工。我思复古追正始，常以寸莛撞洪鐘。冰甌凍秃五色筆，難挽世運回春風。未能訪戴夜僵卧，夢山陰道牽孤篷。荒村突冷被無絮，黄牛凍殺愁三農。陰霾誰揮倚天劍，還我旭日光曈曈。

苑山石琢硯贈養浩侑以長句

墨池石似藍田玉，手把干將割贈君。蒼璧摩挲新出水，黄龍夭矯欲拏雲。題詩潤比長生瓦，草檄誰驅敢死軍。日硯喻麋書萬字，歲寒松竹共清芬。

大雪

大雪難爲瑞，豐年不療飢。民窮財盡日，外患内憂時。天道有誰信，人心益自欺。六花猶潔白，肯爲世情移。

刻雙宋硯齋印，邊題一絶

予得雍熙碑硯、咸淳蘇阿翠像硯，均稀有之品，喜而刻此印。奇士，謂縮摹碑文之乙木居士。佳人，阿翠也。予蓄古硯頗夥，此二者尤奇絶

洮河眉子珍雙璧，奇士佳人共一堂。急就章成風雪夜，浮雲難掩玉虹光。

題玉溪生像硯

我讀《韓碑》詩，頂禮玉溪像。千古翰墨緣，神交結遐想。

題瞿翠巖畫硯

翠巖名麟，住邑東城外之藕渠，畫仿石谷子，予再繼室族先輩也

片石遺松陽，欵字已鑿損。留取畫長眉，依舊春山遠。

新年昌碩書來道近況却寄

除夕元宵悶裏過，書來亦自説愁多。金揮潤筆償兒債，紙録單方療婦痾。愧我艱難尤落拓，比君憔悴更蹉跎。端溪硯石摩挲遍，傳與何人喚奈何。時輯硯譜。

養浩爲賦騰蛟硯詩，戲廣其意答之

感君筆如龍，爲賦騰蛟硯。筆端起波瀾，直欲與蛟戰。此蛟惜非真，雕琢石一片。吟詩重摩挲，

十指觸雷電。峰巒若在眼，百尺飛匹練。人中亦有蛟，翻海釀奇變。恨不中山豪，化爲漢武箭。大害一朝除，滄波萬里宴。

題硯寄昌碩，研背刻老人像，無欵識

缶翁善書乏硯磨，我不善書藏硯多。羚羊峽石分一片，見石有如常見面。硯背像刻一老人，古貌或是翁前身。祝翁頷髯長過腹，壽逾期頤全五福。缶鬚數莖，故戲之。

題瓶廬山水畫卷，和養浩韻

瓶老非畫師，興到偶然畫。雲夢吞胸中，八九不蔕芥。公畫在藝林，高比山有泰。尺幅勢萬里，元氣溢紙外。三絶重千秋，孤忠掩當代。耿耿千古心，寥寥數筆畫。想公下筆時，天地可納芥。我讀《黨錮傳》，全身慕郭泰。梁壞土隨遷，夢醒塵網外。墨跡珍瓊瑶，珷玞詎能代。

兩朝印粹爲成伯題

秦漢製印章，鑄銅及刓玉。六朝法稍變，制古文尚樸。唐宋篆九疊，別趣有元戳。造作品益奇，象齒雜犀角。迨至明中葉，花乳石爭斵。文何稱書家，自謂腕不弱。懸針並垂露，繆篆勤考索。雕鐫軼古法，各隨意所欲。詩句連俗諺，別號與齋閣。青田昌化産，五色眩人目。王質明初會稽人始作俑，争求價逾珏。雙金易寸璧，重載車折軸。出匣騰虹光，獸紐琢天禄。鴛鴦龜鼉龍，伏虎雙蝙蝠。新様種種奇，市肆争販鬻。櫟園《印人傳》，續者汪啓淑。康乾至同光，文房慶多福。西泠著七子，紫泥粲朝旭。後起趙无悶，缶廬更奇倔。直接東西京，奇氣吐山嶽。吾宗癖好古，兼收而並蓄。明清五百年，名手羅置櫝。累累千餘事，手拓數百幅。愛玩珍瓊瑶，不换珠十斛。近世談維新，陳腐嗤舊學。六經嗟掃地，高文受奇辱。印信不復重，官符亦刻木。西域字旁行，名刺附簡牘。吾邱卅五舉，早入敗紙簏。凡將急就章，皆視爲棄物。文字關氣運，天地有翻覆。我保我國粹，時危守益篤。士各有志願，勿受天桎梏。吾不合時宜，嗜古好幽獨。豈知有同心，如蘭在空谷。當與海上顧，印藪同卓犖。他人重金章，高位炫流俗。子惟賨燕石，留影紙一束。風雲殊未已，閉户抱殘璞。傳國璽無人，莽莽沉大陸。

隆裕太后挽辭

位爲生民遜，心通上帝慈。早知還土日，即是蓋棺時。羽翼憑宗衮，乾坤失母儀。九疑凝淚血，誰可託孤兒。

癸丑上巳携内出游

平林新霽映明霞，萬衆熙熙玩物華。昨夜春光太憔悴，青山風雨葬桃花。

蘭亭修禊留嘉話，晋代衣冠想象中。朝市山林有更變，古今一様是春風。

聲聲梵唱報娘恩，田舍郎猶天性存。服食先疇書詩禮，幾人甘旨奉晨昏。
扁舟同出復同歸，陌上花開蛺蝶飛。三十年來如一夢，夢中相對是耶非。
釜底魚游燕幕巢，芳菲且共樂今朝。麒麟翁仲前朝墓，憑弔誰將緑酒澆。

讀《史記·刺客傳》書後

古人所行刺，將相侯王帝。爲報一國讎，豈受千金餌。事有成不成，聲名動天地。烈烈青史中，朽骨有生氣。世風嗟日下，殺人多利器。椎埋惡少年，徇財犯公義。

春草 時金陵戒嚴

經霜根尚活，漸漸緑東風。欲占三江路，全迷六代宮。高低隨地勢，生死任天工。安得同蕭艾，齊收藥籠中。

題顧西湄畫卷

蠶事匆忙大小姑，樓臺鷄犬緑蘼蕪。虎頭絶妙丹青筆，如見《豳風》一幅圖。
繅絲剥繭又鳴機，日午炊遲共忍飢。羅綺叢中歌舞女，但知身著縷金衣。

坍屋謡

迎恩橋頭看坍屋，小兒被壓老嫗哭。塵飛蔽天瞎人目，瓦碎墻崩折朽木。寥寥家具無一完，行人駐足心膽寒。或怪其家不修葺，或言生死皆由天。一家從此失安宅，天不能幕地難席，壓傷欲死無錢醫。借住鄰家辭屋窄，不早遷移殊失策，朝朝但求得衣食。偌大國家無柱石，誰識保民如保赤。風雨飄摇無已時，眼前皆爲老屋危。城西富家起華屋，費二萬金猶未足。

城南屬題《東坡石銚圖》，和松禪先生韻

石鼎聯吟别有天，羲皇如見古時年。龍頭豕腹彌明句，竹雨松風聖果泉。
競争世界古來無，我願將身跳入壺。覓得仙人點金術，重開王會畫新圖。
一勺雲腴養性天，河陽山約已經年。高秋舴艋尋詩去，手擷黄花共煮泉。
筆下紅塵一點無，高情逸韻勝松壺。笑他俗物韓熙載，但有笙歌夜宴圖。

昌碩寄示《缶廬詩存》，校畢題一詩

一卷詩冰雪，中含變徵聲。苦吟添白髮，多難哭蒼生。慷慨新民氣，悲涼故國情。豈如孟東野，徒作不平鳴。

題研拓付弟

五研重千金，翠墨拓耐久。願祝唐棣花，長與石同壽。

讀嚴吉士展其室楊氏墓詞感賦

填詞交更少，念子倍悽然。家國無窮恨，聰明有限年。青山人獨往，白雪句誰傳。我亦傷心者，愁聞叫杜鵑。其詞有『墓門種樹緑成陰，杜鵑留我住〔往〕去住』兩傷心之句。

北軍

北軍南下渡黄河，飲馬長江碧血多。新造邦家還革命，共和人物反通倭。殺機遍地龍蛇窟，法網漫天燕雀羅。當聽鷓鴣煙樹裏，時呼行不得哥哥。

六月

六月南風壓北風，江流聲入鼓鼙中。誰能披髮纓冠救，直與然萁煮豆同。孤注豈容隨好惡，偏安未必有英雄。玄黄龍戰何時已，閶闔高難問碧翁。

嚴繹如爲莫城鄉校師，畫《劍城仿古圖》屬題，即和其韻，嚴曾爲瑞安丞

講堂高詠遺懷詩，正值禾油麥秀時。子美留題多漫興，陽明有學貴良知。滄桑不盡興亡感，松

菊猶存歸去辭。鑄劍莫邪池尚在，烹茶弔古手軍持。莫城有劍池，大旱不涸，相傳即莫邪鑄劍處。

無端

無端南北又交兵，滿目瘡痍苦衆生。烽火煙迷花月夜，繁華地作髑髏坑。一言不合成仇敵，四海何曾似弟兄。新造邦家誰破壞，千秋遺恨説同盟。

獨登雅集亭

登山猶未半，極目但蒼煙。暝合群囂寂，天空大地圓。平心居亂世，遺蹟覽前賢。觴詠無人繼，孤吟意惘然。

西城逍遥游明嚴文靖讀書處，今爲樹藝社，而仍其舊名，龐子填詞見示，詩以廣之

磴曲石疊黄，堂敞山映碧。勝境名逍遥，來游不嫌僻。煙嵐媚朝昏，湖光明几席。泉香泛冰甌，晚坐忘日昃。極目千里空，圖南乏雲翼。鵬摶霄漢無，烏集閴裙屐。多聞直諒稀，誰爲友三益。觥觥鹿門裔，倚聲追白石。與我忘年交，三吴一詞客。短句工寫景，舊事未及摭。兹地本嚴氏，興廢歷變革。文靖此讀書，百城擁圖籍。官高善行多，老佛頌嘖嘖。非如今搢紳，居鄉乏恩德。逮當明季時，文孫有名栻。開拓堂構基，泉石益生色。南華首篇名，摘取寫堂額。起義揮魯戈，落日挽故國。兵敗投清漪，獲救返魂魄。虞山同首陽，采薇度晨夕。遺恨天地間，舊址委荆棘。

如今鼎又遷，別墅草萊闢。邦人多好事，醵資策群力。鳩工立棟梁，量材運瓴甓。亭軒切雲高，花木補地隙。一枝巢方營，坳堂字未泐。豈惟盛游觀，亦以勤種植。是時贛州亂，炮火飛霹靂。響應滬江頭，兩軍戰南北。伏尸相枕藉，炎蒸氣成疫。流彈激電光，村落無完壁。萬民陷水火，百事咸失職。豺狼猶奮張，烽火照天赤。此中似桃源，不聞有鳴鏑。熙熙士女群，瀹茗話今昔。同居一乾坤，天堂地獄隔。西城樓閣多，琳宮近咫尺。登高向南望，江海波浪白。只恐長鯨翻，搔首三太息。及時且行樂，不草磨盾檄。願爲歌水調，宮商叶平仄。同來此地游，賞月天宇寂。一笑秋雲高，臨風倚長笛。

蜺庵示逍遥游新築之作，和韻寄滬上

南北方争戰，空言世大同。吾鄉猶净土，茗碗啜涼風。屋角煙嵐碧，江頭劫火紅。安危誰可倚，共作信天翁。

旱魃

旱魃爲災血變燐，金陵酣戰又經旬。焚香競禮龍王像，馳檄驚飛馬足塵。白髮鏡中非故我，青山樓外當嘉賓。兵荒迭至成何世，閉户難謀獨善身。

大兵

大兵之後有凶年，溝壑流離在眼前。懷璧此時虞得罪，點金何處可求仙。難將戰血爲霖雨，豈有仁心格上天。元惡未除原氣竭，青燐白骨莽秋煙。

感事 俳體

是是非非莫適從，長蛇紛鬥豈成龍。外洋利器傷同種，獨立危疆聚衆凶。北固不仁南亦妄，天將降罰地難容。空存大旱雲霓望，何日能消磊塊胸。

時雨

時雨勝黃金，感應在人心。願彼大田内，水積一尺深。攻戰如不息，有血無甘霖。

題仇實父仕女卷子

繅絲織錦畫圖中，妃后親蠶見古風。不似羊車爭望幸，玉笙吹罷倚熏籠。

鐵畫銀鈎筆一枝，十洲粉本宋元師。可憐繩武仇聾子，絶妙丹青世不知。聾子，實父孫，亦善畫。

逍遥游晚歸戲作

青天萬里絶雲霧，畏熱來遲日將暮。土龍龜坼禱不靈，塵涴羅衣下山路。修綆難汲睢陽泉，司茶人慢游客怒。喉乾壺竭思望梅，竹爐一滴如甘露。

癸丑生日

懸弧空説四方志，五十六年惟信天。回憶嚴君同伯氏，未過此歲即重泉。滄桑有幸閒身在，弓冶難期後嗣傳。獨喜甘霖蘇久旱，朱霞晚霽映華顛。

八月十五夜逍遥游宴集，時月蝕既

月黑中秋夜，山青伯雅杯。吾儕同把酒，時事益堪哀。蒙藏風雲氣，滬寧兵火災。此間真福地，後約菊花開。

中秋夜月蝕紀事

中秋坐待月，月上青林端。何來物頑蠢，蝕使缺不圓。吞吐作摩蕩，既見墨一團。天地如混沌，眼暗心膽寒。月爲日之配，晝夜相循環。西下東復升，圓缺上下絃。日遭羅睺凶，月亦安得全。世界成黑暗，長夜何漫漫。我無倚天劍，抉雲驅凶殘。況其賊在内，所以致外患。静待陰翳消，依舊光河山。盈虚有定理，世事莫不然。金甌缺可補，注酒開愁顔。從俗慶佳節，否泰須臾間。身世且莫問，一醉還酣眠。

檗子書來却寄，兼懷蜕盦

側身亂世貴知幾，不遇時寧老布衣。明月青山懷李白，《説難》《孤憤》著韓非。願同學劍猿公少，遥憶尋詩鶴徑微。蒿目苦吟吾閉户，秋深雁札莫教稀。

小極喜養浩過談

久任呼牛馬，何須作解嘲。秋涼增老態，世亂慎新交。賴有多聞友，同占肥遯爻。和詩積成帙，洗硯手頻鈔。

臨時

臨時總統將即真，一治一亂如車輪。隔二三年作何象，考廿四史無斯人。雖生聖智難料事，豈有英雄專爲身。願翻海水洗碧血，豺虎盡變騶虞仁。

秋夜悶坐，内子潑醅勸飲

乾坤俯仰總悽然，感事悲秋又一年。璧月當樓人對酒，銀河垂地雁横天。萱花佩少忘憂法，蓮子杯深並蒂緣。下邑幸無兵火劫，嫦娥鬥影玉樽前。

養浩惠果茗賦謝

天津葡萄雁蕩茶，故人惠我當拜嘉。圓如驪珠細龍井，味美甘露和青霞。筠籠貯釀玉缸酒，石鼎煎看金粟花。勝勸加餐飯雲子，相期汗漫游無涯。

垂老

垂老一無成，深宵白髮生。星河迎曙色，風葉弄秋聲。已往事堪淚，苟安人厭兵。憚犧雞斷尾，時至尚長鳴。

蠅

曾入書窗裏，空將故紙鑽。出身忘糞壤，遺矢污衣冠。味只知痂嗜，時難歷歲寒。營營休得意，蛛網在檐端。

癸丑重陽即事二首

登高西麓强盤桓，新造乾坤不耐看。竹葉懶隨人共醉，菊英閒擷自加餐。雁謀粱稻聲猶苦，龍戰江山血未寒。佳節又逢時代異，浮雲直北望長安。

總統遥聞舉項城，天心似與世和平。田禾著雨回生氣，山木無風息戰聲。落帽已悲非舊制，題餻安得遍飢氓。願人共把茱萸插，四海何妨盡弟兄。

江鄉

江鄉漁父足生涯，曬網歸來酒可賒。矮屋夕陽烏柏樹，斷橋秋水白蘋花。
崎嶇反覺行舟便，憂患多從識字生。何似相牛經倒看，不知理亂但躬耕。

莫城

此地有寺樓，黄思永未遇時讀書處，鄉人稱爲狀元樓，黄氏題牓猶赫然在也

莫城無城但有池，池水深黑潛蛟螭。莫邪鑄劍淬此水，曾經大旱不見底。欲問古蹟無名流，村人但指狀元樓。黄君遭亂昔寓此，落魄讀書樓上頭。貴題樓扁復作記，鄙夫通籍誇得志。桑田滄海九鼎遷，浮名一笑何足言。干將當比莫邪快，雌雄安得風雲會。我欲携訪白猿公，一斬長鯨倚天外。

晤故人子

當年送汝父喪時，襁褓呱呱索乳兒。今日相逢長過我，問他前事一無知。

山行

岐路之中又岐路，有如臧穀覓亡羊。不知已在青山頂，海闊天空一雁翔。
下視微茫見屋角，欲訪山人話衷曲。長須奴笑迎入門，一縷茶煙映松緑。

老革

老革公然世共欽，坐依斗柄萬方臨。玄黄小試屠龍手，道路咸知司馬心。盡毁綱維思固位，高談仁義豈爲霖。禍機未絶長鯨竄，漫道神州免陸沉。

慶祝

未見卿雲耀帝都，萬方慶祝效嵩呼。羈縻朔漠無降表，揖讓堯階遂異圖。但有雷霆無雨露，竟將猰貐比騶虞。共和五族成虚語，俎肉供人作大餔。

龐藕香墨蘭，其後人得於山寺，索題

遐想揮毫日，春風泛墨池。國香龍藏護，手澤鹿門遺。超出兵塵劫，長爲藝苑師。靈根結磐石，千載茂孫枝。

黄烈婦行 族兄稚蓮季女也

吴興女適江夏氏，夫亡生有遺腹子。抱兒付姑欲從死，絶粒卧牀病不起。女爲族祖之曾孫，遺傳節烈真性存。昔我族祖殉國難，荒庵餓死明堅貞。節士後人出烈婦，正氣千秋貫牛斗。如今衣冠食禄多負恩，不如巾幗一死爲完人。魂化鴛鴦交頸宿，墳上應生連理木。

展墓歸舟中作

黎明放扁舟，展墓練塘去。高曾祖考妣，佳城隔三處。獨來意悽怳，奠酒愴風樹。門衰祚將零，我年已遲暮。後顧嘆茫茫，躑躅黃葉路。初冬日方短，歸途冒寒雨。田家早閉門，兩岸寂人語。今年穫中稔，尚有伏莽懼。敝廬對西山，迎門少童孺。恐遺先人羞，性拙世多故。富貴非其時，守經抱真素。

悼黃慕庵

身據皋比醉綺羅，凌雲才氣日銷磨。囊中斷句鈔成少，架上遺書借得多。伽席阿難傷戒體，騷壇摩詰染詩魔。首邱已了平生事，月旦評無炙輠過。

鳴堅白齋詩存卷十一

鳴堅白齋詩存　卷十二

常熟沈汝瑾石友

砲火 有談金陵亂事，感而賦此

砲火嚴城破，誰遺燕將書。至今訛市虎，在昔爛池魚。白骨皆兵死，青山亦燼餘。殘黎含淚説，開府盛軍儲。

題自畫梅

不許紅塵一點侵，歲寒松柏共山林。寫成自笑原非畫，冰雪肝腸鐵石心。

寫紅梅戲題

玉妃三弄緑綺琴，海日初照珊瑚林。無地著根根亦深，誰點鐵幹爲南金。筆驅萬騎騁邊外，奪焉支山供作畫。火齊纍纍貴無價，舉付泰西足償債。

書《豐草庵集》

豐草庵中人，似不食煙火。吐出冰雪辭，日向白雲坐。郊島只寒瘦，方之未云可。當是青蓮花，已證無上果。擬携此編去，滄波泛一舸。高吟叩靈均，論詩來共我。

江左

江左風雲莫測天，驚人消息白門傳。仍堅鵝鸛三軍陣，未減貔貅萬竈煙。衷甲通宵防刺客，韜戈何日去屯田。今人安得如廉藺，只恐猜疑厄兩賢。

養浩得《豐草庵集》，卷首有金孝章不寐道人印，再題

不寐非常人，贈詩有豐草。一集雙朱鈐，千秋兩遺老。俞君眼如月，鄴架歌得寶。滄海横流中，神交永爲好。

周夢坡徵壽詩，作二首寄之

如今何歲月，介壽且娱情。琴鼓清商曲，詩吟變徵聲。時艱正蒿目，薄海未銷兵。千日酒須醉，朱霞映兕觥。

與君未識面，著作忽傳來。翹首千秋祝，何時三徑開。當軒有松柏，同我老蒿萊。自笑如樗櫟，空山養不材。

得戈朋雲書，知移居友家，感事却寄

書來喜無恙，亂後似重生。龍戰看流血，鶯遷爲避兵。何時滄海上，共結白鷗盟。浩浩蟲沙劫，風波尚未平。

昌碩畫達摩像寄贈，喜題

缶翁金石筆，寫此面壁佛。祝我壽無量，身堅比山骨。美意可延年，欲拜乏袍笏。松下一爐香，觀心坐霜月。何時故人來，畫禪參棒喝。

有携蟬腹研來售，云是金陵劫餘物，得之，題一絶

此研携來自石城，令人感嘆赭淵生。拈豪欲記蟲沙劫，淚滴蟾蜍寫不成。

題《紅杏青松圖》，是圖洪承疇部將出家稱智朴禪師者所畫，藏京師棗花寺，拳匪之亂失而復得，徵詩紀其事，時有邊警

青松磊落多奇姿，紅杏艷冶如嫱施。老僧胡爲著色相，丹青有筆同寫之。吁嗟此僧本健兒，爲部將屬洪督師，輕刀快馬沙場馳。督師降虜兵亦潰，遯跡削髮衣披緇。松杏兩山曾血戰，用紀地名豈清玩。天時未得人事非，受紿被圍悲失算。三百年中又遭亂，幾時枯桐竈下爨。幸逢巨眼識其罕，買得不知錢幾貫。慷慨仍還舊蘭若，正值山河復歸漢。當其聲價重藝林，十斛明珠尚難换。世運剥復如循環，氣節長留千萬年。有如子固水仙所，南蘭真跡終古藏名山。貳臣污名玷青史，譬諸惡草應當删。雖有妙畫不直金一鍰，松山杏山如今突兀峙九邊。强鄰窺伺流饞涎，安得如畫置之几案間。嗚呼，安得如畫置之几案間！

歲暮寄昌碩

避兵家海上，終日狎閒鷗。金石一枝筆，滄桑萬古愁。紀年書甲子，題畫亦春秋。雪夜當乘興，何如訪戴舟。

印社君爲長，書城我自侯。無聊同一笑，有志在千秋。歲月嚴相逼，兵戈苦未休。唐虞今異世，羞説慕巢由。

雙忠廟古銀杏歌 廟在邑北郭外謝家橋，祀唐張巡、許遠

喬柯撐空白日冷，雙忠廟前兩銀杏。森然並立天地閒，巨靈舒掌難摩頂。海風不摇雷不打，萬古貞心懸耿耿。輪囷離奇氣雄猛，蛟龍糾結狮呑並。鐵石肝腸山嶽精，如見前代忠臣影。移栽不知自何年，枝幹雖别根自連。東西對列地不偏，廟中神像亦比肩。雙忠靈爽實憑此，正氣上貫蒼蒼天。雙忠張許名氏傳，緋袍烏帽唐衣冠。或云種樹當胡元，成神久在元之前。魂游故國月明夜，枝上時時啼杜鵑。我曾弔古樹下坐，黄葉落盡蒼煙鎖。掀天蓋地梁棟材，未見開花能結果。廟祝對我言瑣瑣，雲黑樹頭降神火。鴿峰相國昔來游，畫圖吟詩泊單舸。滄桑變易翻乾坤，雙忠無恙雙樹存。榮枯依舊秋復春，以外群木皆兒孫。忠義性質豈肯改，直躬不屈難爲輪。歲寒松柏堪作友，樹抱堅貞人少有。忠魂與之永相守，金石同堅長不朽。

寄懷昌碩

五年不相見，世事益艱辛。竟隕虞淵日，旋揚滄海塵。硯田資活計，酒友結遺民。堪嘆子雲輩，劇秦還美新。

旱雷

小亭坐看玉茗花，未到驚蟄雷鼓撾。龍蛇蠕蠕欲起陸，草木款款方萌芽。人間暴殄多奸邪，天公怒以聲色加。饕餮聽慣不失箸，醉擁貂裘電走車。

小極不出玩古遺興

對人聊解嘲，好古興猶豪。雙璧鴛鴦硯，千金龍雀刀。才能書食譜，未得繫征袍。文武均無用，惟須學老饕。

廢宅行

朱門緊閉斜陽裏，門外雙蹲石獅子。當年赫赫宰相家，後來易主爲官衙。租金卅年合鉅萬，十倍當時買屋券。如今闃寂無人居，庭喧鳥雀樓踞狐。青燐黑眚夜出現，似有冤魂鳴鐵煉。盛衰興廢君莫憐，星移物換海變田。區區甲第何足道，舊日皇宮遍秋草。

花朝日坐雨柬養浩

檐溜如繩暗碧空，花朝愁看百花紅。性情孤冷滄桑後，家國艱難涕淚中。舊雨有懷心更切，長歌當哭氣猶雄。韶光九十過將半，湖上青山待倚篷。

夢嚴吉士

千秋此長別，忽忽獨愁予。地下應無事，夢中猶借書。交因文字重，情豈死生疏。劍北草堂閉，落花誰掃除。

上巳前三日寄友

白髮蒼顏常似病，殘山賸水易傷情。近來懶逐游春隊，開遍桃花未出城。西城一出日旋曛，倀倀真如鳥失群。滿地江湖難泛月，得時草木礙看雲。

上巳雨不出

三橋畫舫密魚鱗，我只關門不問津。世變驚心尋樂事，天公灑淚警游人。露桃似靨猶含笑，煙柳如眉總效顰。玉茗花前擁書坐，落英滿地可憐春。

三月二十日獨坐遣悶

雨失陽春冷暮秋，閉門不出一詩囚。鶯花南陌愁難散，狼藉（時白狼爲禍）中原亂未休。飲刃如聞新鬼哭，攤書常與古人游。畫船簫鼓承平景，誰識艱難抱隱憂。

以古軍持送養浩，戲侑以詩

長瓶鐵石堅，日用雜器皿。汲井百尺深，落水悲斷綆。近時復出世，色緑雨前茗。易得心嫌粗，奉君不須請。火煅黃土摶，陶穴元氣秉。慎言效守口，奇醜若懸癭。或云行儲糧，萬騎挈以騁。韓家背嵬軍，威名震敵境。此言未必然，不破即爲幸。高齋饒花木，清供豈可省。粉壁開薔薇，紅蕊媚朝景。折枝養清泉，幽香静中領。金甌已撞破，瓦當反完整。萬事難逆料，弔古心耿耿。當年黃大癡，湖橋醉酩酊。酒瓶擲橋下，纍纍碧波冷。我欲挽漁弟，春游泛舴艋。一施釣鼇手，河伯應首肯。取之貯松醪，猶勝覆餗鼎。和詩報我來，白雪聽歌郢。

中原

中原罹浩劫，兵寇互搶攘。人命輕鷄狗，軍威劇虎狼。肆空商滯貨，賊去吏清鄉。吴地方加賦，難供一月糧。

觀煙火作

春夜銀花放幾枝，人間富貴只如斯。莫驚炙手熏天勢，終有煙消火盡時。

獨坐遣興

少年場懶入，出户路多歧。身外盡閒事，眼中無可兒。文章隨世降，道德在人爲。挾策同臧穀，亡羊已莫追。

讀徐遯庵所貽詩感嘆有作

遯翁手寫詩，深得微妙旨。五年一展讀，感慨不能已。冷官熱心腸，心血滴在紙。重以忘年交，一悲復一喜。悲在未識面，喜在得知己。憂國忽感疾，棄官返鄉里。長淮水泱泱，無從寄雙鯉。客從江北來，爲言病不起。遺墨付裝池，珍重夜光比。兵戈易朝代，無人修國史。幸完千古名，不作兩朝士。我愧顏延年，未作靖節誄。背笑面輸心，謬知反爲累。誰聽伯牙琴，高山與流水。

四月二日觀競渡，出時已晚，游人散矣

士女傾城興欲顛，江鄉競渡感今年。鶯花南陌魚龍戲，風雨河山錦綉船。爲炫時妝争艤櫂，但除春水不論錢。我來人去天將暮，獨傍垂楊聽杜鵑。

落花

風雨漫天見夕陽，居然大塊有文章。添來新緑書窗暗，捎去殘紅舞袖長。枝上燕鶯尋舊夢，土中螻蟻慕餘香。梧桐葉放蕉陰展，漸漸淒聲到草堂。

送春

東皇歸去已無家，聲咽驪歌日又斜。可有瓊筵留地主，一辭香國即天涯。蝶衣褪粉還依草，鵑血啼紅更變花。閲盡韶華心似醉，晝長破睡只烹茶。

無題

鏡臺春煖曉妝催，又見蕭孃畫翠眉。鳳閣擁看傾國貌，錦衣賡詠《碩人》詩。黄金蓮穩宵來步，緑玉枰圍劫後棋。虚説倉庚能療妒，卿卿低唤任郎爲。

學堂

學堂開大會，運動晚春天。地變然犀渚，人當舞象年。如觀優演劇，虚爲國求賢。家塾真堪笑，陳編伏案研。

閉户

閉户誰言養我真，喧喧冠蓋動南鄰。未投班氏傭書筆，猶戴陶家漉酒巾。詩草借人消永晝，瓶花供佛惜餘春。東風不入閒庭院，任爾元規污有塵。

得瓦當，文曰『高安萬世』，缶翁審爲漢製，喜記以詩

萬世雄圖安在哉，一規蒼璧出蒿萊。頌摹斷碣黄龍見，歌想當年赤鳳來。瓦礫得時稱妙品，琉璃作匣護纖埃。香姜銅雀埋煙雨，磨墨誰真拾硯材。

白狼

白狼非徼外，分竄擾中原。盗賊猶同種，瘡痍莫返魂。利源窮鼠雀，民命賤鷄豚。風氣三吴弱，身家念尚存。

逍遥游飲茶歸柬養浩

詩筒往復懶遵從，西麓茶澆磊塊胸。鄰寺鐘殘花雨寂，水村麥熟爨煙濃。湖山嘯傲消長日，稼穡艱難愧老農。想見高齋擁書坐，偶看夕照望辛峰。

晚步

細雨初過處，疏林獨立時。鳴蛙潛水草，倦鳥戀風枝。物性皆難遂，人心各自私。青山欲長往，辟穀少靈芝。

題張嗣初所琢硯

爲割端溪雲，更礪昆吾鐵。冥冥負故人，未能書墓碣。

得明張寅所琢山水硯，側刻徐俟齋詩一絶，和原韻

寅字省卿，吾邑人，在明中葉以琢硯名

片石開畫圖，江樓映秋樹。有田如可耕，我欲移家住。

易得此硯時，天下正多故。一讀高士詩，隱居良不誤。

蘆花

不與群芳伍，相依淺水涯。天寒漁煖酒，秋老雁爲家。有節堅慚竹，無香强號花。誰能製衣被，實惠比桑麻。

題李楞莊臨蔣文肅折枝長卷，和吳翁兩先生韻

吾虞畫史等量沙，惟有青桐號大家。喜得龍眠老居士，緑豪臨出數枝花。

翁吴遺墨重蘭亭，字字明珠發古馨。二老昔年曾侍坐，細論八法我能聽。

成伯以手拓古陶器索補紅梅，並題補空

吾宗手拓古陶器，文字刻露同吉金。爲插紅梅幹生鐵，中有冰雪羅浮心。人間浮名安足道，居爲遠志出小草，不如好古作遺老。此器貯酒一石多，任他平地翻風波，一醉千日奈我何。

養浩示西郭外看桃花詩，戲廣其意和之

西山下谿似若耶，溪邊縵爛多桃花。臨溪茅屋三四家，種桃爲業餐流霞。我來看花坐綠莎，小舟歸泛臨河槎。人言桃花多薄命，我愛桃花含佛性。色雖艶冶氣凝净，又如美人臨曉鏡。恨不教梅共棠聘，使其枝葉日繁盛。漁弟與我能同心，把臂共入桃花林。桃花深處横素琴，一鼓流水高山音。何必武陵溪上住，此中即是桃源路。與君同作桃花歌，青笠綠蓑唱歌去。

題《婁東十老圖》

十老明遺老，留名不紀元。星還聚東井，圖似集西園。氣節山林重，衣冠齒德尊。未能共游釣，我獨惜梅村。

自題《品硯圖》 王一亭畫

硯材世多石不同，端溪之石爲正宗。平生硯癖苦難療，愛青花石逾黄琮。膩如春雲潤秋水，資質純粹以人比。相石尚易知人難，交臂恐失天下士。王郎倜儻爲寫圖，譽我直擬眉山蘇。古人才大吾豈敢，一笑磨墨還鈔書。

甲寅重九

危時蒿目意悲涼，欲插茱萸鬢髮蒼。萬里烽煙迷渤海，九秋風雨失重陽。登高有地憂難寫，治亂無人歲又荒。閉户孤吟度佳節，東籬辜負菊花黄。

青島

青島今如虎負嵎，六千人外死何辜。砲飛霹靂摧村落，民避兵戈泣路隅。三窟儲糧空狡兔，兩軍腐肉啄飢烏。降幡一竪金湯失，此地能還舊主無。

歐州

歐州兵禍日相尋，誰説西方有佛心。血溢重洋鯨跋浪，灰飛華屋燕巢林。驕盈極處天陰罰，機巧窮時地陸沉。鐵鑄勛章酬戰士，直將泥土視黄金。

静圃看菊，止非示詩，和韻

難得滄桑以後天，招邀飲酒菊籬邊。地當水竹花尤好，人處山林節易全。白髮朱顔同一醉，奇葩異種各争妍。清罇且共歡今日，烈士何須嘆暮年。

龐氏銅鼓齋宴集，和止非韻

不學蘭成賦小園，數枝霜菊耐人看。花前更覺詩情好，醉裏渾無俗事幹。吾輩及時窮饜飫，世間隨處有飢寒。何當金石重開會，藉振哀鴻結古歡。

黄小松所鐫鵝研在乾隆甲寅十二月甲子三周，詩以壽之

年歷百八十，歲逢三甲寅。虎難畫真相，鶩可結比鄰。鵝鵝聲猶在，硜硜質不磷。南溟化鵬去，貞石壽靈椿。

題神驥研拓本

端溪研刻千里駒，如見韓幹所畫圖。世間真有此神驥，騎踏滄海驅天吴。精良楮墨氈蠟拓，笳鼓不聞破陣樂。伏案猶鈔黄石書，時望房星降山嶽。

養浩示逍遥游看雪之作，呵凍筆和答

吾家近水樓，正對逍遥游。立春三日忽大雪，青山玉琢光耀眸。平視西麓數椽屋，應有啜茗持冰甌。時公披裘裹巾幘，篼輿安穩勝蠟屐。登高一望千里白，寒鴉翻影人絶跡。彼此相去咫尺耳，清興雖同異行止。大鵬培風背負天，公游無乃類於是。新詩灑灑冰雪寒，六出花尚飛豪端。愧吾閉户不出觀，幾疑僵卧如袁安。讀公詩畢笑仰屋，年豐人壽可預卜。萬衆熙熙咸鼓腹，春約探梅秋賞菊。

人日出郭應王季玉之招，養浩過訪不值，賦詩示我，原韻和答

新雨招邀麗日天，愛書畫勝得魚筌。忘開花逕迎三益，坐聽松濤沸一川。促膝更當談款款，聯吟常共樂年年。檐端玉茗朝霞似，約看還期致錦箋。

養浩來看玉茗賦長句見示，和韻答之

三友相依度歲寒，玉茗、松、柏，予稱爲『歲寒三友』。春來差喜各平安。滄桑歷劫同嘉樹，金石論交結古歡。舊雨屢將佳句至，朝霞聊共落英餐。願花長好人長壽，翠柏蒼松一樣看。

遯漁、鄧尉觀梅，漁弟賦詩送之，走筆奉和

鄧尉鄉人善種樹，樹多花果盈萬千。梅花尤多不可以計算，衣食於是猶種田。早春梅盛開，一

白浮雲連。此地舊號香雪海，看花人駕烏篷船。城南遯漁發清興，結伴鼓櫂衝寒煙。粤中舊游一回首，恍在大庾嶺上羅浮間。地僻鄰太湖，望見湖上山。湖光晶晶接花氣，飽飲沆瀣同飛仙。疑是天公玉戲，亂擲璧與環。又疑佛氏幻出兜羅綿，偉哉造化豈妝點，真元一氣成奇觀。寒香此間盛，雨露非有偏。郭橐駝具調鼎手，花多結實無荒年。漁弟送兄賦長篇，有如三弄瑶琴絃。翠羽啁啾縞衣舞翩躚。詩中有畫即是躋勝具，卧游梅花世界冰雪蕭寥天。

題李今生《新柳鳴禽圖》

新柳集鳴禽，寫生側釐紙。一傳重南雷，千秋奇女子。《李因傳》見南雷文定。

端溪硯留像，倚檻獨沉吟。不及枝頭鳥，雙棲直到今。葛無奇以錐畫今生像於硯背，今生自題詞，極悽苦。此硯予所藏。

自題《洗硯圖》

缶廬寫

帝鴻玉紐不可見，世上沉埋幾端硯。琉璃匣破象管殘，墨花斑駁涬妃面。不同璧碎幸瓦全，來與吾結文字緣。蓮房削青軟吴綿，在山尚有清泠泉，以之洗硯硯病痊。硯古不知出誰篋，歷過滄桑幾千劫。寫經應换道士鵝，摹帖曾畫滕王蝶。端溪水巖舊有名，雲霞髓結山岳精。良工昆吾刀發硎，方圓規矩隨其形，供人臨池傍書城。自從流落遭市賈，佳品如韓羞噲伍。磨錐幾共擣衣砧，塗煤日書會計簿。如今生面重爲開，塵垢净盡精神來。研神有知定含笑，華清浴潤凝脂腮。缶翁妙筆兼詩材，喬松叢筱近水栽。平頭奴子年尚孩，臨流捧硯蹲蒼苔。我今洗硯全硯德，安得人心盡堅白。湔滌舊污見遺直，治隆三代吏無墨。吁嗟抱此願竟虛，百硯拓廿存型模。大著作家何代無，上治安策平準書。一復古學恢皇圖，歌賡擊壤時唐虞。

養浩示陳家浜看花詩，和原韻

養痾不出户，春寒弄春陰。讀君桃花詩，如游桃花林。未見花到眼，已有花在心。字發雲霞氣，句含山水音。人生亦何苦，感昔兼傷今。新晴約上巳，花下同開襟。

上巳出郭

梵唄山嵐外，花香水郭西。人隨羅綺集，性爲鬼神迷。風俗成佳節，舟航接大隄。春游各行樂，時事不須提。

鬼車行

乙卯三月上旬夜分，風雨淒晦有聲，如詩所紀，百里内外皆聞之，或曰鬼車鳥也

黑夜怪聲雜風雨，啾啾唧唧無定所。盤旋空際略不停，有如鷄雛群聚鳴。或云此是鬼車鳥，爍人魂氣使人夭。厥性陰賊狀可憎，羽毛豐滿能飛升。環生十首恣饕餮，天狗咬一血常滴。世間醜類何其多，大禹鑄鼎難盡羅。汝其么麽一羽族，妄想騫騰飛食肉。妖狐九首蛇兩頭，雖爲毒害潛荒邱。虎狼磨牙人果腹，亦只隨時作威福。我生坦白萬念空，吉祥不信何論凶。不見不聞任來去，滅燭酣眠天已曙。

書研拓付俞氏甥

世變滄桑研共經，但書甲子自鐫銘。一椽老屋藏貞石，竊比遺山野史亭。
無忌當年曾似舅，吾甥好古亦同吾。拓成百幅浮妃影，付與收藏當畫圖。

研拓裝成題册首

學書字不成，蓄研石都好。安得煮爲糧，天下人盡飽。煉無女媧爐，銜乏精衛鳥。補天填海心，未遂年已老。氈蠟付拓工，作意非草草。側釐紙百番，浮妃影窈窕。歲寒聊自娱，舊學藉可保。治安策非時，筆秃墨枯燥。笑彼野史亭，空山自屬藁。玉紐思帝鴻，何時見王道。

三月二十日觀競渡，鄉社所賽之神張睢陽、李烈士也

畫船簫鼓一番新，吴俗遺風尚鬼神。唐宋千秋忠烈士，湖山十里綺羅人。危時點綴承平景，僻地銷磨浩蕩春。誰説東夷事方亟，落花飛絮任迷津。

得端研，精雅渾古，背刻和軒氏銘四十字，無年月可考，題一絶句

和軒銘研辭豪雋，翰墨緣深我得之。書畫未能誇腕力，八荒吞吐且吟詩。

得明遺老金孝章銘研題一絶

應銘此研寫寒梅，幾度滄桑歷劫來。名氏摧殘重洗認，一般身世尚憐才。

遯漁以漢鼎拓本屬補花，畫竟題一詩

山中春來花信早，蕭齋清供顔色好。漢代吉金文字精，鎮日摩挲可娱老。一椽屋大天地小，窗外提壺喚啼鳥。不知世有鶴乘軒，紅塵十丈長安道。

題畫梅 此十年前爲徐雯青丈代作，偶然檢得，補録之

招真道院走狐兔，六朝古梅化龍去。我携玉笛月下吹，喚起冰魂出煙霧。空中摹寫筆花吐，老幹屈曲生鐵鑄。懷古幽情托豪素，俯仰千年猶旦暮。何時招得縞衣仙，補種寒香三百樹。

得研，首琢流雲華月狀，側刻五鳳樓印，背有李檀園銘，題二絶

鳳已去寥天，樓名研上鐫。邵家五兄弟，文學重當年。

此研稱精品，檀園舊有銘。雲中眼如月，對我亦常青。

題吕晚村手琢研，黄太冲銘，側刻『赤亇　秘玩』四字分書

曾入玉芝堂，猶留古墨香。南雷天蓋後，誰敢著文章。赤亇，邵氏，有《玉芝堂集》。

題宋黄文節像硯 郭士雲畫。郭，閩人，號漳緑，清初時以畫名

文章獨立萬物表，面目長留片石中。安得重生郭漳緑，更圖坡老伴涪翁。

喜雨吟

高田無雨泥硬鐵，三農力盡鋤頭折。烈日炙背背皮裂，踏車戽水河水竭。再遲十日良苗枯，瘦牛同作溝中瘠。皇天知時降甘霖，如珠如玉如黄金，點點滴滴平人心。秧田回緑桑結椹，豐年可卜消災祲。千錢不易一斗米，若再荒年難救濟。米價平時内亂銷，人不飢寒乃知禮。天視中外同一體，不久當將甲兵洗。風調雨順世太平，要使人皆信天理。

壽王巖士 君善醫

喬松生澗底，終比蓬蒿長。志士隱方技，濟世有熱腸。不見玉峰老，懸壺寓吴閶。曾飲上池水，人見垣一方。著手起廢疾，醫較和緩良。昔年挾書策，秋踏槐花黄。十試不一第，鎩羽如孤凰。儒宗聘圭璧，髦士羅門墻。皐比擁講席，説經聲鏘鏘。麟門日月蝕，人道隳三綱。金甌倏撞破，南北成參商。閏位得統一，大義春秋亡。斯時避墻東，不使舊學荒。賃廡泰伯里，賣藥同韓康。回首望故鄉，百里一葦杭。内憂雜外患，原氣日以傷。安得醫國手，貧弱轉富强。玉山桃正熟，橘井泉尤香。釀作千日酒，爲君進壽觴。涼風北窗卧，陶然夢羲皇。

王東墅以昔畫《折桂圖》小像屬題

王郎年少氣凌雲，攀桂蟾宮祝狀元。今日何須論科第，青衫翻比紫袍尊。
星移物換老遺民，各體能書筆有神。應是如來最高第，笑拈金粟悟前身。

寄懷缶廬

時局艱危多逐鹿，吳雲寥闊兩冥鴻。無聊眼對長空白，垂老顏争夕照紅。書畫公能妙天下，林泉我合住山中。蕭齋談藝清樽在，未卜今生得再同。

同心蘭歌和養浩暨寄漚夫人之作

並蒂蓮在沼，連理木在林。耳聞終不若目睹，幽蘭今見開同心。梅花琴主意超妙，閒居妙鼓《猗蘭操》。移來空谷已數秋，驅除蜂蟻如防盜。寒燠燥濕調以時，蘭芽愛護逾嬰兒。精神貫徹花亦知，一盆勃發廿四枝。中有一朵開九瓣，狀似蛺蝶聯雄雌。紫莖緑葉相葳蕤，化工奇巧非人爲。王者香倘落俗手，姬姜憔悴幽嫻姿。天人感應原一氣，家庭雍穆花呈瑞。湘纍空製芰荷裳，未得此葩紉爲佩。露未晞朝陽，筆硯含清香。聯吟對花坐，文彩雙鴛鴦。愛花應舉看花觴，伯鸞白首同孟光。靈臺方寸結不解，國香長媚人壽康。我慶奇花得賢主，不但同心還解語。雙聲譜入冰絃中，却勝劉樊是仙侶。尤願四海俱同心，西域曼陀花亦與。

題鵑花石頭爲陳伽盦

賸水殘山夕照昏，悠悠身世老衡門。無端勾起興亡感，彩筆招來蜀帝魂。
杜老曾經拜杜鵑，鳥啼花落自年年。何當去訪三生石，小坐同參畫裏禪。

風災行，同養浩作

五日一風十日雨，風不鳴條聞上古。如今水旱災頻仍，更有風災民受苦。颶風挾雨如怒潮，天柱撼震地軸摇。廣厦飄萬瓦，滄海翻千艘。樵桷帆檣一時倒，水陸鬼哭連人號。江浙兩省損失尤不可計算，幸未殃及禾田苗。是時乙卯六月十七日，入夜雲漫天黑漆，我時閉户不敢出。老屋墻欲崩，摇摇棟將折。倚檐松柏尤𡾟𡼡，恐化蛟龍巨根拔。奚僮漏移牀，傭媪禱誦佛。只愁到明朝，混沌不得活。天明啓關望，敝廬幸無恙。古樹三四株，蒼然屹相向。天或憐我愚，屏翳亦見諒。城東新造屋，坍塌怨工匠。遥想海邊村，淒涼不堪狀。粤東遭水火，風暴能免不？湘鄂多蝗螨，應捲歸江流。時艱蒿目愁復愁，身世大海飄虚舟。惟有頤和三海無此災，千秋壯麗逾蓬萊。黄金布地白玉裝樓臺，中有一人容與而徘徊，披襟當風曰快哉。自謂雄風亦如是，繼漢高歌思猛士。受此殃者不過蔀屋一分耳，振濟惟須一張紙，時和世泰從此始。

養浩以鷄哺蕈湯見遺，賦謝二首

故人知食少，野蔌佐登盤。鮮勝花猪肉，良非白馬肝。清腴寧有毒，諺云，無毒不生蕈。珍重勸加餐。

多事何曾輩，常稱下箸難。

溪山雷雨後，天地氣蒸成。味得中和正，心因淡泊明。養生憐物命，推食見交情。僮僕沾餘瀝，魚蝦慢作羹。

古松風折一枝，唁以長歌

我家有此數百年之古松，蒼茫獨立元氣中。霜皮鱗鬣如白龍，拏雲嘯月矜直躬。立秋前忽吹狂風，虬枝倒折青葱蘢。無乃金母妒木公，驅使飛廉挾豐隆。揚威肆虐排鴻濛，孤高勁直世莫容。幸依我祖與我宗，斧斤得免戕國工。如今似人刃傷肘，本根未撥仍老壽。與我長爲歲寒友，無續絃膠補天手。折肱良醫世希有，撑拄乾坤心不朽。豈肯隨風學楊柳，長歌屬爾一杯酒。度此一劫永無咎，更爾號曰支離叟。莫謂天地不仁，以萬物爲芻狗。和我宵吟怒濤吼，松如有知對我應點首。

蛻盦來訪贈之

小叙又言別，飢軀百不宜。澂懷惟好學，餘技亦良醫。切脉兄除病，趨庭父變慈。悠悠世衰薄，喜爾古人師。

蛛

晚晴高結網，蚊蚋正喧喧。望裏群蜚小，中央獨坐尊。飄摇避風雨，籠絡度晨昏。只恐飢烏集，軀微不足吞。

乙卯七夕

繁星嘉會鵲橋填，離合悲歡各一天。碧血河山争戰國，金盤瓜果共和年。曬書孰具匡時策，織錦難償送聘錢。乞巧不如還守拙，明朝銀漢隔神仙。

重題朱氏《楓江感舊圖》

斯圖題有幾人存，拭目重看舊墨痕。想見寒煙疏雨裏，新詩多少唱秋墳。

千門萬户都零落，何況君家一草堂。今日披圖感身世，蕭蕭華髮歷滄桑。

題《楓江感舊圖》

廿七歲時作，當日未留稿，今朱别駕之子伯賢出示此圖，因補録之

草堂遺址吴江頭，江水無情日夜流。誰識舊時使君宅，斜陽一片秋蕪碧。啾啾飢燕啄玉花，似訴當年恨於邑。當年買宅千萬餘，數弓地築陶潛廬。暮看丹楓酌清酒，朝對青山讀異書。繼起風流玉堂客，長揖歸來事泉石。桃源鷄犬日月長，優游世守先人澤。虞陽兩世爲壻鄉，蛛絲網

壁留空堂。夢裏時來舊庭院，花落無人春夜長。黄巾南下煙霾毒，草堂成灰野狸哭。至今展卷圖畫中，猶是江干數椽屋。桑田滄海須臾閒，奚須對此徒感嘆。經營堂宇立如舊，手芟荆棘栽琅玕。堂中絲竹作高會，載酒當來花下醉。

白鷄

雪衣絳幘尾涎涎，雖是微禽五德全。養汝不曾虚食粟，午嘑唤起曉催眠。
安分棲塒遠市塵，牛刀未割幸全身。肯如不舞羊公鶴，僥幸乘軒亦傲人。

納涼口占

樹障虚檐月半輪，清風不著汗流身。蜘蛛空結彌天網，蚊蚋飛來更惱人。

婦病

婦病秋涼夜，呻吟劇可憐。人依燈影瘦，心共藥爐煎。垂老家多難，無醫命靠天。更愁我樗散，運蹇得長年。

養浩借讀龔大章《野古集》，效其體書後

故人知我好絃誦，明初逸老詩吾共。野古之名良不虚，格調超然邁唐宋。當年走避靖難師，不

殉節亦不爲用。羅張四海鴻冥冥，賣藥授徒佐清供。五百年又經滄桑，勸進人將獻歌頌。異昔天下歸一家，春秋大義乖正統。吾儕守拙甘蓬蒿，狗苟蠅營愧徒衆。西山秋爽照簡編，如百鳥喧出鳴鳳。天地翻覆人事非，枕借邯鄲争作夢。武臣幾輩能知書，不負金川門一慟。

乙卯生日

降年當戊午，秋半月將盈。爲我作去聲生日，寒蛩落葉聲。守株松結友，癖硯石呼兄。更有冬心在，青青桂樹榮。

乙卯中秋感賦同養浩作

中秋又是一年逢，對月心情各不同。洪水爲災方待振，纖兒賣國欲争功。香花供幸酬佳節，冰雪光難洗熱中。俯仰乾坤感身世，唾壺擊缺和寒蛩。

松下居士新陽趙仲宣詒翼挽歌

天水宅有羅漢松，松下居士人中龍。一朝仙游别松去，松亦惜别號悲風。此松曾歷紅羊劫，劫後重長青青葉。盤根錯節賊刃傷，居士時時撫松泣。當其父母避難時，潛伏屋上松庇之。賊來伐樹人去遠，感松大德如佛慈。與松相依幼至老，歲寒有心期共保。松下奉母過八旬，願與貞松同壽考。禾油麥秀身蓬蒿，人爵未得天爵高。孝子節士兩不愧，青衿白首懷前朝。小人道長君子消，維摩示疾琪樹凋。萊衣未脱玉棺降，自傳自挽真無聊。我家松柏亦多壽，玉茗花兼號三友。孤露餘生痛鮮民，中年無父幼失母。聞君至性世希有，臨終猶執哀親手。閨房不入十餘年，襆被慈闈常左右。再讀遺著悲天倫，負手松下歌招魂。魂兮招來不相識，化鶴哀唳愁秋旻。莫言庸行何足算，萬古綱常關治亂。何年宣付國史館，編入先朝獨行傳。

婦病一章柬養浩，並謝醫藥之惠

吾家丁厄運，累婦抱隱憂。隱憂口難宣，肝胃自相讎。五年積來久，病發當涼秋。金盛乃尅木，木横金更遒。烈焰熾燒膈，亂棘叢刺喉。上吐而下瀉，日夜苦未休。有如一室中，同氣操戈矛。投藥水沃石，氣逆痰百甌。旁觀不相諒，事擾火沸油。從此病日亟，命幾同蜉蝣。幸我金石交，醫學潜自脩。憐我心如焚，方劑力冥搜。對證始發藥，功效漸以收。起死肉白骨，惠重逾山邱。能愈吾婦病，即爲吾添籌。艱難見交誼，薄俗有此不？當年厥配病，愧未忠爲謀。念兹汗沾背，自問多愆尤。朋友五倫末，雲天誼還留。豈無骨肉親，其道反在偷。吁嗟不忍説，悒鬱垂白頭。

夢醒

玻璃明小窗，梧月映清光。北斗垂孤枕，遐心入大荒。鳴鷄驚夢短，黠鼠喜宵長。安得驅群動，六時恒吉祥。

功成行

功成誰言不受賞，蹈海魯連已長往。堯舜可爲竟不爲，乃欲悍然爲操莽。金匱誓書墨未乾，山河一擲宜僚丸。乾坤從此更多事，秦帝猶能傳二世。

乙卯重九寄昌碩

無興登高但閉門，艱難病婦守晨昏。遠懷舊侶專修札，爲報靈方得返魂。白石英煎蓮子盞，青山酒負菊花罇。老來情重粗豪減，雲夢猶思八九吞。

感事

空有承平願，又逢多事秋。朕將稱狗脚，侯欲著羊頭。衮冕新章服，戈矛舊寇讎。銷兵翻鑄錯，聚鐵在幽州。

孤鳳引 弔元和相國

鳳兮鳳兮德未衰，朝陽鳴瑞摩天飛。非竹實不食，非梧桐不棲。當年曾到夔龍池，文章五綵耀羽儀，百鳥啁啾競相隨。天崩地坼丹穴破，幾與鷄鶩同愁飢。鷹鸇燕雀並得志，一瞑不視畢身世。應化精衛木石銜，難填東海成平地。吁嗟！鳳兮鳳兮無愧長百禽，千秋傳爾金玉音。非時一出麟被獲，鳳豈甘棲惡木林。

友人收得拙畫殘荷屬題

粉墜蓮房杜老詩，重看已是鬢成絲。瑶琴聽罷燒紅燭，二十年前作畫時。

得錢曉庭聚朝臨蔣南沙折枝長卷題二絶

不摹㩗石仿南沙，畫法原來是一家。探得心源師造化，彩毫五色散天花。卷首有印曰：『外師造化，中得心原』。

雖然臨本有真傳，一卷徐黄賦色鮮。我愧青桐舊鄰舍，蛇神牛鬼野狐禪。『蛇神牛鬼』皆南沙原跋中語，余東鄰南沙舊宅。

晚步山麓，惘惘成詠，柬養浩

夕陽下高樹，秋色滿西城。地自饒泉石，人多重利名。互鄉非樂土，小隱畢餘生。賴有聯吟者，猶堪慰我情。

題松禪居士臨倪鴻寶山水卷四絶

文恭在中年，臨此文正畫。異代有同心，千秋發長喟。

謹守雲林法，畫山不畫人。茅亭依老樹，何地著孤臣。

忠謀託空言，論兵與籌餉。憂國漬淚痕，淡墨運心匠。
見危能授命，被逐更憂時。易地皆如是，當爲論世資。

自題《品研圖》

缶翁吾老友，爲寫《品研圖》。圖中一老人，趺坐頗類吾。平生性博爱，金石詩畫書。行年將六十，兀兀慚守株。阽危值家國，身是憂患餘。閒居弄筆墨，尺幅時亂塗。堅貞慕端石，温潤儕璠璵。洮河及龍尾，亦細如兒膚。澂泥類處士，野逸山澤癯。是皆席上珍，可比君子儒。積研日漸多，箧置室一隅。資質各不同，形式尤多殊。人物與山水，鳥獸瓜果蔬。當年幾良工，雕琢刀鋸鋙。陳立几案上，令我心神愉。素净亦可喜，渾樸不厭粗。銘辭仿鐘鼎，珍重同奇觚。一一品高下，不愁爽錙銖。賤似磨刀砧，貴於照乘珠。黛石真能言，諒不憎毀譽。反覺月旦評，好惡言多虛。玩物誠喪志，聊藉以自娱。蒲團坐静觀，方寸還唐虞。如今遭變革，世途益崎嶇。閉門日弄石，全我清白軀。我藏信國印，天祥『宋瑞』之章，銅印。正氣充寰區。安得玉帶生，招徠爲吾徒。《春秋》義雖廢，尚有筆可誅。各研盡羅列，揮灑得自如。故人何日來，共賞傾玉壺。乾坤將毁壞，誰可隻手扶。品研亦何爲，旁觀笑胡盧。煉之天可補，願置媧皇爐。

苦雨吟五章

日夜雨滂沱，水爛田中禾。禾爛麥難種，明春當奈何。

家家買秧籖，村村撩水稻。濕稻挂竹竿，白波漾青草。

雨吹東北風，天不放晴旭。待到西風來，綿袴無錢贖。

蓑笠涉低田，沾足復塗手。春夏雨水調，唱歌倒村酒。

水災歉收成，妻孥尚寧宇。西洋大戰争，晴空飛血雨。

初冬展先墓

艱辛家事强支持，地下先靈實鑒兹。黄葉丹楓殘照裏，一年兩度獨來時。衰門不振難逃責，生壙營成擬葬詩。歸骨自憐終有日，延齡何用九光芝。

聽雨

初冬苦陰雨，禾爛麥亦絶。淫雨酷刀兵，殺人不見血。聚斂政益苛，箕口萬饕餮。下民有何罪，種欲隨國滅。檐溜徹朝昏，水漲似河決。空倉愁鼠雀，荒畛横魚鱉。夜深倚燈坐，身世憂更切。黄葉猶戀枝，瑟瑟如下雪。如聞破屋中，飢寒泣嗚咽。

題阿翠、李因像研合拓

翠著湘蘭題，因重南雷傳。山川鍾毓靈，千秋兩名媛。片石鐫真形，淬妃共清玩。爲賦玉臺詩，脂香發柔翰。

題玉溪、山谷像研合拓

唐宋兩詩人，大名重山斗。其源出杜陵，揚鑣分道走。可憐令狐客，不及東坡友。真像端石鐫，千載同不朽。揮豪發長吟，如靈運吾肘。遥遥尚友心，寶兹勝瓊玖。

題神驥、雙鵝研合拓

韓幹之馬羲之鵝，藝林嘉話同不磨。昆吾刀刻勝筆畫，真硯不損稱東坡。一紙寫經豈肯换，千金買駿誰云多。墨本拓出子細玩，還把雙璧重摩挲。

題澂碧、秋樹二研合拓

天地翻覆傳甲申，高隱合住黄葉村。琢硯未及三百載，改革又見新乾坤。俟齋朱綉皆遺民，畫圖題句筆有神。作詩我繼二公後，藝林權當桃花源。

題井牸、五銖研合拓

忠端二子皆軼倫，流傳端研堅貞珉。一參史席一避世，鷓鴣無愧明遺民。晚村手亦老斫輪，可與鷓鴣爲弟昆。南雷作銘字字血，儼然孝子而忠臣。兩研有緣落吾手，可以爲師可爲友。世人但重阿堵物，此五銖錢難買酒。飯牛鑿井賤村叟，人棄我取笑開口。石友之名庶不負，墨耕石田百餘畝。天禄錫我亦良厚，非但千秋名不朽，拓本能令金石壽。

題雲月、蟾蜍研合拓

雲開見明月，雲月高在天。月中三足蟾，下飲山澗泉。兩硯有如出一手，核之銘字已歷三百年。圓月不缺蟾不死，龍賓墨拓側釐紙，紙白如雪題新詩。乞姮娥藥更餌千歲芝，令我顔色還嬰兒。畫如顧陸書羲之，檀園之銘何足奇。

又題阿翠、李因研拓本

章臺柳閬苑，花品地不同。同才華香名，艷跡幾淪落。精氣入石天難磨，如今兩美歸一家，結翰墨緣樂無涯。左宜右有作韻友，笑他金屋藏嬌娃。蘭煙拓像呼欲出，應憐我老髮已皤。支機更向織女覓，思泛貫月銀河槎。

題吴江金氏《風雨勤斯圖》

烽煙才熄起風雨，鴟梟毁室毒豺虎。煢煢母子泣相持，對簿公庭雪冤苦。覆巢之下卵幸完，課讀夜佐熊膽丸。保孤保家節孝全，節母心比金石堅。飲冰茹荼逾八秩，令子成材孫繞膝。艱危辛苦當年情，雖有丹青難畫出。流芳萬世吴江寒，思親淚染楓葉丹。墓門碑樹瀧岡表，夜夜慈烏叫霜曉。

題歸杏書《天慵讀書圖》

藏書滿高閣，福地比嫏環。此福真難得，休看作等閒。
太僕家風在，文章有正宗。剛柔玩經史，遠紹古賢蹤。
高擁百城坐，勝於南面王。讀書期有用，我已誤詞章。
晷短焚膏繼，拓開萬古胸。少年須努力，何事署天慵。

予得朱衣、鷓鴣、俟齋、南雷、晚村五先生研，養浩爲作《五君詠》，冗未能和，先作一詩奉報

明季有遺老，端研銘未湮。讀公《五君詠》，似勝顔延年。筆致真古穆，遠在唐以前。朱衣與鷓鴣，似佛亦似仙。南雷與晚村，均以文章傳。俟齋隱澗上，有口不言錢。作畫易薪水，驢負臨市廛。五君念故國，氣節高雲天。豈肯仕新朝，比貳臣之肩。糞土視軒冕，忠孝思古賢。我並得

此研，遺老有五焉。視之若師友，與參詩畫禪。未忍頃刻離，晝玩夜抱眠。時又遭鼎革，王道難平平。天缺未可補，地陷未可填。草間愧偷活，磨墨吟蘭荃。檢以付氈蠟，奉公粉壁懸。冬去春當回，豈必長歲寒。共學杜陵叟，空山拜杜鵑。

檢藏研遺悶並寄缶廬

斯文久不合時宜，煮石荒年足療飢。君不遠來誰其賞，玉蜍滴水祭涬妃。

戲題畫貓

碧眼烏圓出墨池，錦茵初見睡醒時。世間黠鼠憑城社，作横欺人爾未知。

又戲題畫貓

貍奴食多魚，一飽腹如鼓。園林日游嬉，爪牙利猛虎。畫當金危危，謂其能辟鼠。試懸太倉中，粟耗仍幾許。

得研微損，左側刻晚村銘，以其手札核之，知爲吕氏也，題拓本

日炙霜淩雨氣蒸，遺民傲骨見崚嶒。夜深未敢重磨墨，恐有殘魂餒魄憑。

井㸌先歸我研林，石交今更助長吟。摩挲雙璧悲身世，仿佛當年一片心。予前得黄梨洲銘井㸌研，亦晚村琢。

獄成文字燎鴻毛，書札流傳劫火逃。鐵畫銀鈎同一手，應將此研試揮毫。

徐芥龕畫册書後

我當少年時，讀書喜結友。跌宕翰墨場，未肯作牛後。其時當中興，江左人文藪。畫社結虞陽，硯田潤千畝。詩詞與書畫，談論不去口。性僻少許可，聞者掩耳走。徐君友之一，與我意良厚。填詞協宮商，作畫掃塵垢。畫景喜蕭索，禿筆如埊帚。遺册十六方，作意期不朽。丹青奪造化，得心復應手。造境窮幽奇，一一心血歐。末幅寫家宴，有子立斟酒。元宵人月圓，春意逗梅柳。人生詎能料，觀化未白首。題詞墨猶新，見之愴然久。令子請我題，瑰寶勝瓊玖。不愁化煙雲，世世永保守。我年長於君，明歲五十九。有畫待糊窗，有詩待覆瓿。羡君後起賢，勝我得長壽。雖多金石交，亦已成老叟。他年何可思，太息君知否。時艱又蒿目，當國人筲斗。起望西南天，雷轟墮天狗。

題傅青主先生與其子眉真手研，即和其題研詩韻

先生詩文豪，西北遺民首。一研傳壽髦，即此可裕後。至今論節俠，讚嘆不容口。遍地多創痍，難起醫國手。

題蔣文肅琅玕研拓本 研有青桐軒印記

文獻名家康熙時賜額留一研，畫禪相業白雲高。青桐枯死琅玕在，誰斫長竿釣六鰲。

有人以烏目山僧畫《江干送别圖》屬題，漫書一絶

風景不殊多感慨，山僧惜别共徘徊。人生聚散尋常事，當向昆明話劫灰。

垂老

憂患垂垂老，牢騷咄咄吟。但多雙冷眼，難得一平心。世事艱逾昔，人情險到今。卌年耽舊學，悔作蠹書蟫。

趙邑侯解組歸田，即和其自題詩卷韻送之，養浩、初我屬同作也

我居言子里，文學爲師資。平生别無好，閉户惟吟詩。賢侯將去國，自賦絶妙辭。吾邑號富庶，荒歉民已疲。爲政不尚猛，元氣培養之。循吏宦不達，如李廣數奇。痌瘝雖在抱，時艱苦難爲。拊循僅歲餘，强項强自支。有懷舊松竹，栗里高風追。惜未得借寇，詩代碑去思。鴻鵠志千里，墨綬安能羈。五言聊奉和，敢道攻偏師。

新年寄昌碩

回思三十年前事，君是中年我少年。幾輩青山埋白骨，隨時滄海有桑田。花花世界烽煙外，草草光陰筆研邊。待到元宵看燈去，得閒且作地行仙。

感事

妄將乾卦演初爻，向背人心異漆膠。阿閣風霜棲凍雀，昆明雷雨起潛蛟。三軍自有桑中喜，四皓空言世外交。封禪書成病司馬，幾曾黄屋出春郊。

題清涼居士《靈隱新亭題記》拓本 四十字作顏體，其子彦直書

西湖歌舞慶承平，刻石新亭喜建成。可惜中原好山水，更無韓氏一題名。
當年名媲岳少保，有子書如顏魯公。一例冷煙荒草裏，欲携樽酒弔英雄。

大星行

元宵才過月尚圓，大星如月西南天。光芒四射戈矛銛，或云分野當黔滇。滇軍倏起窺西川，入蜀不愁行路難。華林園中夜搔首，應勸此星一杯酒。萬歲天子古未有，射欃槍無挽强手。又恐熒惑入南斗，他日倉皇下殿走。大星安得爲景星，世界共和長太平。

品研第二圖題付玉可

品研第二圖，付吾仲爲記。一石化兩形，即此表同氣。心堅比貞珉，磨涅亦不異。珍重示後昆，鴒原篤親誼。

江南春

江南春到多風雨，玉尊珠勒嬉春侶。曲歌得寶窟銷金，草種忘憂花解語。江山大好誰爲主，六代繁華賸離黍。萬紫千紅化塵土，吴儂空呼奈何許。

養浩送徽茶侑以新詩賦謝

新詩侑春茗，惠我勝嘉肴。烹以臘雪水，淡如君子交。白雲帶黄海，秀句壓寒郊。石鼎聯吟夜，共商推與敲。

病鶴杭州信來索詩却寄

爲擁臯比冷酒巵，客中近況我能知。獨游鶴子梅妻地，應有雲鬟玉臂思。宋代英雄尋岳廟，國風琴瑟講毛詩。三橋三月初三日，莫負家山祓禊時。

自題《研林六逸》卷子

以徐俟齋、傅青主、黄太冲、黄晦木、吕晚村、李是庵六研拓卷子，缶老首題篆『研林六逸』四字。各研之銘，關於父子、兄弟、夫婦、朋友，不屈二姓，君臣之義亦具，五倫全焉。前已作記，又綴一詩。

周有婦足十亂臣，六逸例此全五倫。史家列女既作傳，況以氣節存其人。身丁厄運爲遺民，滄桑目睹綱常淪。背時尚友不適用，好古何如談維新。

病鶴和前詩再寄

避世真同木石居，春寒寂寂閉蓬廬。問年身未如松老，論學心還比竹虚。鷗冷煙波尋舊夢，蠹肥塵篋檢殘書。多君猶念山中侶，和寄新詩一起予。

養浩送緑梅瓣，點茶可平肝陽，賦謝

妙手回春感寸衷，零珠碎璧又詩筒。冰霜味在三酸外，天地心含數點中。緑萼寒香蘇胃氣，青囊仁術奏膚功。寫生我愧無能事，玉蝶花多墮曉風。

倦漁以重摹王圃煙本《婁東十老圖》屬題

圃煙摹寫十老真，一卷又見身外身。星移物换再易代，讀畫猶識明遺民。儒衣僧服同隱淪，最老八秩少五旬。商山皓合竹溪逸，如睹漢唐千古人。地饒泉石人鳳麟，婁東水接琴川春。何當尚志慕前哲，寫入丹青德有鄰。

送春 丙辰四月四日

瓊筵無計可留春，留得殘春更惱人。紫蝶黄蜂分去路，落花飛絮盡迷津。重洋萬里尋壺嶠，一刻千金叙主賓。綉幕深遮芳訊杳，登墻窺宋有東鄰。

題紫藤畫

藤溪藤老不知年，花放香飄到酒船。題遍新詩圖一卷，令人惆悵憶松禪。鄰巷古藤翁，松禪先生爲寫圖並題，和者甚衆。又記。

研背鐫小像，自題二絶

遍地龍蛇起殺機，五噫歌罷掩荆扉。梅邊孤鶴差相似，道在空言戰勝肥。

未得從軍磨盾鼻，青花石潤玉蟾蜍。何當一擲填滄海，恐有人鈔勸進書。

冰山

冰山雖倒乏恩膏，野哭聲連鼓吹高。築有燕臺登債帥，鑄無禹鼎象時髦。循墻不待聞三命，殺士仍須假二桃。陰翳未開誰挽日，魯戈同室尚爭操。

木癭歌和缶廬同養浩作

缶翁得木癭，量不權升斗。陰陽結胚胎，乾父與坤母。風霜煉質堅，山澤聚精厚。遐想采取時，猿猱雜童叟。一朝遇工倕，磨光先刮垢。剖如比干心，漆異智伯首。勝却碩果存，器小虛能受。混沌竅鑿開，有蓋窒其口。凹凸紋波濤，屈曲篆蝌蚪。造物亦好奇，大美出至醜。雅玩供文房，拊滑不留手。韜以古錦囊，何慚配尊卣。豈似五石瓠，無用而遭掊。空説浮江湖，枵然大何取。龍蛇起殺機，萬物爲芻狗。刀兵水火劫，寶器輕敝笱。鬼神爲呵護，此物獨无咎。宇宙大廣漠，奇怪無不有。荒巖未開闢，古木蛟虬走。盤根錯節閒，纍纍遺八九。物有幸不幸，顯晦本非偶。以木比諸人，何異肘生柳。去此一贅疣，況寶逾瓊玖。翁今喜獲此，列之古缶右。待祝翁期頤，我來酌醇酒。俞君吾舊交，新詠脱科臼。長篇灑珠玉，數典探二酉。屢和瑶華章，千金享敝帚。與翁並直諒，斯世三益友。三壽合作朋，道義永相守。癭瓢以人重，金石同不朽。

題高江村研

原銘八分書『侯女即墨，封女萬石。以女爲田，可以逢年』十六字

銘署江村體八分，侯封研亦説承恩。星移物换乾坤老，莫問當年帝制尊。

苦雨

十日一刻晴，天漏不可補。神州將陸沉，胡又遭苦雨。六月如涼秋，衣袷忘御紵。蝸涎篆苔墻，蚓歌亂人語。檐虚溜懸繩，傘破點飛弩。笠屐負擔艱，朋舊往來阻。低田可行舟，新秧水底腐。叩門睹愁容，報荒來佃户。連年欠豐穰，無酒安論脯。甕米僅斗儲，炊煙每斷午。其奈功令急，徵糧吏如虎。自顧實不暇，何暇顧及汝。所望速開霽，微陽苗不苦。秋來有收成，石取斗四五。中國未統一，川粤動師旅。佳兵不祥器，人怨天更怒。餉竭民脂膏，同類誇尚武。蒼蒼爲垂淚，地少乾净土。江南萑苻多，村落無安堵。若再逢凶年，溝瘠那可數。人心苟光明，天意自和煦。僉壬弄陰陽，錯亂失時序。雷未誅祖乙，水不治神禹。滄海横流時，萬類愁失所。淫霖更肆虐，安得有寧宇。仰視迷高空，雲霧自吞吐。日月天眼睛，碧翁變雙瞽。烏兔逃何方，無乃避網罟。魚鱉隨蛟龍，揚波喜翔舞。陰霾撥不開，長劍空自撫。挂壁琴絃寬，指僵亦難鼓。天乎與人乎，空歌子桑扈。

十四夜對月寄缶廬

浹旬困陰雨，雨止月才現。月光裂雲出，林外垂匹練。有如素心人，久别忽見面。九霄萬里近，一刻千金賤。照我冰雪懷，月亦殊眷戀。凡物對於我，俱作有情看。况此玻璃魂，朗朗在霄漢。安得爲車輪，乘之游汗漫。

明季百一詩書後同養浩作

山房高詠仰崑崙，收拾殘編付聚珍。比例何妨參古史，初生亦可附遺民。五朝七十年中事，一卷三千劫外塵。滄海桑田今視昔，閉門同是苦吟身。

題許有介澄泥研

詩殿吾炙集，人傳米友堂。絳雲遜黄土，能歷幾滄桑。

古澂泥研面背均琢圭式，背鎸『錫山王氏仲山永用』小篆一行，側刻分書五言絶句，款『時敏』，蓋西廬老人所藏也，題拓本

小篆記仲山，分隸題煙客。玄圭錫其勛，侯國封即墨。爲考鎸篆時，時在明宣德。今垂四百年，堅貞壽金石。

永用只及身，歷劫乃歸我。緬懷兩王公，携對青山坐。青山長不老，研恐遭水火。我後歸何人，聽之緣法可。

丙辰生日親舊擬置酒爲祝，賦此辭謝

山中樗以不材全，枉過知非又十年。啖蔗無甘娱晚境，釀桃爲酒謝群仙。未來事更多於髮，垂老身難遽息肩。莫待涼秋作高會，添籌海屋變桑田。

白茆保嬰善堂微信册書後

吾聞古聖言，保民如保赤。況乃真赤子，何忍棄阡陌。墮地罹飢寒，生死在旦夕。推其父母心，骨肉豈輕擲。自顧尚不暇，家貧乏衣食。男多養無資，女更付之溺。往往玉雪兒，頃刻失魂魄。城市猶少見，慘酷在鄉僻。豈無好善士，此風未全革。財多當善用，救濟是天職。置田更建屋，畫圖又立册。册首粲朱印，呈縣定規則。白茆地一隅，保嬰著殊績。哺乳調温凉，童稚不遭厄。長成廣丁男，陰爲國宣力。即此一念慈，皇天亦能格。水旱災應稀，豐稔飽禾麥。城中多善舉，有弊或未剔。窮老冬號寒，肥兒病成腊。人皆有兒女，寶愛勝拱璧。貧富否泰分，何異玉與石。巨蠹窟其中，借善爲侵蝕。何如此善堂，撫養有專責。王政今不行，民須自籌畫。推廣能博施，水火登衽席。一鄉有善人，閭里盡蒙澤。干戈猶未定，南北生釁隙。爲上多寡恩，萬姓失安宅。亦豈無孩提，同作溝中瘠。中國法周孔，首重在道德。蒙養尤匪輕，真實除粉飾。一片福幼心，可爲天下式。時艱多瘡痍，蒿目視八極。垂老無能爲，掩卷三太息。

題徐芥龕遺畫

秋山突兀撑晴空，蕭蕭萬籟無人蹤。天風瀑布吹不斷，恍惚如見香爐峰。東海故人跨黄鶴，方壺圓嶠尋赤松。閒窗讀畫憶舊事，劍門石上同支筇。

寄米昌碩，詩以代柬

陳陳餘白粲，分寄勸加餐。五斗莫嗤少，三年留亦難。透風還曬日，和胃復平肝。慚愧申江上，八珍堆滿盤。

題高江村研

研藏信天巢，詩著隨輦集。恩遇説康熙，玉蟾滴如泣。

師米遺古磚拓本，因題 磚無文字，上下有雁。二十四兩，側孔四

郭墓磚空宜緑綺，吾宗鐫銘作琴几。歸鴻目送手調絃，千載知音呼不起。清河亡室遺孤桐，龍池挂壁生陰蟲。我將携之賦楚些，海山去訪成連蹤。

獨坐

獨坐青山暮，須臾景不同。古今多少事，天地混茫中。樹接新秧緑，湖吞落日紅。蟪蛄鳴尚急，轉眼即西風。

昌碩將游山左應友人之招也，先以詩送之

鲁地山河壯，驅車曉策鰲。主人東道重，秋色岱峰高。一笑輕千里，同行有二豪。孔陵考金石，

寄我慰牢騷。二豪謂商笙伯、王一亭。

題荷葉研

風露如含太液池，文心細似藕中絲。近時懶寫鴛鴦字，但草西窗聽雨詩。

題《北堂侍膳圖》

綱常墮名教，何人起而扶。倫理絶滅時，乃見《侍膳圖》。斯圖出姚氏，題者多宏儒。從舅侍御公，供職趨皇都。携之在行篋，開卷見故廬。常常睹慈顔，以補定省疏。圖中盛花竹，北堂屋渠渠。堂上太夫人，是我族祖姑。三子伯仲叔，侍膳陳豬魚。不在甘旨豐，要使親心愉。先意復承志，天倫樂何如。外祖母亦沈，如荆樹同株。渭陽非嫡出，熊夢占猶虚。造物吝與壽，蔗境未及娱。聖善獨此母，五福集一軀。萼煇與世德，外家堂名。連墻可相呼。叔姪兄弟閒，和樂逾同居。昔聞吾父言，侍御矩不踰。走祝長老壽，寒暑不乘輿。服官在京邸，竿牘無私書。三疏斥權相，書善、穆彰阿。直聲震寰區。以此推事親，純謹乃其餘。仲子吾未見，叔子困公車。雲閒秉鐸歸，貌瘠神則腴。來爲我執柯，與父談日晡。我時喜填詞，大江東學蘇。讀之喜動色，謂爲千里駒。時尚未弱冠，今已垂白鬚。煢煢悲鮮民，返哺不若烏。元配我中表，三載歸冥塗。家運隨世變，經歷多憂虞。姚沈如朱陳，重重誼葭莩。彼此互婚嫁，合璧還聯珠。我亦附嬌客，不材同散樗。所爲一無用，忠孝嗟兩逋。斯圖在天壤，迥異尋常觚。人中之龍鳳，畫中之董狐。丹青有關係，勝讀德充符。至性久益著，秋月懸冰壺。春暉寸草心，萬古長不枯。斯真是家寶，子孫永保諸。

現不合時尚，且秘長康厨。

昌碩畫松祝我生日，賦五言奉報

故人寫喬松，祝我意良厚。謂此金石姿，得並天地壽。煙雲娱道心，風雨起懸肘。永爲特健藥，遠勝掃愁帚。自嗟氣劣弱，早衰似蒲柳。静觀感深情，或者同不朽。得一願已足，餘畫可勿受。懸同坐右銘，時時見直友。

丙辰生日昌碩來祝，誌感，兼以自壽

君降甲辰吾戊午，感君來祝我開筵。漁樵侶度蟲沙劫，金石心堅翰墨緣。白髮漸多難出世，青山不老共忘年。精神歲歲如龍馬，重約茶烹玉蟹泉。

秋夜戲作

飛蛾撲殘燈，燈滅蛾亦死。覓火復然燈，蛾撲仍不止。燈與蛾何仇，相感乃如是。生命雖云微，造物亦同視。飢蚊嘬人血，暗中聚成市。蚊狡蛾何愚，同是一蟲豸。

題畫荷

太液池久荒，采蓮人亦瘦。此處無風波，紅衣尚如舊。
鴛鴦夢正酣，隔浦漁歌起。水底夕陽紅，飛入秋煙裏。

中秋感懷

生朝初度才三日，令節中秋又一年。感事詩成添白髮，背時人獨倚青天。誰揮玉斧驅雲散，已缺金甌遜月圓。遐想瓊樓銀漢外，未能歸去共飛仙。

地僻

地僻人來少，霜濃菊易殘。青山如友對，黄葉當花看。我反憂身健，誰同保歲寒。病妻原已復，還向勸加餐。

江左

公推上將臨魁柄，尤快凶渠伏冥誅。腰領幸全仍一死，旌麾高擁鎮三吴。留名筆污新朝史，鑄像金鎔大冶爐。江左遺黎暫安枕，夢醒喜聽白門烏。

以張得天所書《多心經》賦詩二首爲一亭壽

古人五十服官政，一亭奉母娱晨昏。性情豪似孔北海，書畫雅愛錢南園。春暉承歡養菽水，生日戒殺憐鷄豚。積三千善益延壽，心即是佛真法門。

多心經寫得天筆，波羅蜜誦恒吉祥。祝君堂上壽百歲，愧我人情紙半張。對酒同看暮山碧，隔年又見秋花黄。盍偕缶老更相訪，隨喜清涼選佛場。

養浩送聖果泉侑以詩，並示寄漚夫人之作，賦長句答謝

聖果泉甘好潤脾，雙瓶持送白琉璃。清和遠勝金尊酒，伉儷聯吟石鼎詩。汲想園丁深莫測，交如君子淡相宜。昏昏世界多沈醉，肯共餔糟更歠醨。

題豐公劍拓本

古劍拓本傳豐公，兩行銘篆鎸赤銅。風雲變幻未化龍，不知何處藏神鋒。安得此劍倚天外，影懸粉壁生光怪。機巧寸鐵多殺人，仗此三尺何其仁。

題澂泥八角研

土德玉同潤，炎精星吐芒。若爲南宋製，應入奉華堂。

病鶴書來，云新著《釣臺游記》，欲索題，適讀《晞髮集》，走筆寫四十字寄之

西臺君獨上，慟哭有誰同。但有宋臯羽，更無唐魯公。乾坤留舊學，山水挹清風。莫道相思苦，寒宵夢可通。

夜坐答養浩，和前韻

趺跏一燈下，衹有影相同。薄俗競嗤我，苦吟惟和公。窗明檐墮月，葉脱樹摇風。食盡神仙字，無由化鞠通。

答陳夔石

君之從祖吾塾師，君之季父同學詩。三四十年一轉眼，墓木拱矣人何之。星移物换國步改，憔悴頑軀幸猶在。念舊枉顧談昔年，前輩風流見瀟灑。海南觀海登瓊臺，煙波浩渺胸襟開。歸來訓詁講小學，教育亦可成英才。后山家學今尚有，如謁吾師晤吾友。春風幽鳥唤提壺，訪黄公壚去澆酒。

題王十洲墨蘭小卷同養浩作

黄茅白葦高塞天，忽睹九畹湘臯蘭。細看乃是十洲畫，墨花飛舞霜毫端。不種當門不空谷，一卷奇葩香滿屋。心與造化相周旋，雨露風晴各爲幅。幽篁瘦石點綴工，兀傲之氣藏其中。著土

雖與所南異，憤慨身世將無同。每幅各長二尺許，吾鄉遺老多題句。三峰碩揆亦有詩，龍藏千年護風雨。流轉今入壺隱園，虞陽文獻賴以存。詩畫本以氣節重，中有一縷離騷魂。墻東舊隱此高致，却與仇英同别字。英也安識王者香，徇俗有時圖秘戲。此畫已垂三百年，滄桑歷劫題亦全。髻珠嚴與圓沙錢，吾嘗服膺心拳拳。結社消寒互賓主，酹酒先應拜香祖。可惜梅花一卷樓，鐵骨冰肌在何所。吴竹橋禮部得煮石山農《墨梅》長卷，築梅花一卷樓貯之。

題《金氏九老圖》

慈烏村中水土良，金氏一宗尤壽長。兄弟叔姪常聚首，學問可師亦可友。如今利重骨肉輕，戈操同室時相争。一鄉孝友推彭城，蒼顔白髮傳丹青。瓜瓞綿綿頌天保，九老之後有百老。人忘反哺不如烏，斯圖萬古傳家寶。

丁巳人日寄昌碩

乾坤尚甲兵，節物似承平。已歷滄桑劫，猶多鷸蚌争。卅年數知己，三絶得高名。想見身尤健，揮毫感慨生。

友人得范引泉畫册示予，予識爲吴秋農臨本，戲題二絶

引泉自有飛仙筆，秋圃秋農自號「秋圃老農」臨摹亦不群。書畫本來同一例，買王何異得羊欣。

三十餘年一刹那，眼看風景感山河。若將畫品論人品，優孟衣冠近更多。

丁巳正月廿二日又接昌碩書却寄

懶散惟公可起予，新年兩度寄雙魚。跛行正道常貞吉，重聽囂塵自屏除。憂國艱難同浩嘆，看人奔走曳長裾。寒梅綻白春蔬緑，乘興當來訪敝廬。

昨寄昌碩詩誤爲足疾未痊，來詩有『一笑難掀髯負我，前身何孽耳輸人』，再作長句慰之

冬去春回足疾痊，不扶藜杖地行先。聽須洗耳無嘉話，笑異掀髯似少年。起滅煙雲觀海市，遨游花月證詩禪。老來朋友如兄弟，時報平安寄錦箋。

題碧山傳子研

碧翁重文名，銘傳一歲子。我今自寫詩，一笑何須爾。

喜雨

甘霖深夜降，舉首望雲端。著帽何妨濕，沾衣不覺寒。芳菲如夢醒，反側亦心安。自蠟尋花屐，明朝上翠巒。

好古

好古心尤篤，摩挲百硯銘。苦吟鬚漸白，博愛眼常青。山野輕無責，兵荒險亦經。昨宵歌喜雨，生計免罍瓶。

病鶴函寄《嚴瀨尋秋圖》索題長歌

釣臺石骨青，嚴瀨波光緑。子陵投竿後，皋羽來慟哭。東漢中興至宋末，兩公高名懸日月。君遲皋羽六百年，訪古尋秋志奇倔。有如孤鶴横江來，長嘯登高望於越。蒼茫眼底無可兒，狗苟蠅营是何物。舉手挹清芬，張口吞白雲。古人去已遠，太息難合群。惟有大江長流山屹立，寒鴉落葉愁紛紛。何來文山之客光武之故人，俯仰天地徒一身。畫圖徵題迺及我，而我疏懶不出門。卧游但學宗少文，時登五嶽驂麒麟。君倘來聽我説夢，把酒一笑梅花春。

二月十四夜月色甚朗，忽微雨，濛濛不絶，殊可喜，再紀以詩

雲起月光隱，雨吹風力微。膏腴回土脉，菜麥得生機。弱國强無日，孱民死不饑。催科濟軍餉，聞有典春衣。

喜雨續降有作

點點催花訊，霏霏散麴塵。無風連日雨，潤物萬家春。地縱不愛寶，天還能恤民。若過驚蟄節，涸轍賸枯鱗。

丁巳清明前五日寄昌碩

聞訊魚書往返頻，虞山歇浦似比鄰。不時冷煖憐同病，有限芳菲惜好春。感慨難言身後事，艱辛尤念眼前人。客游應比家居樂，携酒看花互主賓。

題建文造象拓本

梅李鎮中留石佛，福山港上有銅鐘。建文年號銷難盡，成祖當時枉逞凶。
造像傳來古墨香，靈山會度劫滄桑。何當福港觀潮去，手拓鯨鏗字數行。

春日得病鶴杭州書却寄

湖上誰堪共主賓，岳王蘇小跡都陳。英雄兒女皆千古，楊柳桃花又一春。泛月幾時同載酒，買山何處可爲鄰。子規應解催歸櫂，莫負三橋上巳辰。

養疴 時吾國與德意志絶交，備戰

養疴時事厭傳聞，晏起看花倚夕曛。白髮搓繩難繫日，青山作枕且眠雲。風波莽莽龍蛇窟，身世滔滔燕雀群。誰説干城能衛國，鸛鵝雌伏不成軍。

丁巳上巳飲錦峰别墅贈季玉

上巳邀修禊，樽開細雨天。書多藏善本，交喜結忘年。白版臨流屋，紅簾載酒船。明春再來此，一醉附群賢。

張嗣初雲錦四十歲遺象，其子六保屬題

眼涵秋水明，體挺華嶽秀。生於詩禮家，孝友胡不壽。未及知命年，一瞑遺世宙。睹君四十像，面白已清瘦。讀書不救貧，況更窮篆籀。銅章摹漢人，往往遭俗詬。家無儋石儲，力學仍守舊。夷惠兼一身，上不愧屋漏。四壁立蕭然，老屋是遺構。遺構城西隅，門對辛峰亭。敝廬去不遠，同看西山青。往還廿餘載，同志而忘形。論年當肩隨，我以弟事兄。有過必相規，平日口守瓶。謙謙君子德，於義尤硜硜。曾爲我鑿研，刻款題西城。冥冥實負君，未撰墓誌銘。我幼畏讀書，及壯好文藝。研石與印章，刻字供游戲。自君賦游仙，如斷我右臂。君爲我奏刀，一舉手之易。垂老癖更深，銘以寫我志。好手苦不多，鐵筆矜絶技。方識求人難，念舊欲垂涕。

多難君早孤，中年嗣亡叔。寧棄千金産，爲全弟敦睦。庚申父殉難，忌日屏酒肉。偶過絶命處，掩泣不屬目。篤厚出天性，而乃無福禄。待友亦至誠，推心置人腹。廉隅堅砥礪，不飯寧食粥。閉門坐開卷，兀兀身槁木。幼子今長成，遺像寶珠玉。吾家一豚犬，愚詐復多慾。前年幾破家，多壽恐多辱。安得從君游，雲霄跨黄鵠。

讀《莊子》戲書

讀罷南華内外篇，繽紛花雨墜諸天。何須更禮如來佛，即是西方妙法蓮。

苦旱

溝底坼龜兆，浮雲不作霖。回天無帝力，釀劫在人心。蟲嚙青秧萎，龍潛碧海深。黨争如烈火，誰解禱桑林。

養浩以冬青作花蝴蝶千百來戲，喜詠見示，走筆和之

冬青花開如雪白，蝴蝶飛飛作香國。一株特立薰風中，翠葉瓊英根鐵石。歲寒松柏爲弟昆，可比金剛不壞身。羅浮仙種多子孫，何須説夢同漆園。宋代六陵曾樹此，亡國之慘有如是。他年倘有楊璉僧，誰似當時唐義士。

四月十五日微雨即止

亢旱陰陽氣不和，又驚内哄動干戈。茫茫大陸蒼生淚，萬倍檐頭滴溜多。

檢得《玉茗花圖》，程伯隅畫，張嗣初寫記，感題三絶句

程翁去訪三珠樹，張子久爲千古人。今日花前獨看畫，可憐花亦少精神。

爛漫依然玉茗開，更無人爲看花來。春風寂寂閒庭院，誰共茅堂酒一杯。

眼昏滄海見揚塵，白髮蕭疏老病身。六十年來如一夢，不知再賞幾回春。

和養浩《喜雨》第一首原韻

京畿聚豺虎，殺氣薄雲雷。幸有江南雨，能令生意回。上蒼猶恤衆，大地不飛埃。從此甲兵洗，秧歌遍九垓。

和養浩《喜雨》第二首原韻

甘霖連日夜，淼淼白西湖。土薄每憂水，雨多還沼吴。天心真莫測，世變劇堪虞。但願年豐稔，流民免繪圖。

書《徐州二遺民集》後

萬閻兩先生，詩文有奇氣。不幸丁滄桑，高節世多忌。爲僧隱草堂，殺妾避追騎。至今一開卷，身世了無異。風雨猶飄摇，置身我何地。

居然

居然復辟説中興，對此茫茫百感生。大變屢經原氣竭，外憂相迫國權輕。腐儒捷徑争干禄，老革陰謀各擁兵。破碎山河群虎視，幾時真得睹承平。

趣還

趣還大物奉金輿，覆雨翻雲使得無。隻手妄思扶社稷，褊心難免送頭顱。紀綱草草教誰信，封拜紛紛只自圖。不久王孫路隅泣，延秋門上有啼烏。

題《寒林鍾馗圖》

霜林葉脱撑寒空，林下兀坐虬髯翁。嬋娟侍側僮煮茗，供梅調鶴名士風。曾抉鬼眼啖鬼肉，虎吼能教魑魅伏。胡不亟起擒巨妖，共享人間太平福。

柬鳴晦

詣君欲共商量事，久貯胸中千萬言。相見更從何説起，反如生客語寒暄。

立秋日早起

沉疴淹半載，勿藥得生機。骯髒人誰惜，艱難道是依。危時兵禍亟，舊學士林稀。瘦骨迎朝爽，西山對掩扉。

七夕

牛女嘉會當今宵，銀潢萬里填鵲橋。天孫翻欲乞人巧，花樣百出裁鮫綃。鴛機錦織本無價，聘錢難償舊時債。世間債重傾山河，日擁羅綺聽笙歌。

陳俊卿先生臨二王草書並書譜，其從孫夔石屬題

善誘循循我塾師，課餘磨墨喜臨池。晚年草法尤奇絶，想見躊躇滿志時。

氣如渴驥向泉奔，遺墨收藏賴從孫。老大無成書更拙，此生畢竟負師門。

潘西圃墨蘭長卷爲殷伯唐丈畫，其嗣耕石屬題

髯圃寫蘭得古意，一花一葉《離騷》心。殷君視之若杯棬，丈許素紙逾南金。君家先德吾父

友，長物多君能保守。久別梨花一硯巢，念舊悽然垂白首。

拓研二十八附《洗研圖》後又題

我有研癖藏最富，洗清流剔墨花綉。癖到深處奇想開，拓研上應雲臺宿。吁嗟儒將今無人，望早嶽降拯生民。我歌太平老筆門，日守鳳味磨龍賓。

鳴堅白齋詩存卷十二

鳴堅白齋詩存補遺

和初我《並蒂菊》原韻 乙卯

非如宦海有升沉，瑞應黄花賞盍簪。兩點秋金鎔造物，鑄成香國共和心。
嘉名未錫御袍黄，雙髻難分助晚妝。想見東籬比肩立，看花人亦似鴛鴦。

邵息盦仿松禪居士《雙忠廟銀杏圖》爲蔡子題

同携罇酒弔雙忠，蔡子猶存好古風。我憶停舟看銀杏，蕭蕭黄葉打孤篷。
題詞作畫裝成卷，前有松禪後息盦。從此藝林添韻事，兩株大樹冠江南。

送内之吴門就醫 丙辰

隱憂切切迫中腸，憔悴憐卿亦自傷。肝胃不和似家國，庭闈失蔭念姑嫜。
風馳一舸吴門路，藥試千金海上方。早已沈疴理歸櫂，天中節望共蒲觴。

五月五日行兩章

五月五日聚五毒，當日三閭汨羅哭。古今忠逆死不同，五色絲長命難續。登天不成翻就木，凶骸有愧蘭湯浴。讀《離騷》飲酒滿樽，俯仰乾坤貴知足。位居極高品極賤，龍庭猶作鷄肋戀。黄金白刃虎狼心，鬼哭神嚎天地變。五月五日夜五更，天狗星墮天鼓鳴。艾人當户蒲劍横，瞠視北極思長征。

寄内 時在醫院

路隔一百里，腸迴十二時。艱辛惟爾共，憔悴更誰知。身比梅尤瘦，心無藥可醫。吴門非遠道，早晚望歸期。

造蠱行

蟾蜍蛇蝎蜈蚣蛛，五毒聚來一器儲。同類相吞獨存一，其爲至毒天下無。今之黨争亦類是，城狐社鼠黎邱鬼。一毒未盡百毒生，遺害蒼生甚洪水。

鷄鳴歌

七月廿九夜未半，街頭買賣聲未斷，淒淒風雨隱銀漢。忽聞雄鷄遠近争相唤，同聲相應來耳畔。是時竈突才息爨，烏有漏盡天將旦。陰陽失調政治非，南北人心似冰炭。燮理無才世多難，虎皮羊質麒麟楦。鷄有五德號德禽，雖爲異類多同心，棲塒棲桀共發音。欲使醉夢各起舞，孳孳爲善開胸襟。鳳困枳棘鴞集林，朝陽不鳴天積陰。鷄乎湯鑊爾亦甘，一鳴驚人勝却窗前談寒蟬，仗馬見爾應生慚。

丙辰生日

今年生日尤蕭寥，心憂家國熱血潮。波濤起陸走蛟鰐，風雨毁室來鴟梟。絶壑喬松壽難比，小山叢桂慚見招。春秋虚度五十九，自由未得如漁樵。

身瘦益健戲書自慰 丁巳

精氣不外溢，内養清塵襟。若挽强弓射，還能貫蝨心。鄰醫肥牸牛，笑我軀何瘠。一蹶形神離，參茸服何益。錦瑟絃重續，華顛對綺顔。同牀雖各夢，猶勝北邙山。

送内赴杭州燒香

送君禮佛三天竺，苦口終難止此行。病體尚思扶藥餌，禪門惟説感精誠。緣深香火湖山路，心怯舟車骨肉情。但願還家身更健，花開陌上數歸程。

傭者自田間來，聽其言演而成謡

雷闐闐，雲漫漫。黄梅寒，井底乾。有秧無水不能蒔，朝朝望雨眼看天。天不雨，難種田。菜麥收成不及半，種田已愁無本錢。前日冰雹大於拳，打壞隔壁看牛囡。我鄉西南尚比東北好，小熟可作一月餐。東北鄉已發急振，每人可得三銅圓。闔家拼糴升半米，今夜喫飽明朝完。雲中雨比撒灰細，各各望天垂血淚。刻聞城裏請龍王，龍王銅鑄無生氣。官紳祈禱僧道求，斷屠三日出告示。暫將迷信安人心，不得已照前朝例。督軍内犯動干戈，赤羽如日過黄河。大兵凶年一時至，共和那得真共和。吾儕小人怖見亂事多，且望大雨來滂沱。河中有水可踏車，插秧耘草成嘉禾。喫白酒，披緑蓑，牛背笛吹太平歌。

周烈婦行

南郭外姚家店周如如妻某氏，如如三月三日看拜香，軋死，其妻斂夫還，殉焉。此何時而有？此人出村落小家，尤可敬。賦樂府體，以彰其烈。是日微雨，雲物陰晦，天早示儆而人不知，亦數也。

垂楊拂户雙燕飛，郎看拜香換新衣。送郎出門屢回顧，料得歸來日未暮。陰風吹雨日過午，急足傳言不成語。多人軋死西城闉，郎亦横尸難返魂。撫尸千喚不一應，血凝氣絶髮鬅鬙。前年合巹爲夫妻，鄉里何嘗一步離。斂尸入棺不同返，地下隨郎未爲晚。當時恨未同入城，死在一處尤分明。魂化鴛鴦宿交頸，年年啼血西山頂。

養浩示大風之作，走筆和原韻

大風沙裏走豺狼，无咎何能一括囊。錦綉成灰憑劫火，瘡痍灑淚哭驕陽。赳桓士散民增累，煩惱絲除頂自光。人怨可消天怒息，山河整頓望馮唐。

鳴堅白齋詩存補遺

鈍居士生壙志

尚湖西南儀鳳里福壽橋右，檜柏蒼鬱，馬鬣聳然，爲先考妣之墓，左則室人姚氏、張氏葬焉，予並營生壙。嗚呼！予生三齡，即遭寇亂，年十三失母，卅六喪父，兩娶而不偕老，間以幼喪，備嘗不幸。資駑下，弱冠不知書，見嗤族黨，迺發憤購古籍，晝夜讀。久之，稍稍解文義，益涉獵不已，至於今老而無用。自幼至長，不知世有機械事，率真以往，輒不利，或翻受罔。人目爲鈍，因自號。初我母之葬地，師謂砂白而秀，後當有不事王侯、高尚其志者。歷久無驗，時未至耶？抑驗之者乃鈍耶？銘曰：

生何益於時，首邱於兹。殉無金玉，殉以平生之詩。噫嘻！

生壙後志

丙午歲，鈍自撰《生壙志》。嗣三年，更娶於瞿，嫁兩女。無何，武漢發難，身丁國變。性耽詩，有研癖，謂詩可言志，研以比德也。齒益邁，嗜益篤，蓄研百餘，詩倍之。偶遭横逆，仍品研賦詩不輟。年垂周甲，神觀不衰，天將砥其志以力耕於石田耶？乃銘曰：

造化大冶陰陽爐，不祥之金躍而呼。人則尚智吾守愚，庶幾完我清白軀，百千年後嗤腐儒。

鳴堅白齋詩刻跋

鳴堅白齋遺著詩十二卷，雜文一卷，詩餘一卷，今樂府、新樂府各一卷，今先刻詩十二卷，其分卷、篇次皆石友生前手定者。石友嘗言少苦鈍質，一日讀《莊子》，心忽開，以後淹貫群籍，學詩寢饋於杜者三十年，乃上溯漢魏，下逮宋元，自病寬廓，收束於半山、后山。晚歲愛讀《離騷》《國風》，變化精深，而學成矣，此致功之節目也。其詩歸安楊藐翁稱爲『英絶領袖』，同里翁文恭公謂其『筆端有金剛杵』，山陽徐邈翁則曰『飛仙劍俠』，此評論之緒言也。石友既没，甫匝月，其友安吉吴君缶廬謀刻石友詩，一再函致。鑋爲請其家，其家漫不省，敦迫數年，始出其稿。蕭君谷士録副，乞王君季玉、姚君筠如校勘，乃寄缶廬。頃宗耿吾同年自滬書來，述缶廬意。詩刻已成剞劂，費缶廬任十鎰，朱君硯濤、王君一亭、劉君翰怡各益以五鎰。校刊、刷印諸務，石門沈君醉愚獨任。惟念缶廬與石友三十年舊交，至損其筆耕之資，甚至云忍死以待，其交誼爲何如哉？谷士、季玉、筠如尚曰同里，有雅故，而一亭與石友僅一面，硯濤、翰怡、醉愚並未謀面，且醉愚槖筆幕游，撥冗而任其事，諸君風誼又何如哉？可感也已，可風也已。即次耿吾函語，並益鑋舊聞，而書於後。

歲在辛酉三月初八日，同里俞鍾鑋跋。